を膝で聞いて、
事するんだよ！
まえ！」

アレン

俺の坂道部の監督業は、
相変わらずパワハラワードを投げながら、
部員達を追い抜かしていくだけだ。
すでに思いつくままにテキトーにかけていく、
罵倒する文句も尽き、
いよいよ意味不明さに磨きが掛かってきているが、
一向に脱落者が出ない。

剣と魔法と学歴社会2

～前世はガリ勉だった俺が、今世は風任せで自由に生きたい～

ライオ
ドル
ジュエリー
魔法の才能がないのは、
アレンだけ……？

アル
…

おじきは喧嘩がクソ強くて、
おやっさんと連携して
当初は善戦したが、
最終的にはボコボコにされた。
しかも手札が足りないと思った俺が、
何人かわざと喧嘩に巻き込んでたら、
最終的には店中を
巻き込んだ大喧嘩になった。
リンド
荒くれ者の探索者らしく、
食堂で乱闘!?

剣と魔法と学歴社会 2

〜前世はガリ勉だった俺が、今世は風任せで自由に生きたい〜

西浦真魚

illust まろ

口絵・本文イラスト
まろ

装丁
松浦リョウスケ（ムシカゴグラフィクス）

CONTENTS

1章　一般寮と初めての装備

寮の話

リアド先輩との初めての探索活動を終え、探索者協会で無事Gランク探索者として登録も済ませた俺は、仕留めたツノウサギの後脚(こうきゃく)を木刀からぶら下げて、下宿先の一般寮へと歩いた。

王立学園の合格発表から二週間。

Eクラスに所属することがほぼ確定していたはずの俺は、別にそのままEクラスでも何の問題もなかったのだが、紆余曲折(うよきょくせつ)あってAクラスに所属することになった。

学園の規定によると、Eクラス以外の生徒は、一般寮と同じ月に千リアルの家賃で貴族寮……すなわち一流ホテルもかくやと思われるほど豪奢(ごうしゃ)で設備・サービスも充実した寮に入れる。

俺はAクラスでの合格が決まったので、規則上はいつでも今と同じ家賃で貴族寮に移動してもいいのだが、俺は相も変わらず一般寮に寄宿している。

この王立学園一般寮は、通称負け犬の寮(犬小屋)と蔑視(べっし)される、住人のほとんどいない寮だ。

引っ越さない理由は色々あるのだが、魔物食材の研究者でもある寮母のソーラが作る朝食を食べられるというのも、俺にとっては魅力的な特典だ。

ちなみに、ソーラの作る朝食は不味(まず)い。絶望的と言えるほど不味い。

だがその朝食は、俺がこの第二の人生で目下最大のテーマとして掲げている体外魔法の習得、すなわちファイアーボールなどの夢いっぱいの魔法を習得するための糸口になるかもしれないのだ。

せっかく魔法のあるファンタジーな世界に転生したにもかかわらず、俺には体外魔法の才能が絶望的にないからな……。

その他に手がかりが何もない現状を考えると、多少不自由な住環境など何ほどの事もない。

そもそも前世基準で考えたら、一般寮は、贅沢とまでは言えないまでも、十分満足のいく水準だしな。

前世で幸せな人生とは何か、なんて事を考えながら絶望の中で病死した俺は、育ちのよさそうな奴らが成績やら贅沢やらでマウント合戦を繰り広げている（と、勝手に想像している）貴族寮になど、何の興味もない。

それならば、住民が少ない分静かで、且つ設備も簡素極まりない一般寮で、自分のやりたい事に集中していたい。

俺が今世でやりたい事——

まずは体外魔法を習得するべく、その可能性を徹底的に突き詰める。

加えて、探索者としての活動を通じて生活費を稼ぎつつ、魔物が跋扈し未知の魔法素材が溢れるこの世界を謳歌する。

何より大切なのは、とにかく『今』を楽しむという事だ。

前世では将来のためと自分に言い聞かせて勉強ばかりしていたからな……。

今を楽しめない奴に、明るい未来はない。自分が何を楽しいと思い、自分がどうありたいかを考えないで、ただ漫然とレールに乗っかっていても、幸福な人生は決して掴み取れない！

◆

そんな事をぼんやりと考えながら寮へと帰ると、なぜかAクラスのクラスメイトであるフェイとジュエ、ケイト、ステラの仲良し女子四人組が、一般寮の入り口に立っていた。

俺は、『やぁ、こんにちは』と山道ですれ違う登山客のように、清々しい挨拶をして、真っ直ぐ寮の中に入ろうとしたところで、ニコニコと笑うフェイに手首を掴まれた。

「こんにちはアレン？　寮母さんに聞いたけど、昨日は寮に帰ってなかったみたいだね？　自分で立ち上げた部活動（坂道部）を断りもなくサボって朝帰りとは、一体どういうことかな？　そんな風に逃げる様に寮に入ろうとするなんて、何かやましい事があったと白状しているようなものだよ？」

顔は笑っているが、ゴゴゴゴという効果音が後ろに見えそうだ。

何を彼女ヅラしているんだ、こいつは？

「お前には関係ないだろう！　この手を放せ……力、強いな!?」

どんな身体強化の出力してるんだこいつ……全然振り解けないぞ？

「……大方、泊まりで狩猟にでも行ってたんだろう。その木刀にぶら下げているのは……ツノウサギの後脚か？」

桃色ツインテールのステラがつまらなそうに言った。

「分かるのか？」

この『肉』になった後脚を見て、すぐさまツノウサギだと見分けるとは、狩猟の経験があるという事だろうか。

俺は少しだけステラに興味を持った。

「僕は信じてたよ、アレン。アレンが女遊びなんてするわけないって。でもケイトが、王立学園実技試験トップのブランドを引っ提げて花街に行ったら、たちまちヒーロー扱いされて、年上の女にいいようにやり込められて、骨抜き間違いなし。花街の寵児と呼ばれるのは時間の問題、なんて言うから、少しだけ心配になってね？」

フェイは俺の手首を掴んだ手の力を緩めた。

「そうですね。ケイトさんが、『この年頃の男子の頭にあるのはそういうことだけよ。一度年上の妙技に溺れたら、まず快楽の沼から抜けられないわ。無尽蔵のスタミナに物を言わせて、気がついたら朝日の差す窓辺に小鳥が鳴くのは、むしろ当然と言えるわね』……なんて、断定的に言うものですから、私もアレンさんのD(童貞)がどうなったのか心配で……こうして、詳しくお話を聞こうとお待ちしておりました」

ジュエはくつくつと笑いながら補足した。

あなたそんなキャラだったっけ？

俺のDの事をネタにするのはやめてくれない？　前世の古傷(三十六歳童貞)が痛むから。

俺は紫色の髪をした、委員長風の眼鏡女子、ケイトをジロリと睨んだ。

「こほん。ステラは勇猛で知られるアキレウス家の人間ですから。狩猟の経験も多いのでしょう。アレンなら知っているのでは？」

ケイトは目を逸らして、話も逸らした。

アキレウス家……。

王国北西部のダーレー山脈に、今より魔物が跋扈していた昔は、ダーレー山脈の守り人、と呼ばれていた狩猟民族だった家だ。

この王国に掃いて捨てるほどある子爵家だが、アキレウス家の勇猛さは有名と言えるだろう。

「ダーレーの守り人か。なるほど納得だ」

「……そんな昔の呼び名を知っているのはお前ぐらいだぞ？　一体どうしてそんなに詳しいんだ？」

「？　興味があるからに決まっているだろう？」

俺がステラの目を見て答えたら、ステラは途端に顔を真っ赤にして狼狽えた。

「ななな、それはどういう意味だ！」

「「きゃー！　積極的ぃ‼」」

ジュエとケイトが体をくねらせて楽しそうに悲鳴を上げた。

「アレン？　僕の前で堂々と他の女を口説くなんて、流石に感心しないよ？」

フェイは緩めていた手を、骨がへし折れるかと思うほど再び強く握りしめた。

何でそうなるんだ……。

「なんだい騒がしいね……。静かなことがこの寮の唯一の長所なのに、騒がしいったらありゃしない。坊や、帰ったのかい？」

脳みそピンク連中が寮前ででかい声で騒ぐから、中から寮母のソーラが出てきた。

「ソーラさん。今朝は連絡もなく朝食をすっぽかしてすみません。これ、お土産です」

ソーラはちらりと俺が差し出した肉を見て言った。

「まったく、朝から美女を五人も待たせるとは、坊やも罪な男だね。……水属性のツノウサギかい。

締めてから十八時間から二十時間といったところだね」

さりげなく、自分を美女カウントしたソーラをスルーして、横からステラが口を挟んできた。

「水属性だって？　肉を見ただけで、なんでそんなことが分かるんだ？　何者なんだ、このばあさん」

「誰がばあさんだい、失礼な小娘だね。筋繊維の走り方を見れば、どういう場所で育ったか大体分かるし、匂いに特徴があるのさ。坊やが狩ったのかい？」

俺が答える前にステラが再び口を挟んだ。

「……流石にアレンでも属性持ちのツノウサギを、一人で狩るのは無理だろう。こいつらは逃げ足がとてつもなく速い」

「っ痛い！」

ステラがそう言うと、フェイに握られている俺の右手がめきりと音を立てる。ゴリラに握られているとしか思えないほど、身体強化でガードしている手首が軋んでいる……。

「どういうことかなアレン？　さっき一人で行ったって言ったよね？　花街で遊んだくらいなら、男の甲斐性(かいしょう)と言えなくもないから許そうかと思っていたけど、お泊まりデートとなると、話が変わってくるよ？」

「「きゃー！　野獣ぅ！」」

フェイがニコニコと笑いながら聞いてくる。

このアホども！

「一人で行ったなんて一言も言ってないだろ⁉　そもそも、なんでお前の許可がいるんだ？　放せ

「ゴリラ女！」

俺はあまりの痛みに、小学生男子のような言葉でフェイを罵倒した。

「きゃはは！　女の子相手にゴリラ女だなんて、アレンはまだまだお子様だね」

確かに自分でもそう思うが、問題なのは、俺の手首を掴んでいる女の握力が推定で２００kgを超えているため、どう考えても名詞のゴリラが適切な形容詞である点だ。

「……騒がしいねまったく。リアドの坊やと一緒に行ったんだろう？　解体の癖で分かる。骨の切断面も、あの子の持っているザイムラー社の特注ナイフの切り口を想像させるしね」

ステラは『そんな事まで分かるのか？』なんて驚愕しているが、俺には、それがどのくらい凄いことなのかは分からない。

「……僕はアレンの事を信じていたよ？　アレンが鍛錬をすっぽかして人里離れた山奥の洞窟に、雨宿りと称して女の子を連れ込んで、一晩中燃え上がってなんかいないって」

出てきたリアド先輩の名前を聞いて、再びフェイは俺の手首を握る手を緩めた。

妄想逞しすぎるだろ……。

俺は急いでフェイの手を振り解こうと手を力いっぱい振った。

が、外れなかった。

「……その『リアド』さん、という方は、どなたなのですか？」

ジュエがソーラに尋ねた。

「三年Bクラスに在籍しているこの学園の生徒さ。坊や以外で唯一、Eクラスでもないのにこの寮に身を置く変わり者さね。まぁ、なかなかに見どころのある子だよ」

ソーラがそう言うと、ジュエは唐突にこんなことを宣言した。

「……ソーラさん。私は貴族寮からこちらの一般寮に引っ越して参ります。こちらは一棟しかないようですし、男女で建物が分かれていないのでしょう？　アレンさんの隣の部屋を希望いたします」

流石のソーラも呆気に取られて言葉が出ないのか、口をあんぐりと開けている。

「いつ貴族寮に来るのかを尋ねても、はぐらかされるばかりで一向に引っ越すご様子がないので、不思議に思っていましたが……アレンさん、その先輩と懇意にしておられることから考えても、お引っ越しなさるつもりがないのでしょう？　こんなことを繰り返していては、アレンさんのDの行方が気になって、おちおち夜も眠れませんわ」

いやいや、俺のDの行方はどうでもいいから……。

かっこよく言うのやめてくれない？

Dの一族のファンから苦情来るよ？

それを聞いたフェイは、ネコ科の肉食獣を思わす目をラン、と見開いて笑った。

「……即断即決実行とはね。それでこそ剛毅果断を家訓とするレベランス家が誇る天才、ジュエリー・レベランスだね。ソーラ？　アレンの隣をもう一つお願い」

フェイは、『餃子もう一皿！』みたいなノリで俺の隣室を要求した。

「ふふ。アレンさんが角部屋だった場合、唯一の隣室は先に手を挙げた私のものですよ？」

ジュエはくつくつと楽し気に笑いながらフェイを挑発するようにそう言った。

「……あんたたち、その格好からしてどう見ても良家の子女だろう？　ここは貴族寮と違って、家事代行サービスも何もないんだよ？　生活できるのかい？　そもそもあんたらは、粒ぞろいと評判の今年の一年Aクラスの生徒だと言っていただろう。ここが何て呼ばれているか知っているのかい？　負け犬の寮さ！」

　ソーラは二人を上から覗き込むようにして、いつか俺も聞いた脅しをかけた。

「頑張れソーラ！

「家事などは、やる気さえあれば、訓練次第で何とでもなります。それに、アレンさんに加えて、私たちまで入寮するのですよ？　そのような呼び名はすぐに聞こえなくしてみせます」

　応援虚しく、ジュエは自信満々に言い放った。

「はぁー……まぁいいだろう。だが残念だったね……坊やは角部屋じゃないが、上下左右はすでに埋まっているよ」

「……え？　そうなの？　今まで全く気配を感じなかったんだけど……。

　俺が不思議そうな顔をしていると、ソーラはついていた杖で後方を指した。

「来たみたいだね」

　ソーラが指した方を振り返ると、荷台に荷物をぱんぱんに積んだトラック型の魔導車と並行して、アルたちがこちらに向かって走っていた。

◆

「よぉアレン！　俺たちも今日からこっちで世話になるからな。今朝の訓練で話そうと思っていたんだが、アレン休んでたから……驚かせちまったか？」

　なんでそうなるんだ……。

　俺はこの静かな寮が気に入っているのに……。

「……一体何を考えているんだ？　メリットなんて何もないだろう？」

俺は至極当然な疑問を口にした。

「……昨日ライオがさ、朝の訓練をアレンと同じ本数坂道走れたから、次は素振りのやり方を聞きに行くって言うから……休みだったし興味本位で俺たちもついてきたんだ」

ここにはアルの他に、ライオ、ココ、ダン、ドルの五人がいた。

「……タイムはまだまだ、だがな」

現状に満足していないのだろう。ライオはぶっきらぼうにそう言った。

「そしたらアレンは出かけていないって言うからさ。ソーラさんに普段のアレンの素振りの様子なんかを聞いてたんだけど……。アレン、貴族寮にはそのうち来る、なんて言ってたくせに、ソーラさんには、はっきり『三年間ここで世話になる』って宣言しているそうじゃないか？」

アルは、俺のことを真っ直ぐな目で見て聞いてきた。

ジュエも、やっぱり、という顔でにこりと微笑んだ。

アルにこういう目で見られると、ごまかす気が失せるな……。

「それは……悪かったな」

俺は素直に謝った。

「いや、怒っているわけじゃないんだ……。アレンは、この寮に初めて来たとき、寮則の『質実剛健』が気に入って、その場で三年間ここで過ごすことを宣言したってソーラさんに聞いてさ……。王立学園に合格して、田舎のエングレーバー子爵領では考えられないほど優雅な暮らしを貴族寮で味わって、満足していた自分が恥ずかしくなったよ」

アルの言葉に、他の四人が悔しそうにうつむいた。

いや、俺が考えている『質実剛健』はそんな美しいものじゃないんだけど……。

もっとチャランでポランな気持ちなんだけど……。

この流れで言いにくいけど、言ってもいいのかな？　やばいかな？

「俺たちが、まずアレンに追い付かなくちゃならないのは、身体強化魔法の練度なんかじゃない。極限まで甘えを削ぎ落して、高みを目指そうとする、その精神だ。そういう結論になったたってわけさ」

ライオが奥歯を噛み締めながら、付け加えた。

「……近頃では、お前の、アレンの、やりたい事をやる生き方とやらも、うっすらと理解でき始めた。自分が真に望むものを見つめ、それ以外は全てを捨てる覚悟。そういうことだろう？　俺に足りないものを、お前は、アレンは確かに持っている。それが何なのか、近くで見させてもらうぞ。……そして、俺も必ず手に入れてみせる」

ライオがまじめ腐った顔でこんなことを言ってきたので、俺はやりきれなくなった。

似ているようで、全然違う。

俺はアホらしくなって、思いつきでこんな事を口にした。

「ふん。……お前か、アレンか、呼び方どっちかに統一してくれない？　切り替えるタイミングって照れ臭いよね」

……。

…………。

◆

「ところでアル？　何でそんな重要な情報を僕は聞いていないのかな？　友達だと思っていたのは、僕だけだった、ということかな？」

フェイはようやく俺の手首を放したかと思うと、瞳孔を開いてアルに詰め寄った。

「ん？　いやぁ昨日今日と学園は休みだっただろ？　朝の鍛錬でも会わなかったし……。明日クラスで会ったら勿論皆にも言うつもりだったさ。あぁ心配するな！　部屋は沢山空いてるみたいだぞ！」

アルは無敵の笑顔でフェイに向かって親指を立てた。

流石はアルだ！　お前とは仲良くできると最初から分かっていた！

「……それで、どなたがアレンさんの隣室に入居予定なんですか？」

絶句したフェイを横目に、ジュエは嫌な予感のする質問を投げかけた。

「ん？　あぁ、俺とココが隣、ダンが上でドルが下に入る予定だよ！　やっぱり男同士で――」

ジュエはアルの言葉を途中で遮った。

「百万リアル支払います。アルさん、ココさん、どちらかお部屋を替わってくださいませんか？」

いつもと変わらぬ平然とした表情で、ジュエがとんでもない事を言い出した。

「百万リアル!?　ジュエ！　流石に侯爵令嬢のあなたでも気軽に出せる金額じゃないでしょう？」

耳年増で妄想癖はあるが、一見真面目な委員長風で、その実真面目な委員長タイプのケイトが慌てて止めに入る。

「ご心配なく。お父様を説得する自信はあります。むしろ推奨されるでしょう」

……どんな親だよ！

だめだ、俺の勘は正しかった。

こいつも姉上と同じ、あちら側の人間だ……。

「僕は三百万リアル出すよ？　ココ？　僕たち友達だよね？　替わってくれるよね？」

フェイは、狡猾にも断るのが苦手そうなココに詰め寄った。

「あ、あぁ、そんなに替わりたいなら金なんていらないから、替わって――」

このままでは詰むと思った俺は、アルが言い切る前に強権を発動した。

「如何なる理由があろうとも、部屋の交代は認めない。もしこれを破った場合は監督権限で坂道部はクビだ。勿論俺は三年間、そいつとは一言も口を利かない」

こうして俺の平穏な寮生活は終止符を打ったが、やばい隣人が引っ越してくる事だけは辛うじて阻止した。

ちなみにライオは、『上り下りする時間が無駄』と言って、一階の入り口に近い部屋を確保したらしい。

◆

「……で、あんたら、寮に付いてるあたし特製の朝食は食うのかい？　あたしゃ魔物食材の研究家でねぇ……。味よりも、その効果を見極める事に主眼を置いているから、大して美味いもんじゃないが……。ちなみに、坊やは自分の成したい事に必要だと言って、毎日食べてるよ？　ひゃっひゃっひゃっ」

ソーラは、寮母の顔を掻き捨てて、いきなりマッドサイエンティストに変貌した。

大して美味いものじゃないだと？

だが、その事に気がついているのは俺だけだ。

「なるほどそういう事か……。だからそれほど、ツノウサギについても詳しかったんだな。私は勿論食べるぞ！　どうやらこの寮にはアレンの強さの秘密が色々とありそうだ。私もこっちへ来るよ」

「……仕方ないわね。私もこちらへ引っ越します」

秘密なんて何もないが、ソーラに騙されて被害者が増えた。

くっくっく。

『性欲の権化』の噂の出どころは、間違いなくこいつらだ。人を噂でオモチャにする奴らには、いい気味だ。

どうせ引っ越してくるなら、こいつら全員巻き添えだ。

俺はダメ押しにこんな事を言った。

「お前らにこの修業はまだ無理だ。特に、口が肥えているであろう、ライオやフェイ、ジュエなんかにはな……。必ず後悔するから、やめておく事を強く推奨する」

ジロリ、と、ソーラが鋭い目でこちらを睨む。

研究の邪魔をするなと言いたいのだろう。

心配するな。こいつらの行動パターンはすでに知悉している。

こうして煽れば――

「無論、俺も毎日食べる。むしろ頼みたいくらいだ」

「心外だな。僕は魔道具士だよ？　食事なんか、むしろ如何に簡単に済ますかばかりを考えていたくらいだよ。僕も喜んで食べるよ」

「アレンさんの顔を見ながら食べる朝食なら、何だって美味しいに決まっていますっ」

次々に食いついてくるに決まっている。

「ひゃっひゃっひゃっ！　全員だね？　これは明日から忙しくなりそうだね。ひゃっひゃっひゃっ、ひゃっひゃっひゃっひゃっ！」

俺は『やれやれ、俺は止めたぞ』という感じで頭を下げて首を振った。

しかし、心の中では笑っていた。

ひゃっひゃっひゃっひゃっ！

……人を騙してする、この笑い方は気持ちいいな……。癖にならないように気をつけよう……。

◆

こうして、王立学園坂道部と並び、後にユニコーン世代第二の礎と呼ばれる一般寮での共同生活はスタートを切った。

続・寮の話

学園入学から一ヶ月と少しが経過した、ある日の朝。

王立学園一般寮、通称負け犬の寮（犬小屋）の食堂には、人が溢（あふ）れかえっていた。

アレンは全然深い考えなどなく、まぁこっちでいいか、なんて軽い気持ちで一般寮で過ごす事を決めたのだが、それを大いに拡大解釈したクラスメイトたちが、ライオたち以外も何と全員揃（そろ）って引っ越してきた。

中には、わざわざ家庭教師の充実した王都の実家を出てこちらに来た者もいる。

アレンからすると、全くもって意味不明だったが、クラスメイトたちが、引っ越してきただけならまだ良かった。

だが、一年Ａクラスが全員揃って一般寮へと引っ越したという話のインパクトは凄（すさ）まじかった。

さらに、寮の朝食に、アレン・ロヴェーヌが一般寮に留（とど）まることを決めた秘密が隠されているらしい、なんて噂が飛び、噂が噂を呼んで、あっという間に一般寮は満室になった。

一般寮にはそもそも四十人しか入居できない。

Ｄクラス以上の生徒であれば、一般寮と同額の寮費、すなわち月に千リアルで、施設・サービスの充実した貴族寮に住める。

Ｅクラスの生徒でも、月に五千リアルの正規料金を支払えば、貴族寮に住める。

Ｅクラスの生徒は三学年で六十人いるが、貴族寮の五千リアルの正規料金を払えない者だけを収容できればいいため、この数でも十分なのだ。

そもそも、王立学園に入学してくる生徒は、上級貴族を始めとした金持ちの子息令嬢が多い。経済力と学力は相関するので当然であった。

稀に、実家に恵まれないながらも、才能と努力で入学してくる貧乏男爵家や庶民出身者もいるにはいるが、この王都で王立学園在校生の金看板を掲げて、家庭教師その他のアルバイトをいくつかすれば、五千リアルという貴族寮の料金を稼ぐのは、十分可能だ。

加えて、五千リアルの正規料金を支払ったとしても、破格に安い。そう思えるほど、貴族寮の施設・サービスは充実している。

長い歴史の間、卒業生たちが積み上げてきた確かな実績により、潤沢な予算が国より与えられている事に加え、卒業生からの寄付金も半端な額ではないからだ。

彼らが卒業後稼ぐことになる賃金を考えれば、例えば多少の借金をしてでも学業に専念できる快適な環境、すなわち貴族寮での生活を選択するのは、当然の事であった。

そんな訳で、一般寮に入寮する人間は、アレンやリアドのような変わり者か、そうでなければ、アレンのように、よほどの田舎者で、貧乏性が抜け切っていない一年坊主か、アレンのように、貴族寮に住むクラスメイトと人間関係のトラブルを抱えるなどの、訳ありの人間だけとなる。

四十部屋あるこの寮には、元々五人しか住人がいなかった。

うち二人は、アレンとリアドである。

そこへ、一年Aクラスに在籍する、アレンを除く一九名が引っ越してきたので、残る枠はいきなり一六枠となった。

この一六枠も、腰の軽い生徒たちであっという間に埋まってしまった。

そして、供給が需要に追いつかないと、価格が上がるのは当然の帰結だ。

様子見、などと考えていて出遅れた、大金持ちの実家を持つ生徒によって、この寮への入居権が途方もない金額で売買されるまで、さして時間はかからなかった。

こうして、山奥の荒ら屋の如くタダでも貰い手のなかったはずの犬小屋の入居権は、いきなり銀座四丁目の如く価値が高騰した。

「まったく！　坊やのせいで、忙しすぎて目が回るよ！　どうしてこう極端なんだ？　もう少し、加減ってもんを覚えな！」

ソーラは、口ではいつもの文句を言っているが、その目のキマった顔は嬉しそうだ。増えた実験動物を見て、どのように実験を進めるかを考えているのだろう。

俺のせいでは全くないが、俺は仕方なくソーラの配膳の手伝いをしていた。

寮の朝食には、日によって外れか、大外れかがあるのだが、本日のメニューは、多少は慣れたはずの俺から見ても、取り分け酷かった。

主食のパンと、朝からこんがりと無塩バターでムニエルにされた、1kgはあろうかというほどバカでかい魚の切り身と、そして何のミルクか恐ろしくて聞けない粘り気のある黄土色をしたミルク。そして、何の植性魔物のものか分からないが、毒々しい紫色をした、ドラゴンフルーツのような木の実が添えられている。

ちなみに、この寮が平穏だった頃は俺しか食べる人間がいなかったので、俺の希望により魔法士、特に性質変化の能力値にフォーカスされたメニューだった。

だがいきなり爆発的に増えたこの人数の飯を、騎士や魔法士のコース毎《ごと》に作り分けることは、手間の面からも、素材調達の面からも不可能だということで、今のメニューは全コース兼用だ。

『首尾良く体外魔法を習得できたとして、坊やは魔法騎士になるんだから無駄にはならないだろう？人数が増えた分、坊やの目的についても研究は進むし、坊やのせいなんだから、了承しな！』

俺のせいでは断じてないが、俺は仕方なく了承した。

本日のメインのおかずである魚は、どう考えても腐っているとしか思えない、生臭いにおいを発していた。

朝の鍛錬を終えて、ヘトヘトに疲れ果てた寮生たちは、食堂に足を踏み入れた瞬間から絶望の色を顔に浮かべた。

臭い、なんてものではなかった。

食べるどころか、食堂に足を踏み入れた瞬間、強烈な吐き気を催すほど臭い。

俺はある程度配膳を手伝ったところで、アルとジュエ、フェイとライオ、ドルがいる六人掛けのテーブルへと座った。

五人とも、途轍《とてつ》もない強敵《メニュー》を前に、ナイフとフォークを構えたまま静止している。

「食べないのか？」

俺は配膳の手伝いの間に幾分麻痺《まひ》した鼻の呼吸を止めて、これは臭いが強烈なだけなクサヤだ！と自己暗示をかけた後、切り分けた腐った（ような臭いがする）魚を口に放り込んだ。

「……ロヴェーヌ子爵領では、こういったものを食する文化があるのか？」

ライオが、強烈なカルチャーショックを受けたといった顔で、俺に質問してきた。ライオ以外もドン引きしている。

俺は、口の中身を飲み込んで、余韻がなくなるのを待ってから答えた。

途中で声を出すと、鼻に臭いが流れて間違いなく吐くからだ。

「あるわけがないだろう。要は覚悟の問題だ。俺の家庭教師をしていたゾルドはこんな事を言っていた。『心頭滅却すれば火もまた涼し』……だからお前らにはまだこの修業は無理だと言っただろう。今からでも逃げ出した方がいいんじゃないか？　尻尾を巻いて……な」

俺は前世の名言を、例によってゾルドが言った事にして、クラスメイトたちを煽った。

「……なるほどな！　これも心の鍛錬の一環ってわけか。心頭滅却……つまりどんな窮地でも心を空っぽにすれば、恐怖なんかに負けることはないって訳か……。いい言葉だな！」

アルは意を決したように魚を切り分けると、顔を無表情にして勢いよく口に放り込み、咀嚼した。

「モグモグ。うん、確かに――ウロロロロロロ！」

口に魚を含んだまま喋ろうとしたアルは、盛大にリバースし、椅子から崩れ落ちるようにして膝をついた。

「はぁー、はぁー、はぁー、はぁー」

百人組み手でもこなした後のように血走った目で荒い呼吸を繰り返すクラスメイトを見て、動き出そうとしていた他の四人はまた動きを止めた。

俺はそんな彼らを見ながら、次の一口を口に放り込んだ。

そして、その魚が口から消えるのを待って、動き出す気配のないクラスメイトたちに、再びアドバイスを送った。

「『何のために食べるのか』を明確にしないから、覚悟が決まらないんだ。先程ソーラさんに聞いたが、このメニューは魔法士の性質変化を補助する効果があるみたいだ。魔法士を目指さないフェイはともかく、他の四人は少しは頑張った方がいいと思うがな」

俺のこのセリフを聞いて、フェイの顔が途端に明るくなり、他の四人は絶望の色を濃くした。

「アレンも人が悪いね？　それならそうと最初から教えてくれたらいいのに。僕は今朝は、パンとフルーツだけにするよ。みんな頑張ってね？」

フェイはニコニコと笑いながら、テーブルの皆を上から目線で見回し、フルーツの皮を剥くと、勢いよくフルーツに齧り付いた。

『あっ』と俺は言ったが、遅かった。

「ぶ――――！」

フェイはフルーツを吹き出したかと思うと、フラフラと頭を揺らしながら『きゃは、きゃはは』と危ない笑い声を上げ、その場で腐った魚が盛られた皿に向かってダイブした。

どうやら気を失ったらしい。

「フェイさん！」

慌ててジュエが駆け寄り介抱する。

「遅かったか……。そのフルーツはとても酸っぱいから、不用意にあんな沢山を口に入れない方がいいぞ？」

少し遅れたが、俺は皆に注意するよう促した。

彼らが引っ越してくる前に、一度出たことがあるフルーツだったので、その脳天に響く強烈な酸味はよく覚えていた。

「とても酸っぱいだって？　何で酸っぱいと人間が気絶するんだ……」

床に転がされて、ピクピクと痙攣しているフェイを見ながら、ドルはぽつりと呟いた。

「脈はあります……」

ジュエは、鼻をつまみながら、魚まみれになったフェイの生存を報告した。

「……もう少しアドバイスをくれ、アレン。食べるコツなどはないのか？」

ライオは俺にアドバイスを求めた。

こういう素直なところはこいつの美点だな。

「完璧な攻略法はない。最も大切なのは、先程も言ったように心の準備だ。その上でテクニックの話をするならば、臭いがキツイものは、鼻で息をしない事、アルのように咀嚼している途中で喋らない事。味が強烈なものは、少しずつ口に含み、出来るだけ咀嚼しない事などがある。間違っても身体強化魔法を使って素早く片付けよう、などと思わない事だ。口周りに魔力を集めると、よほど精度良く筋肉のみに魔力を集中しないと、味覚や嗅覚が鋭敏になり、かつ動作が荒くなり惨事を引き起こす」

もちろん、俺も惨事を引き起こした。

経験者は語るというやつだ。

ライオは、俺の話を聞いて、意を決したように、魚に手をつけた。

ゆっくりとした動作で、魚を口に放り込み、咀嚼して飲み込む。

……それはいいのだが、血走った目に涙を浮かべつつ、俺を睨みつけながら食べるのはやめてほしい……。

そんな風にして朝食を食べながら、俺はふと思いついた。

ここにいるのは、気絶しているフェイを除くと、偶然にもみな体外魔法の才能に恵まれているメンバーだ。

「ところで体外魔法研究部を立ち上げたいんだけど、みんなどう？」

初めての装備

話は少し前後する。入学から一月弱が経過した、とある平日。

リアド先輩の懸念は的中したらしく、先輩は、授業の後は真っ直ぐ実家に戻り、俺と共に探索に行った話や俺がリアド先輩を尊敬していると探索者協会本部で話した噂を聞きつけてやってくる来客対応をやらされているらしい。

できれば、探索者活動に必要な道具を買いに行くのに付き合ってもらいたかったが、全然寮で見かけない先輩を、朝の坂道部で捕まえてお願いしたら、申し訳なさそうに断られた。

『付き合ってあげたいんだけどね。流石に有象無象は両親が断ってくれてるけど、有力貴族が正式にアポイントを取って訪ねてくると断りきれないようでね……。親父が対応すると仕事にならないから、僕と母親の二人が手分けして、何とか来客対応を捌いている状態なのさ』

尊敬する先輩に迷惑をかけて申し訳ない……。

ご実家にお詫びに行きますと申し出たが、今はまだ時期が悪すぎると断られてしまったし。

もう少し落ち着いたら、手土産でも持って挨拶に伺わなくては。

実家にまで迷惑をかけた事を俺が謝ると、『両親としては、僕と君が友人となった事は歓迎しているから、それほど気にかける必要はないよ』と、先輩は苦笑しながら言った。

気を遣わせているようで、重ね重ね申し訳ない。

そんな訳で、立ち上げた坂道部も軌道に乗ったし、いい加減探索者活動を開始したいのだが、先輩に時間が出来るのを待っていても埒が明かないので、一人で必要な道具の買い物にでも行こうかと思いたった。

　そんな朝、食堂でピンクツインテールのステラを見かけたので、軽く相談してみる事にした。

　ステラはダーレー山脈の守り人として名を馳せた、アキレウス家の人間だ。そういった道具類にも詳しいだろう。

「ステラ、今ちょっといいか？」

「何だ？　アレンが話しかけてくるなんて珍しいな」

「そうか？　ちょっと相談なんだが……実は探索者の登録をしたから、一人暮らしにも慣れてきたこのタイミングで、生活費を稼ぐのも兼ねて採取や狩猟に行きたいと思っていてな。そのための、基本的な装備を揃えたいんだが……。例えば、採取や解体に必要なナイフや、保存袋、後は緊急時のサバイバルに必要となる最低限のものだな。ステラはそういうの詳しそうだから、相談に乗ってくれないか？」

「あぁそういう事か。別に相談に乗るのはいいが……。活動する地域や目的によって、適した装備というものは異なる。もちろん予算にもよるしな。私に聞くよりも、探索者協会とか、探索者用具を扱う店に行って、王都周辺の探索者活動の事情に詳しい人に話を聞いた方がいいんじゃないか？」

　なるほど、確かにその通りだな。

「言われてみるともっともだな。ありがとう、また相談させてくれ」

「……てっきり、メインの武器とか、防具とか、そういったものについての相談かと思ったが、すでに装備品については揃っているんだな。やはりいつも使っている、その反りのある細身の木刀と同じ形状の剣を使っているのか？　確か、『刀』という武器だな」

ステラに問われ、俺は初めて自分の迂闊さに気がついた。

前回ツノウサギを狩った時は木刀で十分だったので、全く必要性を感じなかったが、確かにきちんとした武器がないとどうにもならないような魔物もいるだろう。

俺が顔を引きつらせながら『忘れてた……』なんて呟くと、ステラは呆れたように頭を振った。

「……普通は最初に武器防具へ考えが行くと思うが……。相変わらず変な奴だな。だが、いくらアレンでも魔物は舐めない方がいい。ある程度サイズのある魔物は、打撃への耐性が高いケースも多い。魔物が出没する地域で活動するのであれば、最低でも何か殺傷力の高い武器と、胸当てくらいは着けた方がいいだろう。予算はどれぐらいあるんだ？」

俺は、先輩との初採取で稼いだ金で、初期費用を賄おうと考えていた。

収入に目途が立つ前に、生活費を先行投資に回すなど、リスクが高すぎる。

ややアウトロー路線からは外れているような気もするが、俺は闇雲にリスクを取って、破滅したいわけではない。

「多少はオーバーしても構わないが、全て合わせて二千五百リアルくらいだな。初めからそれほど品質のいいものを揃えるつもりはない。まずは最低限のものを揃えて、ある程度稼げたら順次買い変えていきたい」

ステラは腕を組んで考え込んだ。

「……王都の相場は私にも分からんが、最低限の装備だとしても、おそらくは潤沢な予算とは言えないな。焦ってすぐに買わず、まずは下見をして、何を優先するか決めた方がいいんじゃないか？」

冷静な意見だな。

ステラは言葉使いは粗野だが、物事を客観的な視点で見られるので頼りになる。

俺は、下見に同行してもらえるか頼んでみた。

「今日の放課後空いているか？　よければ下見に付き合ってくれないか？」

「……あ、あぁ。別に構わないぞ。しかし随分とあっさり女子を買い物に誘うな……。お前ホントにDか？」

「あっはっはっ！　ステラは全く女子として意識できないからな！　気楽で助かるよ！」

ドグッ！

「死ね、このクソD野郎！」

鳩尾(みぞおち)に重い一撃をくれて、食堂を出ていくステラに俺は、朦朧(もうろう)とする意識で『十五時に正門』と告げた。

確かに失言だとは思うが、この世界の女子は手が出るのが早すぎる……。

「で、何でこいつらがいるんだ？」
正門にはステラの他に、フェイとジュエがいた。
こいつらが来るとめんどくさいから、あえて正門待ち合わせにしたのに……。
「コソコソと正門なんかで待ち合わせて、うまくやった気だったのかもしれないけど、僕たちの友情を甘く見たね、アレン？　純粋なステラを買い物に誘い出して、わざと治安の悪い場所をふらついて、チンピラからステラを守って一気にポイントアップ、あわよくば今晩ワンチャンスないかな？　なんて考えていたみたいだけど、ケイトは全てお見通しだったよ？」

フェイはニコニコと笑いながら、馬鹿な妄想を開陳した。

「私はアレンさんのDを頂き本命の座を確保できましたら、他の女性と遊ばれても気にしませんが……ステラさんがケイトさんに散々脅されて怯えておりましたので、同行させていただくことにしました。ケイトさんは、例の坂道部『マネージャー』の面談で忙しいとおっしゃって……。同行したかったと、悔しがっておりましたよ」

何がDを頂くだ……。こいつもいよいよ遠慮がなくなってきたな……。

「怯えてなんてない！　アレンがチンピラを仕留める前に、私がボコボコにすれば問題ないだろ！」

何でチンピラに絡まれるところまでは確定しているんだ……。

俺はうんざりとため息をついた。

「はぁ。お前らのいつもの妄想癖だって事は分かった。だが、アルとココも誘ってるから、その馬鹿な妄想は杞憂だ。フェイとジュエ、帰っていいよ？」

俺はしっしっと手を振った。

「僕は信じてたよアレン」

フェイはニコニコと笑っているが、一向に帰る気配がない。

「念のため、大きめの魔導車を手配しておいてよかったです。トリプルデートみたいですねっ」

ジュエはすでに車の手配まで済ませていたらしい。

こちらも帰る気配は一向にない。

「おーい、待たせたな。あれ？　ジュエとフェイも一緒なんだな！　今日はよろしくな！　揃ったならさっさと行こうぜ！」

◆

ジュエが手配した魔導車は、いわゆるオープンカータイプの運転手付きの車だった。ド派手なスカイブルーの塗装にジュエの髪色とよく似た黄色味の強い金色でレベランス家の家紋（剣を脚で握り、翼を広げた大鷲）が描かれている。

買ったらいくらぐらいするのか見当もつかないが、どうやら自家用車のようだな……。

俺たちは、高級そうな魔物の革が張られたふかふかのシートに、三人ずつ男女に分かれて向かい合って座った。

「どちらに向かわれますか？」

「『シングロード王都東支店』へ向かってくれ。二番通りにある」

とりあえずステラのお薦めで、この王都でも指折りの大きさを誇る武具の小売店に向かうことになった。

「ところでアレン。なぜアルとココは誘うのに、僕たちには声がかからないのかな？　ストーカーの強度を上げてほしい、という事でいいのかな？」

「恐ろしい事を笑顔で言うな！　この二人は俺と同じで、あまり仕送りに余裕もないし、探索者にも興味があるって言うから、現場作業を覚えながら小遣い稼ぎをしよう、って事になったんだ。大金持ちのお前らには時間の無駄だろうが！」

「ぷっ。効率、という意味ではアレンも随分無駄な事をしていると思うけどな。聞いたよ？　アレンはGランクとして探索者登録したらしいね？　次々に変わった事をするから、アレンの情報収集は大変だとセラが……僕の優秀な秘書が参ってたよ。相変わらずアレンは僕を飽きさせないね？」

サトワとの面談はつい先日の事なのに、もう、フェイの耳に入っているのか……。

どれだけ優秀な秘書なんだ……恐ろしすぎるぞ。

「そうですね。そもそも今のアレンさんの知名度なら、王都で家庭教師をすれば、単価は一日五千リアルではきかないでしょう。お金目的なら、そもそも探索者、という選択肢はあまりに非効率です」

一日で五千リアルだと？

まぁいくら金を積まれても、貴重な休みを家庭教師などに費やすつもりは全くないが、今の噂が炎上しているバブル状態で、そんな泡銭(あぶくぜに)を稼いだら金銭感覚が崩壊するだろう……。

余談だが、俺は、前世では宝くじがもし当たっても、『大金に呑(の)まれて身を滅ぼさないために、三年間は一円も使わず貯金するぞ！』なんて考えていた、夢のない男である。

「勉強不足ですまん、その『Gランク』というのは、凄(すご)い事なのか？」

アルは頭を掻(か)きながら首を傾(かし)げた。

まぁこの世界の探索者は、日雇い労働者のような側面も強いからな。貴族の家に生まれて、小さい頃からとびきり優秀だったであろうアルが、探索者について知らなくても無理はないだろう。

俺がさてどう言って説明するか……と考えていると、代わりにジュエが答えた。

「私も今回の噂を執事から聞いた時に、改めて探索者というものを勉強しました。探索者には実績や実力に応じたランクがあり、勲章受賞者を除く最高がAランクで、最低がGランクとなるようです。通常はGランクから始まる探索者ランクですが、王立学園生が探索者に登録すると、Dランクに格付けされるのが慣例です。つまりアレンさんは、その王立学園生の特権を放棄して、最低ランクのＧランク探索者として登録した、というわけです」

ジュエの説明を聞いて、アルとココが困惑顔を俺に向けてきた。

ステラはすでに聞いていたみたいだ。

「……王立学園生は登録の時にお偉いさんと面談があるんだがな。その時に揉め事を起こしてしまって、罰としてＧランクから修業させられる事になったんだ」

俺は、かいつまんで理由を説明した。

「ぷっ。アレンも妙な嘘をつくね。探索者協会副会長、サトワ・フィヨルドを手玉に取って、Ｂランクとして登録したいと懇願する副会長をねじ伏せて、Ｇランクとしての登録を認めさせた、と聞いているよ？」

何なんだその噂は……。

どう考えても手玉に取られたのはこっちなのに、またとんでもない話が出回っているな。

「そんなのは根も葉もない噂だ。その優秀な秘書さんとやらがガセネタ掴まされたんだろ」

俺は自信満々に否定した。

「そうなの？　アレンと面談したサトワ副会長本人から確認したって言ってたけどね。探索者を味わい尽くすって恐ろしい顔で笑っていた、と聞いたよ？」

あの野郎！　何が軽々に他言しないだ！

話に尾鰭をつけて広めやがって、今度絶対抗議してやる！

「……察するに、それも修業の一環か？　じゃあ俺もＧランクとして登録するぞ！」

アルがこのように宣言すると、ココも力強く頷いた。

「やめとけ、アル、ココ。時間の無駄以外の何物でもないぞ」

　俺は一応止めたが、この顔になったこいつらは止まらないだろうなと半ば諦(あきら)めていた。

　まぁいいか。

　こいつらが、将来探索者としてメシを食っていくつもりなら断固止めるが、そんなことはないだろう。

　であればランクにそれほど拘(こだわ)る必要もない。


　車で走る事三十分少々。

　到着した王都でも指折りの大きさだという武具の小売店、『シングロード王都東支店』は、前世でいうホームセンターのような造りの、天井の高い一階建ての建物に、武器と防具が所狭しと並べられている店だった。

「アレンはその木刀と同型の刀をメイン武器にするのだろうが……武具を揃えるのを忘れて狩猟に行こうと考えてたお前の事だ、どうせこういった店に来るのも初めてだろう？　ゆくゆくはサブの武器も持つかもしれないし、一通りどんな武器があるか見ておくのは悪い事ではないだろう。それにはこういった量販店が適当だと思ってな」

　どうやらステラは、先々のことまで考えてこの店を提案してくれているらしい。

　特に刀に強い拘りがある訳ではないし、一歩店に入った瞬間からテンションが爆上がりだ。

「色々と考えてくれたみたいで助かる。ありがとう、ステラ」

　俺が心から礼を言うと、ステラは照れてふんっと横を向いた。

　ド派手なオープンカーでエントランスに乗り付けて、王立学園の制服を着た集団が中に入ると、たちまち奥から偉そうな人が揉み手をしながら近寄ってきた。

「ようこそシングロードへ。私、このシングロード王都東支店で副支店長をしております、ルンドと申します。生憎、手前どもの責任者でございます、支店長が間が悪く外出中でございまして。王立学園にご在籍の、ジュエリー・レベランス様とそのご学友様とお見受けいたします。本日はどういった御用向きでしょうか？」

バリッとした服装の、デパートにでもいそうなオールバックのおじさんは、平身低頭の勢いだ。

オープンカーの家紋と、制服からジュエと即座に判断したのか……。

なかなか仕事ができそうな人だ。

もっとも、こういうバカ丁寧な対応など求めていないから、コイツらと来るのが嫌だったんだけどな……。

「お気遣いは不要です。こちらこそ事前に連絡なく、お騒がせして申し訳ありません、ルンドさん。本日私は友人の買い物への付き添いです」

ジュエが、さすが侯爵令嬢、と思わせる品のある所作で答えた。

いきなり現れた身分の高そうな王立学園生の集団に、店内はざわざわと騒がしい。

「さようでございましたか。将来この国を背負って立つ王立学園生をご案内できるとは大変光栄でございます。……失礼ではございますが、ご学友様の目的の品と、大体のご予算をちょうだいできますでしょうか」

「僕はフェイルーン・フォン・ドラグーン。僕も付き添いだよ」

「ステラ・アキレウスだ。私も付き添いだ」

「俺はアルドーレ・エングレーバーです。魔法士志望だけど、杖は持ってるから目的は防具かな。予算は大体二万リアルぐらいです」

「ココニアル・カナルディア。僕もメインの武器は持ってるけど、予備の短めの剣と小手が目的。予算の上限は三万リアルぐらい」

　へー。

　家の格としては俺と変わらないだろうに、アルもココも予算がかなり高いな。

うちが取り分け貧乏なのか、それとも母上あたりに考えがあって、仕送りの額を絞られているのか……。両方っぽいな。

　まぁ元々仕送りを当てにするつもりはない。

　皆の自己紹介に、ルンドは目をきらりと光らせ、やり手営業マンの雰囲気を醸し出しながらこんな事を言おうとした。

「皆さま、王立学園の一年Aクラスに籍を置く、超逸材揃いでございますね。それで、そちらのダークブラウンの髪色をした彼は……まさかあのアレ――」

「拙者はポーク・リッツというものでござる。予算は二千五百リアルで、メイン武器とできればサブ武器、防具一式、探索者に必要な基本的なサバイバルアイテムまでを揃えたいと思っているでござる」

　何やら名簿のようなものを見ながら、俺たちの素性を確認していくルンドに、俺は咄嗟に変なキャラを捻り出した。

　当然、王都に流れているという大袈裟な噂を真に受けて大騒ぎされる予感がしたからだ。

錚々たる顔ぶれに交じっている、聞いたこともない貧乏人にルンドは怪訝な顔をした。

もちろん手元の名簿をどうひっくり返しても、名前などないだろう。

「二千五百リアル、ですか？　そのご予算でそれだけ揃えようと思うと、品質は最低クラスになりますが、よろしいのでしょうか？　王立学園の生徒様ですと、超低金利での融資も可能となっておりますが……」

「ぷっ。珍しく私服で来てるからどうしたのかと思ったら、そういうこと？　ルンド？　ポークの予算に際限はないよ、彼の武器は僕が買うからね」

俺は今日私服で来ていた。

別にここで偽名を名乗るためではなく、このあと探索者協会の東支所に任意の新人探索者として顔を出して、色々と話を聞こうと思っていたからだ。

「あら、では私もポークさんの探索者登録記念に、防具をプレゼント致します。彼に似合う最高級の装備をお願いします」

……だからコイツらと買い物になど来たくなかったんだ。

どこの世界に、はじまりの街で探索者に登録したばかりで、最高の装備を予算無制限で揃えるバカがいるんだ。

興醒めもいいところだ。

「フェイ様！　ジュエ様！　ただのポーターに最高の装備だなんて、からかってもらっては困るでござるよ～。ほらルンド殿も困っているでござるよ！　さ、拙者は勝手に見て回るから、アル殿とココ殿にアドバイスをしてくだされ」

俺はそう言って、さっさと集団から離れて歩き出した。

先方としても、俺のような貧乏人ではなく、彼らのような上客に時間を使った方がよほど有意義だろう。

全員が目を点にしている間に俺はそそくさと早足で歩み去った。

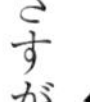

さすが王都でも指折りの大きさと言われるだけあって、ここにはあらゆる種類の武具が揃っていた。

半端じゃない広さの店内を、ワクワクしながらキョロキョロと進んでいく。

やはり目玉商品なのだろう。

入り口近くに大小様々な剣が沢山並べられている剣のコーナーがある。

大仰な装飾が施された長剣が、恭しく展示された壁の前を通り過ぎて、でかいバケツに無造作に突っ込まれている剣の値札を捲っていく。

壁に展示されている剣は、桁数をチラリと見るだけでお呼びでないことは明白だ。

俺の今日の目的は、相場の確認……。

ふむ。

両手剣は、最低価格でも二千リアルからになっている。

数打ちの鋳造品と思しき普通の鉄剣でもこの価格か……。

王都の物価を考えると仕方ないのかもしれないが、その他のものも揃えることを考えると、両手剣はかなり厳しいな。

ちなみに、バケツに突っ込まれている安物の『刀』はなく、ふと目に留まったショーケースに飾られていた黒刀は、こんな感じだった。

銘：黒破邪（こくはじゃ）
製造国：ベアレンツ群島国
製造者：エヴァイユ・ニングローズ
素材：黒虎鉄
価格：二十二万リアル
説明：鉄の十倍の硬度を誇る黒虎鉄を、門外不出の鍛造技術で鍛え上げた片刃の長刀。非常に魔力を通し難（にく）い性質で、魔法すら切り裂く。

真っ黒な刀は実にカッコいいが、二十二万リアルとなるとお話にもならない。

これに手が届くのは大分先だな。

王都でも刀を差している人を見たことはなかったが、どうやら高級品らしい。

次に俺は、隣の片手剣のコーナーに行った。

こちらの価格は両手剣よりは、幾分安い。

大体千リアルからになっている。

だが近くに片手で持てそうな盾が置いてあり、これらはセットで扱われることが多いようだ。

セットで購入すると、極シンプルな鉄の片手剣と、鉄で補強された木盾の組み合わせでも二千リアルからとなりそうだ。

これも予算的に厳しいな。

最悪、盾だけ後回しにする事も検討しよう。

覚醒（かくせい）前から剣を振ってきたので、もちろん剣が第一候補のつもりではあったが、色々経験してみたい気持ちも強い。

その後、俺は槍（やり）や薙刀（なぎなた）、棒、と間合いの長い武器のコーナーを見ていった。

だが、最安値、という視点で見ると、やはり素材の量が増えるこれらの武器は長剣と同程度には高かった。

俺は次に弓のコーナーに行った。

弓には大きく分けて二つの種類があった。

前世で弓道部員たちが使っていたような、人の背丈ほどもありそうな長弓（ロングボウ）と、狩人（かりゅうど）が使ってそうなイメージのＭ字型に屈曲している短弓（ショートボウ）だ。

射程の長さと威力重視の長弓、回転の速さ重視の短弓と使い分けられているらしい。

弓か……。

実にロマン溢（あふ）れる武器だが、刃物が必要という頭があったので、全く選択肢として想定していなかった。

価格は長弓が最安で千リアル、短弓だと五百リアルからある。

だが矢が別売だ。

最もシンプルな、先の尖（とが）った木の矢が一本五リアル。鉄の鏃（やじり）が付いたものだと十リアルだ。

うーむ。ランニングコストを考えるとどうなのかな……。

そんな事を考えながら、一番安いショートボウを握ってウンウン唸っていると、店員と思しき背の高い女の人が話しかけてきた。

年は二十七、八といったところか。

スラリと長い足。キツめのウェーブがかかったブラウンの髪は、肩口で切り揃えられている。化粧っ気はないが、それが逆に若々しい印象を与えている。

弓というよりは、オーバーオールを着てアサルトライフルを抱えると絵になりそうな外見だ。

「君、探索者？　見たところまだ登録したての新人といったところかしら？　弓に興味があるのなら、試射できるから試してみる？」

「本当ですか？　ぜひお願いします！」

俺の返事を聞いて、からかうような笑みを湛えた女性店員は、『ついていらっしゃい』と言って、俺を建物の横にある試射場へと案内してくれた。

そうそう、こういう普通の対応でいいんだよ……。

◆

お姉さんが連れていってくれた試射場は、バッティングセンターのようなボックスがレーンごとにいくつも並んでいる屋外の施設だった。

「私はルージュよ。弓を触るのは初めてかしら？」

「はい、初めてです！」

俺は正直に答えた。

「初めてなら、この『ライゴの弓』と呼ばれるショートボウがおすすめよ。ライゴという名前の木から削り出されている昔ながらのシンプルな構造の弓よ。外側の剛性が強くて内側がしなやかで弓に向いた性質を持つ木と言えるわね。弦には魔物の足の腱を加工したものが使われているわ。値段がお安めで、複数の素材を張り合わせた複合弓よりは性能が落ちるけど、メンテナンスが楽なのもおすすめポイントね。身体強化魔法に自信はある？」

俺が頷くと、ルージュさんは、的までの距離が50ｍほどのレーンに連れていってくれた。

一番奥にあるレーンは的まで３００ｍ以上離れており、物凄くでかい弓を、屈強な男が照準器を覗き込みながら引いている。

「ライゴは強さが五パターンあるわ。まずは一番軽いものから試しましょう。これで有効射程50ｍ、最長飛距離が１５０ｍといったところね」

俺はルージュさんに持ち方や構え方、矢のつがえ方など基本的な事を聞いて、矢を撃ってみた。

矢は50ｍ先の的の、随分下に突き刺さった。

「あら、ホントに初めて？　センスあるじゃない。それに思ったよりも力持ちなのね」

ふっふっふ。俺は釣りなど繊細な魔力操作が求められる遊びは昔から得意だったからな。

リップサービスだろうが、褒められて少し嬉しくなった。

「随分楽そうに引いていたし、四番も引けるかしら。これで有効射程90ｍ、最長飛距離２７０ｍといったところね」

俺はルージュさんから別のライゴの弓を受け取った。

なるほど先程の弓より持ち手が太く、がっしりとしている。

俺は先程一番を引いた時の軌道と、有効射程90ｍという言葉を思い出し、狙いを的よりやや上方に修正して弓を引いた。

矢は、的の僅かに上部を掠めた。

「……貴方もしかして、王立学園生かしら？」

いきなりの質問に、俺はなんと答えようか迷った。

このいい人そうな、これからも色々相談したいお姉さんに偽名を名乗るのは忍びない。

かといって、先程副支店長に偽名を名乗ったばかりで、本名を明かすのも後々問題を呼び込みそうだ……。

そんな事を考えていると、ルージュさんは笑った。

「ふふ。凄い事なんだから、自慢にこそなれど困るような事ないじゃない。何か事情でもあるの？」

「……田舎から出てきたばかりで、王立学園生という事で特別扱いされるのに慣れなくて。なので、普通の客と同じように接してもらえると嬉しいです。ところでどうして分かったんですか？」

俺の答えを聞いて、ルージュさんは可笑しそうに笑った。

「あはは。普通は特別扱いが嬉しくて、色んなところで自慢するものだと思うけど？　どうしてって、その歳で、それだけ身体強化のセンスがずば抜けているんですもの。貴方は無造作に引いているけど、弓を身体強化で引くのは結構難しいのよ？　出力が安定していないと持ち手がブレて狙いが上下左右にズレるから。ここは王立学園から近いし、普通はそうかなと思うわよ」

なるほどな。

確かに高出力下での魔力制御は難しい。

元々の魔力量が少ない少年では、弓は引けてもピタリと止めて狙いを定めるのは難しいだろう。

「俺の名前は、アレンです。……でも、ポークと呼んでください。先程、副支店長さんに、そう自己紹介しちゃったので……」

俺の告白に、ルージュさんは大笑いした。

「……ルンドも悪い人ではないのよ？　支店長が偏屈で、偉そうな王立学園生が嫌いだから、いつもルンドが対応を押し付けられてるのよ。おっと、この話は内緒にしておいてね」

そう言って指を口に当ててウインクしたルージュさんを見て、俺は苦笑いをした。

だが、アレンという名前に、特に思い当たる事はないようなので、俺は少しホッとした。

「さて、貴方なら初めてでもライゴの五番を十分扱えそうね。でもどうする？　必死に値札を捲って回っているから、お金がないのかと思っていたけど、王立学園生なら、ただ同然の利息でかなりの金額まで融資可能よ？　もっと高性能な弓も視野に入ると思うけど」

借金かぁ……。

まぁ返す自信はあるけど、日本人的な感覚を持つ俺としては、あまり取りたくない手段なんだよなぁ。

俺は、ルージュさんに相談してみることにした。

「ルージュさんはどうすべきだと思いますか？　見ての通り、まだ探索者登録したばかりのど素人で、判断に必要な知識が何もないんです。個人的には融資は使わず、稼いだ金で徐々に道具のランクを上げていきたいと思っているのですが……」

この俺のセリフを聞いて、ルージュさんは見て分かるほど上機嫌になった。

「あら、偉いわね。王立学園の子は、資金力に物を言わせてとにかく形から入って、武器の性能を自分の実力と勘違いしちゃう子も多いのよ？　私個人としては、癖のないライゴの五番から入って、基本的な技量を磨くことをお奨めするわ。さ、引いてごらんなさい。有効射程は１００ｍよ」

俺は受け取った弓を構えて、丁寧に弓を引き、矢を撃った。

矢は的の中心やや上部を撃ち抜いた。

「お見事！　本当に信じられないセンスね。もう十分様になっているじゃない」

このセリフに気をよくした俺は『もう一発いいですか？』とルージュさんに頼んだ。

ルージュさんが先程言っていた『基本的な技量を磨く』というセリフ……。

矢の強さは弓の性能に依存する。

となると正確さと速射性を磨いていくことになるのか……。

俺はルージュさんから矢を受け取ると、素早く弦につがえ、その瞬間に、一瞬で先程の身体強化の出力を再現しながら狙いを僅かに下へ修正して矢を放った。

剣の素振りと同じく、放った瞬間に身体強化の残滓(ざんし)を消し、残心を意識しながら矢の行方(ゆくえ)を静かに見守る。

今度の矢は、的のど真ん中を撃ち抜いた。

ルージュさんは信じられないものを見た、とでも言いたそうな、大袈裟(おおげさ)な顔で目を見開いている。

客を気持ちよくさせるための演技も入っているのだろうが、ここまで驚いた顔をしてくれると正直嬉しいな。

それに、矢が的に当たった時の爽快感(そうかいかん)。

俺はすっかり弓に魅了されていた。

◆

「天才、なんて言葉で片付けていいのかしら……」

俺がライゴの五番のお買い上げをルージュさんに告げると、真面目(まじめ)な顔でこんな事を言って俺を煽(おだ)ててきた。

下見のつもりだったが、まぁいいだろう。

だって弓楽しいんだもん。

後は風任せだ。

「煽てたって何も出ませんよ。止まっている的に、風もほとんどない施設内で当てただけで、まだまだなのは自分が一番分かっていますからね。俺は残り千五百リアルの予算で、最低限、解体用のナイフと革の胸当て、後は素材を持ち帰るための保存袋を買わなきゃならないですし。あ、矢は何本くらい買えばいいですかね？」

ライゴの弓は千リアルだったので、残りの予算は千五百リアルだ。

「……まったく、平然としてるわね。王立学園生は、普通の木の矢と鉄の鏃の付いた矢は、確か無料でいくらでも学園から支給を受けられるはずよ。保存袋は、性能の良いものは値が張るし、普通の性能のものは、仕事に応じて探索者協会から借りられるから、後に回してはいかが？」

何と！　矢の補給無料は嬉しい誤算だ。

これでランニングコストを気にせずいくらでも練習できる。

保存袋も当座が凌(しの)げるなら、レンタルでいいか。

後はナイフと胸当てだが……。

「あの、『ザイムラー社』の解体用のナイフは置いてありますか？　尊敬している先輩が、どうもそこの特注ナイフを使っているみたいで……」

俺の言葉を聞いて、ルージュさんは難しそうな顔をした。

「うーん、うちにも既製品ならあるけど、君の予算じゃちょっと無理かな。最低でも一万リアルかしらよ。特注、となると、もう一桁上でもおかしくないわ」

リアド先輩がツノウサギの肉をナイフにぶっ刺して豪快に直火で炙っていたから、もしかしたら大したものじゃないのかと思っていたが……。

やはり大商会の御曹司で、Ｂ級探索者が使っている道具だけあって、とてつもない高級品だったらしい。

「分かりました。ではお勧めを紹介していただけますか？」

俺がお勧めの品を聞くと、ルージュさんはにこりと笑って、『ナイフを案内するから、ついておいで』と言った。

ナイフコーナーへ歩いていく途中、ルージュさんからこんな提案を受けた。

「君は学園もあるし、王都周辺で活動するのでしょう？　それならそれほど強い魔物も出ないでしょうし、防具はウチの店が自社ブランドで出している、初級探索者用の革の胸当てがお勧めよ。軽いし、動きの邪魔にならないし、ベースの留め金から革を取り外して洗濯もできるわ。流石に耐久力は今一つだけど、その分五百リアルと破格に安いわ。暫くはこれで十分だと思うわよ」

「じゃあそれにします」

俺は防具については即決した。

どうせ良し悪しは分からない。

ルージュさんは良い人そうだし、ここはプロに任せた方がいいだろう。

選べるほどの予算もないし。

「後はナイフね。お勧めを持ってくるから、少し待っててくれる？」

ルージュさんはそう言って、バックヤードに消えていった。

と、そこで、すっかり存在を忘れていたクラスメイトたちが近寄ってきた。

「お！　探したよ、アレン。全然見かけなかったけど、どこにいたんだ？」

「アレン⁉　やっぱり彼があのアレン・ロヴェーヌ様でしたか！」

腹芸のできないアルが、ルンド副支店長のいる前で俺の名前を呼んだことで、俺の正体は露見した。

アルがしまったという顔をしたが、もう遅い。

……まぁもう粗方用事も済んだし、アルに悪気があった訳ではないからしょうがない。

と、そこへバックヤードからルージュが刃物を二本持って出てきた。

「待たせたわね。あら、お友達と来てたの？」

「し、支店長！　お出かけなさるって言われましたよね⁉　……ちょうど今戻られたのですね！」

……支店長？

俺がルージュさんを見ると、悪戯(いたずら)っぽく舌を出した。

偏屈で王立学園生が嫌いな支店長って、自分の事を言っていたのか……。

何だかよく分からない状況になってしまったな……。

「アレン？　自分が買い物に付き合えと言い出したくせに僕たちのことをほっぽらかして、自分は綺麗（きれい）なお姉さんを捕まえて鼻の下を伸ばしながらお買い物とは、一体どういう事かな？」

お前を買い物に誘った事実はない……。話をややこしくするな……。

「あらアレンの彼女？　可愛（かわい）らしい子ね。彼を捕まえていて悪かったわね。後はナイフを選ぶだけだから、もうすぐ終わるわ」

フェイは、この誤解を聞いて、たちまち上機嫌になったが、俺はルージュさんの誤解を即座に否定した。

「全くの誤解です。取り立てて親しくもない、ただのクラスメイトです」

「そんな！　つい先日、『お前の金で魔道具を百個作れ』、なんて命令しておいて、ただのクラスメイトだなんて！」

「……女の子には優しくしなきゃダメよ？」

ルージュさんに白い目で見られた……。

だが、この件については俺も強くは出られない。詳細は省くが、ただ走るだけの坂道部は何だか知らない間に注目を集め、その結果人が増えすぎて管理しきれなくなった。仕方がないので、フェイに頼んで部員の進捗（しんちょく）を確認するための計測魔道具を作ってもらったのだ。

別に部員の進捗などどうでもいいのだが、ゴドルフェンに課題の成果を報告する際に、何にも分からないしどうでもいいとは流石に言えないからな……。

さっさとムジカ先生に部費の申請をして、精算しないと事あるごとに言われそうだ……。

「ドラグーン家の跡取りに、何という傍若無人……これが噂のアレン・ロヴェーヌ……」

副支店長のルンドが呆気に取られて心の声を漏らした。様つけるの忘れてるぞ。

我に返ったルンドが続けた。

「支店長！　こちらのお客さまは、今年の王立学園の入学試験でＡクラスでの合格を成し遂げた皆様方です。その、支店長はアレン・ロヴェーヌ様の接客を……？」

ルンドが心配そうにルージュさんを見た。

「ええ、必死に値札をひっくり返しながら商品を見てたから、可愛くってつい声をかけちゃったわ。彼は普通の客と同様に接客してほしいって言ってたけど、やっぱり天下の王立学園生ですもの。敬語を使った方がいいかしら？」

からかい半分、といった様子でルージュさんが俺に聞いてきたので、俺は『勘弁してください』と答えた。

そこで、ステラが俺が手に持っているショートボウを見て言った。

「私らにも普通に接してくれ。ところでアレン、折角あのライオと互角に渡り合えるのに、剣はやめてショートボウに転向するのか？　狩猟という意味では悪くはないが、騎士としてはあまり使われる武器じゃないぞ？　せめてロングボウにした方が良かったんじゃないか？」

この質問を聞いて、ルージュさんは驚いた顔をした。

「あら、アレンは騎士志望だったの？　そこの彼女の言う通りよ。きちんと確認すればよかったわね。ロングボウに変える？」

ルージュさんはそう提案してくれたが、俺はすでにこの『ライゴの弓』に愛着を持っていた。

しかも別に騎士志望でもない。

ついでに言うと、別に剣士を目指している訳でも、世界最強を目指している訳でもない。

面白おかしく生きるために、最低限の強さがあればいいのだ。

「いえ、これがいいです。しばらく使ってみて、必要に迫られれば他の選択肢も検討します。特に騎士を目指している訳でもないですし」

ルージュさんはにっこりと笑った。

「そう。まぁあなたのセンスなら、ショートボウで磨いた技術は、ロングに転向してもすぐに活かせると思うわよ」

「……少し目を離した隙に、また随分と親しくなられたのですね。これだから、アレンさんからは目が離せません。これはもう本命狙いから囲われた女の一人を目指す事にした方が現実的かもしれませんね……。いえ、レベランス家の私が勝負がつく前に白旗だなんて……いやでも私の目的は……この私が、何が正解か分からない……。くつくつくつ……これが恋かしら……？」

それは恋じゃねぇよ。

ジュエは謎の独り言を吐きながらくつくつと笑ったが、フェイとステラはジトッとした目で俺を見てきた。

「さ、ナイフを選びましょうか」

ルージュさんはそう言って、刃渡り20㎝ほどの銀色のナイフと、刃渡りが30㎝ほどの、ずっしりと刃に厚みのあるナタのような形の刃物をナイフが飾られていた近くの台に置いた。

「どちらも、最近王都に店を構えたばかりのバンリー社のものよ。新興企業だけど、ザイムラーから独立した職人が立ち上げた会社で、流石に本家とは使っている素材が違うけど、値段の割に、中々いい仕事をしていると思うわよ」

……流石、この若さで支店長を張るだけの事はある。

この提案に俺のテンションは急上昇した。

だが、チラリと目に入った値札を見て、俺は戸惑った。

ナイフの方は千八百リアル、ナタの方は二千二百リアルだ。

出せない額ではないが、予算をオーバーしている。

「ふふ。そんな顔しないで。心配しなくても弓と胸当てを合わせて二千五百リアルでいいわ。王立学園生へのおべっかだと思わないでね？　それでも利益は出るし、これは貴方を探索者として見込んだサービスよ。これからも贔屓にしてくれるのでしょう？」

ルージュさんはそう言って悪戯っぽく笑った。

……こう言ってもらっては、断るのも失礼だろう。特別扱いは望んでいないが、俺は甘んじてこのサービスを受けることにした。

「ありがとうございます。稼げるようになったら、また買い物をさせてもらいます」

「ふふっ。そう言ってもらえてよかったわ。さ、この二つだけど、ナイフの方は主に植物系の素材採取に使うためのものよ。きちんと手入れをすれば、小型の魔物の解体ならできるし、大きなものでも血抜きや内臓の処理なんかの最低限の処理をする事ができるわ。ナタの方は、薮に入って細い枝を打ったり、中型の魔物の解体なんかに使い勝手がいいわよ。何を目的に探索者をするかで選んではどうかしら」

俺は説明を聞いてウンウン唸(うな)って散々悩んだ。

そんな俺を見て、ステラが助言をくれた。

「アレンならどうせすぐ稼げるようになるんだから、金が貯(た)まったらまた買いに来ればいいだろう。どちらか決められないなら、ナイフの技術は磨いておいて損はないと思う。たとえ騎士団に入らないとしても、あらゆる武器と組み合わせて使うことで、戦闘に幅を持たせることができるからな」

なるほど。実に男勝りなステラらしい考え方だ。

「流石はステラだな！　じゃあ今回はナイフにするよ」

俺は、今回は男勝りなどと余計な事を言わずに、それだけを言った。

だがステラは俺の心の声を正確に読んで睨(にら)みつけてきた。

「……喧嘩(けんか)売っているのか？」

そういう勘のいいところだけは女子かよ……。

◆

アレンたちが店を出た後。

「どうしたんですか？　いつもはあれだけ『安易な値引きはするな、自分たちが付けた価格に誇りを持て』と厳しい支店長が、大嫌いな王立学園生に、あれほどサービスするだなんて。あのナイフの値札、わざわざ付け替えたんですか？　あの価格は仕入れ値でしょう。弓と胸当てを合わせたら、利益が出るどころか赤字ですよ？　王立学園生に興味のない支店長にも、流石にアレン・ロヴェーヌの噂は耳に入っていましたか？」

副支店長のルンドは困惑顔で、いつもは気難しい上司に質問した。

「知らないわよ。彼に言った通りよ。探索者としてうちの店を贔屓にしてほしいと思ったから、サービスした。それだけよ？」

ルージュは上機嫌に答えた。

「あの天才と名高い、ライオ・ザイツィンガーを押さえて今年の実技試験でトップ評価を獲得した超新星ですよ？　私としては、せめて値引きしている事を伝えて、恩を売るべきだったと思いますけどね」

ルンドは熱っぽく訴えたが、ルージュは笑うばかりでそれには答えなかった。

◆

「さっきは済まなかったな、アレン。正体バラしちゃって」

店を出ると、アルが申し訳なさそうな顔で、律儀に謝ってきた。

「まぁいいさ。あらかた買い物も終わっていたし、これからも来ることを考えたらむしろ結果オーライさ」

「そう言ってもらえて助かるよ。ところでみんなはこれからどうするんだ？　何もないなら、俺とココは、これから協会本部に探索者登録に行く予定だけど」

アルは気を取り直して皆に問いかけた。

「俺は所用があるからここで別れる。また、明日な」

装備に最低限の目処は立ったし、すぐさま探索者協会へ行って活動に向けて情報収集を開始したい気持ちだ。

「……その用事は、明日じゃダメなのかな？　この近くに、美味しいスイーツが食べられるお店があるんだけど、少しくらい付き合ってくれてもバチは当たらないんじゃないかな？　武具屋でもアレンは早々にナンパに行って、あっという間に綺麗な女の人を引っ掛けてきちゃうし……。武具屋に何しに来たの？　って話だよ」

フェイが恨みがましい目で俺を見てくる。

そしてなぜか全員が俺を非難がましい視線で見てくる。

武具屋に行って、店員から武器を買っただけで、なぜこんな目で見られなくてはならないのか……。

まぁ、今日はもう遅いし、情報収集は明日でも一向に問題ないのだが……。

スイーツか。

はっきり言って、あまりテンションが上がらないな。

スイーツに興味がないわけではない。

むしろ前世ではスイーツ目的で遠出したりと、男性にしては好きな方だったと思うし、覚醒前も子供らしく甘いものに目がなかった。

だが、あらゆる分野の世界一流の料理が集結していたグルメ超大国日本の、首都東京でならした俺からすると、はっきり言ってこちらのグルメレベルには大いに疑問がある。

少なくとも実家で出てきていた料理に、感心するような水準の料理というのはなかった。

肉に塩を振っただけのバーベキューなどは物凄く美味いのだが、素材の味が良いというだけのことだ。

王都の一流レストランへ行った経験は、姉上と王都観光した時くらいのものだが、正直『まぁ、こんなものか』という感想だった。

日本という国のグルメの水準は、異世界から見ても破格だという事だ。

だが、確かにこのままさようならではわざわざ時間を作ってもらったステラには申し訳ない気もするな。メインの武器は相談もなく決めたし……。

「はぁ。分かったよ。ステラにはわざわざ付き合ってもらったし、用事の方は明日でもいいといえばいいからな……」

俺がそう言うと、女子三人組は歓声を上げた。

女の子ってスイーツ好きだよね……。

幕間　アイスクリーム

再びレベランス家のド派手なオープンカーに乗り込み向かった目的の店は、車で十五分程走った所にあった。

アイスクリームを食べに行くと言うので、前世で女子高生が列をなしていた、ジェラート屋とかクレープ屋のような、テイクアウト中心のお店を想像し、買い食いなんて青春っぽいっ！　なんて思っていたのだが、到着したお店はどこかアラビアンな雰囲気を醸し出す、どう見ても一流レストランのような造りだった。

こういうのは求めてないのだが、仕方ない。

恭しく奥の個室に案内された後、俺は、価格が書いていないない恐ろしいメニューを見て、最もシンプルな『アイスクリーム』を注文した。

「正直言うと、アレンさんにお付き合いいただけるなんて意外でした。甘い物をお食べになっている姿が想像できませんから」

ジュエはいつものようにくつくつと笑いながら、そんな事を言ってきた。

「そんな事はないぞ？　俺は甘い物にはうるさいスイーツ男子で通っている」

前世で、しかも自称だがな。

「ぷっ。無理しなくていいよ、アレン。アレンの味覚がアレだって事は、みんな分かっているよ？誰もアレンに気の利いたコメントなんて期待していないから、気楽に楽しんでね？」

フェイは、微笑ましいものを見るような顔で、こんな事を言ってきた。

『味の事など何も分からない田舎の少年が、頑張って背伸びしているんだね？』と言いたいのだろう。

……これは容認できないな。

日本で鍛え上げられた俺の味覚がアレだなんて、何でそんな噂が広がっているんだ？

確かに学園入学後は、朝はソーラの朝食を一度も残さず平らげ、昼は携帯非常固形食を摂取し、夜は毎日のように蕎麦屋に通い詰めてはいるが。

……我ながら酷い食生活だな……。

だが俺は断じて味覚音痴などではない。

前世では一流食品・飲料メーカーで、商品開発部門に籍を置いていたこともあるんだぞ？

……今日は、ステラが付き合ってくれたお礼のつもりで来た。なので、出てきた物がたとえイマイチでも、前世で培った蘊蓄を披露したりせず、みんなが気持ちよくすごす事だけを考えよう……なんて思っていたが、仕方がない。

俺は店員にメニューの変更を告げた。

「すまんがこのロールベリー味、というやつに、メニューの変更を頼む。ソースはかけず、別皿で持ってきてくれ」

こう頼んだところ、一流ソムリエを思わせるその店員は戸惑ったような顔をした。

「ソース……で、ございますか？」

「アレン？　アイスクリームが何か分からないなら、正直に言っていいんだよ？」

フェイがニコニコと優しく笑いながら言った。

……この店構えからして、ベリー系のソースくらいは自家製の後がけかと思ったが、どうやらフレーバーは全て、すでにアイスに練り込まれているみたいだな。

「ロヴェーヌ領にもアイスくらいはある。分かった、やはり普通の『アイスクリーム』でいい。追加で紅茶を頼む」

「………ロヴェーヌ領では、アイスクリームにソースを掛けて食べるの？」

珍しくココが、皆の前で質問してきた。

ココの話は面白く、俺がかなり積極的に話しかけるので、最近はかなり打ち解けたが、皆のいる場で発言する事はあまりない。純粋に気になったのだろう。

ココはチョコレートアイスにホットコーヒーという、王道のチョイスだ。

最近は多少引き締まってきているが、初めて会った時はぽっちゃりしていたし、甘い物が好きなのかもしれないな。

「いや、うちの実家のシェフと軽く研究しただけだ。人間の舌というのは、単調な味にはあっという間に慣れてしまう。あらゆる料理に共通する事だが、味にムラがある、という事が大切なんだ。そういう意味では、アイスのフレーバーは、可能であれば後がけの方が好ましい。ココのように、飲み物で変化をつける、というのも一つの手ではあるがな」

これは、カレーライスのご飯とルーを混ぜてはいけない理由と同様だ。味に濃淡がないと、人の舌はすぐに慣れてしまう。全てが渾然一体となったような料理でも、口の中で味や香りに変化が感じられる、という事が重要だ。

例えばかけうどんで言えば、青ネギのようなものだ。この工夫に乏しいと、いわゆる大味な料理ばかりになってしまう。

「ぷっ。いくらランチに誘っても、毎日携帯非常固形食しか食べないアレンが言っても説得力がないよ？　伝説の家庭教師、ゾルド・バインフォースの次は、至高の料理人、ソルト・パインフォークでも出てくるのかな？　紹介してね？」

　この野郎……。

　俺の心の友とすら言える携帯非常固形食を馬鹿にしやがったな。

　たがしかし、流石にシェフと研究、というのは無理があったか……。

　もちろん研究などは真っ赤な嘘で、前世カンニングを用いた俺が、コックのシュガーに『受験の合格に必要』と強権を振り翳し、あれこれ自分好みに料理を作り変えさせただけの事だ。

「うちのシェフの名前はシュガーだ」

　俺は苦しい状況ながらもせめて、実在の人物だよ？　という事を強調した。

　何とかこいつらを見返すために、あっと言わせる一手を放ちたいが、科学的な話を省略して説明可能なアイスクリームの蘊蓄はない。

　前世で勤めていた会社にはアイスの商品はなかったが、たまたまアイスのメーカーと自社のブランデーをコラボした商品を出す機会があった。

　その商品開発に携わった俺は、アイスの製法についてバカ真面目に勉強した事がある。

　だが、俺が開発に携わったアイスクリームは流通品だったので、工場の大型機械を用いた粒子レベルでの脂肪球の攪拌や、マイナス四十度の強風で急冷する連続式フリーザーなどの調整が、開発のポイントだった。

流石にこんな研究を、実家のシェフとしたと説明する事は不可能だ。

さすらいの魔法技師でも登場させるか？　いや、魔法技師など登場させては、フェイはすぐさま裏どりに動くだろう……。

そんな風に俺が懊悩（おうのう）し、その様子をクラスメイトたちが生温かい目で見ているうちに、アイスクリームが運ばれてきた。

よく冷やされた高級そうな陶器の皿に、こんもりと盛られたそれを見て、俺はゲンナリした。

これほどのボリュームで、完全に攪拌され一色となっているアイスでは、紅茶で誤魔化しながら食べても確実に最後は飽きる。

俺は前世で見た、通常のミニカップの八倍はありそうな馬鹿でかいバケツのようなアイスカップを抱えて、カレーでも食べそうなスプーンでほじっている外国人を連想した。

こちらの世界は、体内に魔力器官が発現するぐらいの歳（とし）から、食べる量が前世よりもずいぶん増える。

なので、量としては食べられないほどではないのだが、だからこそ、途中で飽きさせない工夫について、実家のコックには口うるさく言ったのだ。

「……コーヒーのミルクも同じかな？」

と、そこでココが、コーヒーにミルクを投入し、スプーンで混ぜようとした手を止めて、俺に聞いてきた。

流石はココだ。俺は、ココの着眼点の鋭さと、偏見のない平易な視点をかねてから尊敬している。

「勿論（もちろん）だ。ぜひ試してみてくれ」

「……うん、混ぜない方が美味しい」

そうだろう。

「す、凄いなココ。あのアレンから、『鼻で息をするな』以外で食事のクオリティを上げる手法を聞き出すだなんて」

ステラはココに感心した。

無礼な……。

俺の味覚への評価がそこまで低いのは実に心外だが、まぁいい。ココのおかげで多少は流れが変わっただろう。

俺はアイスを一口食べた。

うーん……惜しい！

素材が物凄くいい事は明白だ。

だからこそ、その完成度の中途半端さに言及したくて仕方がない。

日本人がこのアイスを食べると、全員が『凄く美味しくて濃厚なのに、なぜかしゃりしゃりと水っぽい』と答えるだろう。

だが、なぜ俺がそんな感想を持つのかは説明不可能だし、俺が提示する改善策を、この世界で実現できるのかも不透明だ。

あれこれと言いたい事があるのを我慢して無言で食べ進め、ふと顔を上げると、全員が俺の事をチラチラと見ていた。

「あぁすまん、美味しいよ」

俺は無難にそう答えた。

この言葉に、近くに立っていたソムリエ風の男は、目に見えてホッとした。王立学園生というだけで、気を遣わせて申し訳ないな……。

「言いたい事がありそうに見えましたが、何か気になる点が？」

さらにジュエが聞いてくるので、俺は再び緊張した気の毒な店員さんを安心させようと試みた。

「いや、本当に美味しいよ。滑らかさとコクを出すために、アイスのベースとなるアングレーズソースに生クリームを加える事は基本的な手法だが、この程度の脂肪分……アングレーズ全体で十五パーセントくらいか？　これほど複雑で濃厚なコクが出るのは驚きだ。何というミルクなんだ？」

俺の言葉にさらに安心し、多少リラックスしたのか店員は教えてくれた。

「はい。ローブラードという品種で、寒冷な高原で飼育されている乳牛のミルクを主に使用してございます」

ほう？　主にって事は、配合がポイントなのか。

だがその先のレシピを聞くのは無作法というものだろう。

「ぷっ！　食べ物の感想で脂肪の含有率が十五パーセントだなんて初めて聞いたよ？　量ったことあるの？　一体何のために、どうやって量ったの？」

しまった……。

そもそも食品に含まれる成分の含有量という概念がなかったな。

日本では成分表示を見れば一目瞭然（いちもくりょうぜん）だったので、脂肪分の量り方なんてサッパリ分からんが、この世界にも比重計はあるし、やってやれない事はないだろう。

しかしまずいな……。

このままでは美食家というよりソーラの同類認定されてしまいそうだ。

「多分ヤギ系の魔物……ラミーゴートのミルクも入ってる。うっすら感じる、夏草を踏んだ時のような青い匂いが特徴。アレンの脂肪分という分析は面白い。ラミーゴートは岩場で暮らす、跳躍力に秀でている非常に筋肉質な魔物で、ミルクの特徴は、あっさりとしているのに玉ねぎのスープみたいな、深いコクがある事」

ココの指摘に俺たちは全員驚いた。

「いやはや、流石は王立学園生、舌も知識も一流ですな。ラミーゴートのミルクは、そうそう市場に出る事はないのですが……参りました」

店員は、スイーツ男子二人に兜を脱いだ。

……店員は真っ直ぐにココへ称賛の視線を向けているけど、俺もだよね？

言ったよね、コクって！

「アレンは、どうすれば良くなると思うの？　何かアイデアがあるんでしょ？」

ココは、俺の表情から、俺の話には続きがある事を読み取って水を向けてきた。

鋭い……。

そして、こうなったココは納得するまで質問を決してやめない。俺はギリギリ説明できそうな範囲で、少しだけ前世の知識を開示した。

「先程も言ったように、分離できるフレーバーは食べる直前に合わせる。先に入れてしまうと、たとえ混ぜなくても味が馴染んでしまうからな。皮や種を細かくした物を漉さずに食感として残すことも有用だ。後は……シェフの仕事に文句はないが、魔道具に改良の余地があると思う」

　魔道具、と聞いて、フェイが目をきらりと光らせた。

「どういう事かな?」

「アングレーズソースを冷やしながら混ぜる事で、アイスクリームになるわけだが……物理学の授業でも、砂糖や塩を水に溶かす事で凝固点が降下する現象については学んだだろう。凝固点が降下したソースを、凍らないギリギリの温度で冷やしながらよく攪拌して、最後に高出力で急冷する事で、このしゃりしゃりした食感は、もう少し滑らかで口溶けの良い食感になると思う」

「……興味深いな。今度実験してみよ」

　ココは、今日のところはこの辺で勘弁してくれるらしい。だが、遅くとも数日以内には俺の寮の部屋へ話の続きを聞きに来るだろう。

「きゃははは!　一体アレンは何でそんなことを知っているのかな。試験の勉強もせず、姉君やゾルドとそんな実験ばかりしてたから、入試で不正なんて疑われるんじゃないかな?」

　フェイはアイスよりも、俺の生い立ちに興味を持ち始めた。

　それはそれで面倒くさい。

「それは、俺がスイーツ男子だからだ」

　俺はフェイの予想を否定も肯定もせず話をシャットアウトした。

「アイスの感想を聞かれて、成分含有量と凝固点降下の話をする奴なんて、アレンぐらいだぞ……。俺だって味なんて大して分からないし、無理に難しい事を言わなくてもいいと思うぞ!」

「アイスクリームなんて、美味いか不味いかだけ分かればいいいんだよ」

アルとステラは、謎の親近感を感じさせながら俺を励ました。

違う、俺は断じてそっち（ばか舌）チームじゃないんだ！

だが、この頭のいいクラスメイトたちに、これ以上前世の知識を開示するのは危険だ。

こうして俺は、舌がアレなのにメシの感想で小難しい理屈を捏（こ）ねる面倒な奴という、不名誉な印象を新たに獲得した。

ココだけは分かってくれたからそれでいい……。

◆

このアイスクリーム店が、王都でＮｏ・１のアイスを食べさせる店として評判になるのは、およそ半年後のこと。

2章　互助会

探索者協会王都東支所

装備を購入した翌日の放課後。

俺は一人で探索者協会王都東支所に来ていた。まず今日は軽く説明を聞いて、本格的な活動は明日からの週末に開始する予定だ。

アルとココは、本部に探索者登録へ行った。俺が、登録は本部でした方がいいと勧めたからだ。フェイたち女子連中は、もう少し学園生活が落ち着いたら登録する予定との事だ。無理して探索者なんてする必要ないのに……。

東支所は、協会本部とは違い、黒くて光沢のある木で組まれた木造の平家の建物だった。隣には訓練施設と思(おぼ)しき建物や、魔物素材の解体場や倉庫と思われるものが見える。

時刻が夕方だからだろう。大きなリアカーに載せられた魔物や動物の素材がひっきりなしに運び込まれている。

俺は開け放たれた入り口から建物に入り、その喧騒(けんそう)に胸を高鳴らせた。

◆

今日も俺はわざわざ私服に着替えて来ている。王立学園生ではなく、普通のG級探索者の一人として話を聞くためだ。

「入り口でボケッと突っ立ってんじゃねぇ！　邪魔だ！」

こんな事を言われて、俺は先輩探索者と思しき男に肩をぶつけられた。

「すみません、気をつけます！」

俺が慌てて横によけて謝ると、その男は『ふんっ』と言って中に入っていった。

ふふふ。

まぁ探索者なんだから、これくらいの荒っぽさは普通だよね。

中にごった返している探索者たちにさっと視線を走らせてみる。昨日散々値札を見て回ったから、何となく装備の相場が分かるな。

一万リアル以上はしそうな武器を手に携えている、中級以上の探索者がゴロゴロいる。

流石は王都、といったところか。

奥の方に見える食事処からは、酔っ払いのものと思しき『ぎゃははは！』と品のない笑い声が漏れ聞こえる。

俺は、ずらりと並んだカウンターに目を走らせ、「十三～十五番：相談受付」と案内板に書かれた列に並んだ。

◆

「こんにちは！　ご用件をどうぞ！」

カウンターを挟んで席に着くと、ざわざわと騒がしい室内に負けないハリのある声で、受付の女性職員さんに用件を聞かれた。

本部受付のお姉様方が着用していたカチッとした制服のようなものは着ていない。

私服に『探索者協会王都東支所』と書かれた作業服風のジャケットを羽織っているか、同じ文言の腕章を付けているのが職員さんのようだ。

目の前の担当職員さんは、真っ白なブラウスにパンツを合わせ、腕に腕章を付けている。

「実は先日、探索者登録だけを済ませたのですが、具体的にどのように活動をすればいいか分からないので、基本的な事を聞きたくて来ました」

「かしこまりました。本日はライセンスをお持ちですか？」

俺がピカピカのG級ライセンスを、誇らしげに机上に置くと、職員さんは微笑(ほほえ)んだ。

「この度は、探索者としてご登録いただきありがとうございます。私は探索者協会職員のアーニャと申します。アレン君は、探索者になりたてのGランクなので、まずはGランクの依頼を中心にこなしていくことになります。一応、ルール上は自分のランクの上下一つ差の依頼までは受注できます。ですが、くれぐれも無理は禁物ですよ？」

なるほど、実力の伴わない者が高難度の依頼を受けるリスクを抑えると同時に、実力上位の者が下級探索者の仕事を取らないようにするための措置かな？

「はい！　無理をするつもりはゼンゼンありませんので心配無用です！　具体的に、どのように依頼を受注すればいいのでしょうか？」

俺がそのように答えると、アーニャさんはやや意外そうな顔をした。

「……君くらいの若い子が探索者登録をすると、いかにも背伸びして無理をしそうな、危なっかしい感じの子が多いんだけど……変わってるわね。この辺りのGランク依頼の中心は、王都内での配達や清掃なんかの常設依頼ね。常設依頼には特に受注手続きは必要ないわ。後ろの掲示板に貼り出されている依頼書に書かれている場所に行って、依頼主のお手伝いをして依頼完了書にサインを貰ったら、一番から一二番までの依頼専用窓口で報酬が貰えるわ。素材採取系の依頼の場合、この建物の西隣りの納入所に素材を納めて、そこで完了書にサインを貰えるから覚えておいて。探索者協会信用金庫に口座を作っておけばお金が預けられて便利よ。王都以外の支部で引き出す時は、事前に申請が必要だから注意してね。今日口座開設する？」

「はい、お願いします！　その辺りの基本的なルールやノウハウなどが書かれた本などは、どこかで読めたりしますか？」

「うふふ。勉強熱心ね。この支所にある図書室に、探索者としてのノウハウが書かれている入門書があるわ。図書室の資料は持ち出しできないけれど、王都周辺の地図や魔物、素材植物の分布域なんかの、探索者として基本的に押さえておくべき情報が色々あるから、時間がある時にぜひ利用してね？　この、東支所には図書室の他に、売店、訓練施設、食事処なんかがあるわ。探索者登録していたら誰でも利用できるわよ」

「ありがとうございます！　では後ろがつかえていますので、今日はこれから図書室に行って本を読んできたいと思います。分からないことがありましたら、また質問に伺いますね！　アーニャさん、本日はありがとうございました！」

俺は座ったままの姿勢で頭をきっかり三十度下げた。

「うふふ、お役に立てたようで何よりよ。じゃあ、活動がんばってね！　……アレン君は礼儀正しいわね……。地方から王都に来たばかりの、世襲予定のない子爵か男爵のご子息ってところかしら？」

「え、はい、まさにその通りですが……よく分かりましたね」

「うふふ。同じような年頃で登録に来る子を何人も見ているもの。……君みたいな新人の若い探索者は、きっとどこかの互助会の勧誘を受けると思うわ。非公式の組織だけど、加入するメリットも確かにあると思う。でも少しやんちゃな子が多いところもあるから、どこかに加入するなら慎重に判断してね」

「……それは、違法行為なんかに巻き込まれる危険がある、という事でしょうか？」

アーニャさんは慌てて手を振った。

「この王都の互助会は、どこもそれなりに歴史のある組織よ。流石にそんな事にはならないと思うけど、君みたいな礼儀正しい子が、合わないところに入ったら苦労すると思ったから、老婆心で言っただけよ」

なるほど、違法行為に巻き込まれたりするのであれば考えものだが、多少気が荒いくらいなら何も問題はないな。

俺はアーニャさんに改めて礼を言い、その場を辞した。

◆

東支所の図書室にあった『最新版！　探索者入門』という本は、探索者の基本ルールやパーティの組み方、ランクごとのメリット、無料講習などの福利厚生などから王都周辺の地図や素材の分布域、注意点などについて広範に書かれており、非常に役に立った。

必要な情報を頭に叩き込んだ後、売店に立ち寄って一〇リアルを支払い使い捨ての着火魔道具を買う。俺に火の魔法の性質変化の才能さえあれば……。

その後、常設依頼の掲示板の内容を確認して、放課後にできそうな依頼と、週末に時間をかけてやりたい依頼をチェックした俺は、王都東支所を出た。

時刻は夜一八時ごろ。辺りは薄暗くなりつつある。

さて、昨夜から新たなルーティーンとしてスタートを切った、弓の訓練を王立学園の施設でするか……なんて考えながら、学園に向かって走り出そうとしたところで、俺は呼び止められた。

「おい。そこのお前、ちょっと顔かせや」

「俺らはこの王都東支所を拠点にしている互助会、『リンゴ・ファミリー』のもんだ。ここらで探索者やっていくつもりなら……俺らにゃ歯向かわねぇ方がいいぞ！」

俺は足を止め振り返った。

するとそこには、俺よりも三つ四つ年上と思われる二人の不良少年が、肩をいからせ顎を突き上げて立っていた。

「分かりました、加入します」

「うるせぇ！　四の五の言わずについてこ、へ？」

互助会

「互助会への勧誘ですよね？　これからよろしくお願いします」

互助会に勧誘するという事は、彼らは先輩探索者という事だ。俺ははっきり言って、探索者活動についての現場知識が乏しすぎる。

リアド先輩は忙しそうだし、互助会の存在を職員のアーニャさんに聞いた時から、彼らのような、近しい先輩の必要性を感じていた。

探せばリアド先輩以外にも学園で探索者のアルバイトをしている人間はいるだろうが、交友関係を学園関係に限定してしまうのは勿体なすぎる。

くどいようだが、俺はこの魔法のある楽しそうな世界のことを、様々な角度から余すことなく体験したいのだ。

丁寧に頭を下げる俺を見て、あれほど威勢の良かった先輩たちは、呆れたような、毒気を抜かれたような顔を浮べた。

「お、おう。どこかの田舎貴族家出身の、世間知らずのお上りかと思ったら、中々思い切りがいいじゃねぇか」

そんな田舎くさいかな？

「この春に王都に来たばかりの、田舎貧乏貴族のお上り三男坊です。これからどうすればいいでしょうか？」

「大物なのか、それともただの馬鹿か……。何か調子狂うな……。とりあえず、上役への面通しだ。

「ついてこい」

◆

上役さんへの挨拶のために移動する道中、意外と優しそうな先輩二人と世間話をする。

「お前、名前は何だ？」

「はい、俺のことはレン、と、そう呼んでくだせぇ」

俺はあらかじめ考えていた偽名を名乗った。

昨日武具屋で咄嗟に口から出た名前が『ポーク』で、猛烈に後悔したからだ。

「そう呼んでくれ、ねぇ……。まぁいい、うちのファミリーは『訳あり』も歓迎だ。深くは聞かねぇから、心配すんな」

「助かりやす」

「……お前そんな喋り方だっけ？」

俺が悪ノリしながら、諸先輩、アムールさんとロイさんについていった先は、王都一番通りよりも外側の、いわゆる下町と言われる地域を突っ切ったさらに先にある、スラム街との境界に立つ荒ら屋だった。

下町とスラムの違いは、いわゆる土壁や堀などで魔物などの襲来から一応防備されている、宅地として管理されている地域が下町、その外側の不法建築群がスラムだ。

王都近郊にこれほどボロくさい建物が未だにあるのかと驚くほどの、古い木造で茅葺きの建物だ。

表札には『りんごの家』と可愛らしい文字で書かれている。だが、絵に描いたようなアウトロー路線の勧誘に、運命を感じた俺に不安はない。

いつ崩れさってもおかしくないほど、ボロくさい門の内側を見ると、庭にはクギが刺さった棍棒や、鉄パイプのような物が山となって置かれている。

おそらく殴り込みにあった時のバリケード兼、こちらからカチコむ際に即座に武器を握って走り出すための準備だろう。

「アムールのアニキ……おやっさんというのは恐ろしい人なんで？」

俺は、背の高い方のアニキ、アムールさんに聞いてみた。

「……めちゃくちゃに恐い……。恐い上に探索者としてもBランクの資格を持っているから、腕っ節の方も半端じゃねぇ。レンも機嫌を損ねないよう、十分注意しろ。まぁついてくりゃあ分かる」

アムールさんは震える声でそう告げてきた。

おぉ！

Bクラスの探索者と言えば、ロヴェーヌ領のような田舎支部には存在しない、一流と言える探索者だ。教えを乞うに十分値する。

キイキイと建て付けの悪い、古ぼけたドアを開けた途端、中からドスの利いた怒鳴り声が飛んできた。

「遅ぇぞてめぇら！　この人手が足りねぇ時にどこほっつき歩いてたんだ、この馬鹿ども！」

その声を聞いて、先程まで肩をいからせて歩いていた背の低い方のアニキ、ロイさんが途端に猫のように背中を丸めた。

「す、すまねぇ親父！　見るからに、探索者登録したてのお上りがいたから、互助会に勧誘しようと思って待ってたんだけど、図書室に籠って中々出てこねぇもんだから遅くなっちまった！　けどちゃんと連れてきたから！　勘弁してくれ」

おやっさんは、人相の悪い顔でギロリ、と俺のことを睨みつけた。

真っ白な口髭に、短く整えられた頭髪。背丈が190㎝はあろうかという偉丈夫だ。

俺は別に何とも思わないが、普通の人間ならその威圧感に萎縮して、即逃げ出しているだろう。

「勧誘だぁ？　こんな育ちの良さそうなガキが、おめぇらみてぇな人相の悪い奴らの勧誘についてくる訳がねぇだろうが！　大方無理矢理引っ張ってきたんだろ、この馬鹿ども！」

そう言っておやっさんは、アニキたちの頭へ鉄拳を振り下ろした。

俺は慌ててフォローした。

「ご、誤解です、おやっさん！　探索者に成り立てのお上りで、右も左も分からないもんで、アニキたちに誘ってもらって喜んでついてきたんでさぁ。もし良ければ俺をこのリンゴ・ファミリーに置いて、探索者のいろはを教えてくれやしませんか⁉」

俺の言葉を聞いたおやっさんは、『何がリンゴ・ファミリーだ！』と、アニキたちに再び鉄拳を下ろして、俺を睨みつけた。

「……そんな小綺麗ななりして変わった野郎だな。こちらとしては人手が足りねぇから、加入させるのはかまわねぇが……。こいつらからどう説明を受けたか知らねぇが、うちは食い詰めたガキどもが、探索者として独り立ち出来るように探索者のいろはを叩き込む事を目的にしてる互助会、『りんごの家』だ。孤児院も兼ねていて、当然満足に稼げねぇガキどももいるから、年長者が割を食う事も多い。それでもかまわねぇってんなら、この俺が直々に仕込んでやってもいいが……」

俺は迷わず頭を三十度下げ、前世で見たドラマで若い衆が使っていた言葉で頼んだ。

「よろしくおねがいしやす」

「……その似合わねぇ、妙な言葉遣いはやめろ。とりあえず、探索者ライセンスを出せ」

……折角偽名を考えたのに、探索者ライセンスには名前が書いてあるんだよな……。

俺が出し渋っていると、アムールの兄貴がフォローした。

「親父。レンはどうも『訳あり』みたいなんだ……。勘弁してやっちゃもらえねぇか？」

おやっさんはギロリと兄貴を睨みつけて、キッパリ拒否した。

「だめだ。別に訳ありだろうが、真面目に働く気があるならかまわねぇが、俺にはこの『りんごの家』を預かっている責任がある。通り名を名乗るのは勝手だが、俺にはスジを通せ」

おやっさんに真っ直ぐに見つめられ、俺は言葉遣いを直してライセンスを出した。

「分かりました。よろしくお願いします」

おやっさんは、俺のライセンスを見て頭を抱えた。

「てめぇか、シェルの野郎が言ってた酔狂なガキってのは……。なんてもん拾ってくんだてめぇら！　もういいから、てめぇらはあっちへ行って、夕飯の支度を手伝ってこい！」

みたび鉄拳を下されたアニキたちは、訳が分からない、といった顔で頭をさすりながら奥へと消えていった。

「あの……シェルというのは……」

何でそんな聞いた事もない人から、俺のことを聞くのだろう……。

「あん？　……まぁ昔からの飲み仲間だな。お前が気にするこっちゃねぇよ。それより、何が目的だ？　はっきり言って、うちより条件のいい優しく活動を支援してくれる互助会はいくらでもあるぞ。お前なら引く手数多だろうよ。悪い事は言わねぇから、今からでも所属先を変えた方が、お前のためになると思うがな」

おやっさんは、迷惑そうにそう言った。

「目的は、先程言った通りです。探索者活動の事が、何も分からなくて困っていたところに、お二人から声をかけてもらったので、こちらに加入の手続きに来ました。その時のアニキたちの勧誘の言葉が気に入って、こちらにお世話になりたいと思った。それだけです。そして、その気持ちは今も変わりありません」

俺は別に手取り足取り教えてほしい訳じゃない。

ましてや王立学園の看板や、俺に関する妙な噂を信じて擦り寄ってくる輩など冗談ではない。

俺は、おやっさんの目を真っ直ぐ見つめ返しながら答えた。

「はぁ〜。本当に妙なガキだ。……加入を認めてもいいが、二つ条件がある」

俺は緊張して続きの言葉を待った。

「一つは、お前が今後どれだけ偉くなっても、ここにいる人間に施しをする事は許さねぇ。たまに、食いもんを差し入れるくらいはかまわねぇがな。これはお前だけじゃなくて、この互助会を巣立っていった奴全員に言ってる事だ。理由は分かるか？」

俺は頷いた。

「自分の足で立たせるため、ですか」

「ふん。お勉強ができるだけじゃねぇみたいだな。その通りだ。何が施しで、何がＯＫかは、それを基準に考えろ。そしてもう一つの条件。学業に支障をきたすような、無様な真似は俺が許さねぇ。

お前の場合はクラス落ちゃ、学園退学、なんて事があってみろ。この互助会は即クビだ」

……これは難しい条件だな。

どちらもこの先十分起こりえる。できれば交渉で条件を緩和しておきたいところだ。

「……なぜでしょうか？　俺は別にAクラスに拘るつもりはありません。もっと言うと、場合によっては学園を退学してでも自分の信じた道に突き進む覚悟を持っています」

おやっさんは暫く俺を値踏みするように見ていたが、首を振った。

「……おめぇの覚悟は、まぁ分かった。だが、それでもだ。俺にもこの『りんごの家』で、人を育ててきたという自負がある。ガキどもにも幼年学校には行かせているしな。この互助会に入って、お前が潰された、なんて噂が立つのは、俺のプライドが許さねぇ」

……なるほどな。

おやっさんは自分のプライド、なんて言ってはいるが、俺が潰されたなんて噂が立って、この互助会の運営に支障をきたすのを心配しているのだろう。

確かに悪い噂が立っては、人も集まりにくくなるだろうし、仕事の依頼にも影響が出るかもしれない。

不器用そうな人だが、この『りんごの家』を大事にしてるんだな……。

「……俺は、自分の信念のために、もしかしたら不義理を働いてしまうかもしれません。その時はクビでも一切文句ありません。もちろん、できる限りこの互助会の運営に支障が出ないように配慮します。どうか加入を認めてもらえませんか？　よろしくお願いします」

俺は改めて、頭をきっちり四十五度の角度で下げた。

「はぁ～。こっちの考えを一瞬で読み取って先回りしやがって……。ホントに可愛げのねぇガキだな。……この書類にサインしろ。上がりの二十パーセントがこの互助会の口座に入る。二十パーセントのうち、十五パーセントはお前が独り立ちする時に返してやる。

お前に限ってないとは思うが、どうしても資金繰りに困ったら途中で引き出してやるから相談しろ」

「分かりました！　ありがとうございます！」

こうして俺は、互助会『りんごの家』に加入した。

弓の鍛錬と初依頼

互助会への入会で、予定よりも学園に戻るのが遅くなってしまったが、俺は弓の訓練へと来ていた。

王立学園にある弓の訓練施設は、武具屋にあったバッティングセンター風の縦長の屋内訓練施設の他に、森や山岳地帯を模したフィールドに障害物が配置された、いかにも金のかかってそうな施設がある。

この設備の豊富さは、流石(さすが)は最高学府という感じだ。

初めてこの学園を見た時は、この王都郊外に何て無駄にだだっ広い場所を取っているのかと思ったが、今となっては納得だ。

だが、少なくとも昨日今日は、俺の他に弓の訓練場を使っている学生はいない。

魔法のあるこの世界。

しかも武で身を立てる騎士コースの学生、すなわち王国騎士団への入団が見えている学園生には、ステラが言っていたようにあまり弓という武器は人気がないのだろう。

俺はとりあえず、シンプルなバッティングセンター風の施設で、基本動作を徹底的に鍛えることにした。

使用する矢の種類は二種類で、使い放題だ。

木を尖(とが)らせただけの、シンプルな木の矢。鉄の鏃(やじり)が付いた、貫通力の高い鉄矢。

二十本矢が入る矢筒から取り出し、矢をつがえ、引く。

矢にも一本一本、僅(わず)かに癖がある。矢を放つまでの、ほんの少しの感触の違いから、狙いを修正する。

これは頭で考えるものではなく、感覚的なものだ。

まずは丁寧に『型』の練度を上げていく。

自分の思い描いた通りに矢が放たれることは、十本に一本もない。

次に、なるべく速く矢をつがえ放つ、速射性の練習をする。

矢は全て的を捉(とら)えているが、この訓練では自分の感覚として『狙い通り』と思える矢は皆無に等しい。

木の矢を一時間、鉄の矢を一時間、計二時間弓を引くと、魔力量には問題はないが、腕はパンパンになる。

腕の筋肉の疲労具合によっても、矢を放つ感覚は変わってくる。

まだ手をつけていないが、動きながらだったり、高低差のある射撃は、また感覚が異なるだろう。

弓は奥深い。実に奥深く、実に楽しい。

心地よい疲労を腕に感じながら、俺は明日からの週末の探索者活動に期待に胸を膨らませ、いつもより早めに眠りについた。

◆

翌日。

アレンは王都の下町にある工事現場に来ていた。

当初の予定では、アレンは今週末、アルとココと共に探索者活動をする予定だった。

だが、昨夜二人がアレンの部屋に訪ねてきた時に聞いた話によると、二人はDランクに格付けされたようだ。

二人は本部での面談で、Gランクから修業を積みたいと申し出たが、威圧感のあるサトワとは別の副会長に、逆にこってりと説教されて、取り付く島もなくDランクとして登録されたとの事だ。

『めちゃくちゃ恐い、オディロンさんって人と面談したんだが、全く取り合ってもらえなかったぞ？　アレンは一体どうやってGランクなんて認めさせたんだ？』

『俺の時は、たまたま優しげな人が担当してくれたから、丁寧にお願いしたら認めてもらえたんだ。まぁ運が良かったんだな』

アレンはそのように落ち込むアルとココを励ましたが、二人は疑り深い目でアレンを見た。

もっとも、普通に考えれば王立学園生がGランクで登録するのは不合理なので、オディロンの判断は当然とも言える。

そんな訳で、GランクとDランクでは受けられる依頼の難易度が異なるので、アレンが同じ依頼が受けられるランクに上がるまでは、とりあえず別々に行動する事としている。

もっとも、非公式に外注を受けるなどの抜け道もないわけではない。

『レン、お前は今日、アムールについて建物の解体現場の手伝いに行け。工期が遅れているらしく、泣きつかれていてな。人手が全く足りん』

朝の八時にアレンがりんごの家に行ったところ、おやっさんからこんな指示を受けた。

道すがら、アムールからアレンが聞いた話では、この解体現場作業というのは、今の王都ではあまり人気のある仕事ではないらしい。

リアドが言っていたように、薬品素材の需要に供給が間に合っておらず、買取価格が高騰しているからだ。

そちらに低級探索者たちが群がっているため、その他の仕事に人が集まりにくくなっている。

特に、施工契約が遥か前に為されているこの手の仕事は、人が集まらないからといって人件費を簡単に引き上げることもできず、その肉体的な負荷も相まってフリーの低級探索者はほぼ来ない。

そこで、『りんごの家』のような、施工主と持ちつ持たれつで昔から付き合いのある互助会が、探索者を斡旋することで何とか仕事を回しているのだが……。

「ちっ、何で俺らがこんな割に合わねぇ仕事に回されなきゃならねーんだよ。一昨日、ラウンドピーズの奴らがユーク草のちょっとした群生地を見つけて、随分稼いだみたいだぞ？　くそ、早く採取しないと、どんどん採取地が遠くなって、効率が悪くなっちまうってのに……」

「ほんと、運がねぇよなぁ……。俺らが次に採取依頼に回れるのは三週間後だぜ？　それまでこの薬草の高騰が続いているとはかぎんねぇのによ……。会長も、落ち目の建築会社なんて、この機会に切っちまえばいいのにな！」

日雇い労働に従事しているような現場の探索者たちは、割の悪い仕事を割り当てられては当然面白くない。

彼らの収入が日当である以上、少しでも割の良い仕事に回りたいと考えるのは当然の事だ。

しかも彼らは、この薬品類の高騰の理由が戦争であると正確に把握していない。

もっとも、情報を正しく理解していれば、早々に値を崩す心配がない事は自明だが、それでも彼らの焦りは変わらなかっただろう。

『今日いくら稼ぐか』

これこそが彼らの行動原理であり、最優先事項だからだ。

彼ら、互助会『ゴールドラット』の二人は、そんな風にイライラを募らせながら、今日担当する建物の解体現場に、集合時間ギリギリに到着した。

「おい、見ろよ……。『りんご』のアムールが、見ねぇガキを連れてやがんぜ？」

一人の男がアレンとアムールに気がついた。

「くくく。あいつら、あの時代遅れの親父に嫌気が差して、働き盛りの上の世代が大勢抜けて、てんやわんやだって聞いてたが……ついにあんなお上りのガキを引っ張り込むまで落ちぶれやがったのか」

「ちょうどいい、あいつらにダルい作業は全部押し付けて、ついでにストレス解消にちょっと脅かすとするか」

「何やってんだてめぇら！　次が溜まってんぞ！」

今日俺が来ている現場には、りんごの家からはアムールの兄貴と俺の二人。

その他に先輩探索者と思しき十八歳前後の探索者が二人手伝いに駆り出されていた。

「畜生、あいつら自分たちがFランクだからって、偉そうに仕切ってキツい仕事ばかりこっちに押し付けやがって」

俺たちは現在、『ガラだし』という仕事をやっている。

依頼主である施工業者が魔導建機を使って崩していく建材を、素手で運び出し用の車両に載せていく仕事だ。

作業ペースを兄貴に合わせているので、はっきり言って、俺にとってはキツくも何ともないただの作業だが、身体強化魔法の練度が不十分なアムールの兄貴はかなりキツそうだ。

「兄貴、こういう事ってよくある事なんですか？」

俺はアムールの兄貴に聞いてみた。

作業自体は別に苦にならないが、あいつらのあの、明らかにこちらを貶めてやろうというニヤケ面は、実に癇に障る。

兄貴から許可が出たら、即座にボコボコにして、どちらが上かの序列を分からせてやる必要があると考えていた。

姉上ならとうの昔に顔の形を判別できなくしている頃だろう。

「いや、普通はここまで露骨にやる事はねぇ。依頼主も見ているし、依頼主の満足度が低いと、協会の評価にも影響するからな……。りんごの家は今ちょっと訳ありでよ。上の人間がごっそり抜けちまったから、よそに舐められているんだ」

この言葉に俺は驚いた。

このバリバリのアウトロー路線を張っている（と思われる）、リンゴ・ファミリーが舐められているというのだ。

「……兄貴……俺はお袋から、潰されそうになったら、逆に全てを叩き潰すくらいの気概を持たねぇと舐められると教わってきやした。あの呑気なツラで水撒いてるだけのボンクラどもの顔を、どっちがどっちか分からねぇくれぇ形を変えてきやしょうか……？」

奴らは、こちらを見てヘラヘラと笑いながら、粉塵防止の水撒きをしているだけで、ほとんど何もしてなかった。

「……貴族のくせに、すげぇ親もいたもんだな……。こっちから手を出したら負けだ。ここは我慢して、さっさとFランクに上がっちまう方が得策だろうよ。俺はもうすぐFに上がれるはずだし、親父からもよそとの揉め事は慎むように厳しく言われてるからな」

なるほど。なんでアムールの兄貴が、ここまで舐められて我慢してるのか不思議だったが、おやっさんに止められているのか。しかももうすぐ昇級が待っていると。

俺は兄貴の顔を立てて、今日のところは我慢する事にした。

と、思っていたら、何もしていないボンクラどもはこんな事を言い出した。

「あぁあぁ、そんなでけぇガラをそのまま積み込むんじゃねぇよ！　このクソガキどもが！　てめえらみてぇな使えねぇガキどもと仕事すると、こっちの評価に差し障んだよ！」

そう言ったボンクラAは、ハンマーを振りかぶり、俺とアムールの兄貴が持ち上げようとしていた大きめのガラに向かって、思い切り振り下ろした。

俺たちは咄嗟にガラを手放したが、砕かれたガラの破片が兄貴の額に刺さり、血が流れた。

これを見て、俺は、一線を越えたな、と思った。

にもかかわらず、それを見たボンクラBは、追い討ちにこんな事を言ってきた。

「ちっ、近頃の『りんご』は、安全管理も碌にできねぇのかよ……。おうお前ら、依頼主に、『今日は先輩たちに色々教えてもらって助かりました。にもかかわらず、不注意で怪我をしてしまい、先輩たちに迷惑かけてすみません』って今すぐ言ってこい！」

「……ざ、ざけんじゃねぇぞ、てめぇら！　こんな事して――」

優しい兄貴は、まだ口で警告をするようだ。

だが俺は、時間の無駄と判断しハンマーを握った。

そして、そんな俺を見て何か言おうとしたボンクラAが立っている足元目がけて、身体強化を全開にしてハンマーを振り下ろした。

砂塵が舞い上がる。

ボンクラA足元にあったガラは、粉々に粉砕された。

理解が追いつかないのだろう。ボンクラどもは口をパクパクしている。

アムールの兄貴も、なぜか口をパクパクとしている。

俺に何かのメッセージだろうか？

……なるほど。

さっぱり分からんが、自分は昇級前で強く出られねぇ、やっちまえ、かな？

きっとそうだ、間違いない。

「てめぇら………リンゴ・ファミリーを舐めてやがんのか？」

兄貴の許可も出たところで、俺はゆらり、とボンクラどもに詰め寄った。

すでに肩に担がれたハンマーの間合いだ。

「て、ててめぇ、俺らはこの王都東支所で二番目にでけぇゴールドラットのメンバーだぞ？　俺らに手を出したら、今の『りんご』なんて――」

俺は口を開いたボンクラBの足元に向かって、再びハンマーを振り下ろした。

砂塵が舞い上がる。

俺が手をうっかり滑らせれば、怪我では済まない事は明白だ。

足元が粉々になったBは、その場で顔面を真っ青にして尻餅をついた。

それを見たAは、歯をガチガチと鳴らしながら、腰からナイフのような物を抜いた。

「抜いたな？」

俺は口元を三日月型に歪めた。

この世界は、傷薬や聖魔法などの影響か、日本と比較してかなり暴力に寛容だ。だがそれは、素手の場合に限る。

街中で危険な武器を、皆が携行しているんだ。

これを気軽に抜いて喧嘩なんかしていたら、社会は立ち行かない。

理由なく抜くだけで、王国騎士団や警察の捕縛対象。

故意に人を武器で傷つけると、たとえ相手が軽症でも、犯罪奴隷として鉱山送りも十分あり得る。

と、そこで、依頼主の施工会社の人間である現場監督と思しき男が、慌てて駆け寄ってきた。

先程まで、俺たちがこいつらに散々理不尽な事を言われていても、見て見ぬ振りを決め込んでいた男だ。

「お前ら何やってる！　協会に報告するぞ！」

俺は、止めに入った現場監督を安心させるため、その場にハンマーを投げ出して宣言した。

「安心してくだせぇ、監督さん。たった今までは、先輩方が、ハンマーの使い方を教えてくれていただけの事でさ。何も問題はありやせん。まぁ流石に仕事の道具で事故が起きちゃ、監督さんとしても不味いでしょう。そして俺は今素手になりました。ここから先は、仕事現場で私物のナイフなんぞを抜いたボンクラを、同じ探索者としてやむを得ず止めるだけのこってす。俺たち探索者は、舐められたら終わり、ってのが嫌というほど身に染みてましてねぇ……。このボンクラどもは、どうも序列をハッキリさせないと分からねぇみたいなんで」

「いや、レン、お前登録したての新人――」

兄貴が何事かを呟いたが、俺は構わず殺気を滲ませてナイフ野郎に詰め寄った。

「お前らがこいつらに無茶を言われても、耐えて真面目に仕事をしてた事は分かってる！　だが、ここで怪我人なんぞを出して仕事が遅れたら、流石に評価するわけにはいかんぞ！」

お、意外だな……仕事はちゃんと評価してたのか。

だが兄貴が怪我をした時点で、俺には泣き寝入りするという選択肢はない。

俺の頭は冷静だが、一方で自分でも意外なほど腹を立てていた。この、不器用ながらも後輩に優しい兄貴の事をかなり気に入っていたからだ。

「なに、この後俺が三人分働いたら何も問題はないでしょう。野郎はエモノを抜いてますが、俺は別に殺すつもりはありやせん。ちょっとこのボンクラどもの顔を、ぶん殴るだけです。どっちがAで、どっちがBだったか、分からなくなるまで、ね！」

俺は笑顔で、さらにずいと詰め寄った。

自分でも何を悠長なとは思ったが、ここで相手が先に手を出してくれたら、言い訳は完璧だと思っていたからだ。

すると、拍子抜けにもボンクラどもは、十二歳の、しかも素手のガキに凄まれて、悲鳴を上げながら逃げていった。

　ここからがいいところなのに……。

　俺は宣言通り、怪我をした兄貴に水撒きをお願いして、三人分の力仕事をした。

　最初は『また工期が遅れる……』と、頭を抱えた現場監督だったが、帰る頃にはすっかり上機嫌になっていた。

「信じられない体力してるな、レン君！　三人分どころか、五人分は働いたんじゃないか？」

　もう一人の依頼主側の会社の人、重機でずっと建物を壊していた、タオルを頭に巻いた初老のじいちゃんも褒めてくれた。

「全くだ。この道四十年の魔導建機使いであるワシが、たった一人でガラ出しをしとる小僧にせっつかれるとはなぁ。参った参った！　……舐められたら終わりなのは、ワシら現場作業員もおんなじよ。あのまま、あの使えねぇ奴らに泣き寝入りしてたら、いくら真面目に働いたってワシも監督も、お前らを認める事はなかったろう……。だが……だっはっはっ！　いやぁおもしれぇもん見せてもらったわ！」

　俺は、じいちゃんが重機で建物を壊して、ガラがある程度溜まるまでの時間、ペースに多少余裕があったので、魔力圧縮しながら監督や兄貴と雑談したりして待つ時間があった。

　もっとも、その事がじいちゃんの闘志に火をつけて、最後の方は物凄い勢いで働く事になったが……。

「あいつらが難癖つけてこないように、お前らが一方的な被害者だってことは、施工会社から探索者協会に正式に報告を入れておく。そんで、お前ら二人の今日の現場評価は『A』だ！」

そのセリフを聞いて、兄貴は驚いた。

「いいのか⁉　A評価は追加報酬の対象だぞ？　レンはともかく、俺は途中から水を撒いてただけだ」

それを聞いて、現場監督はニヤリと笑った。

「あのゴールドラットの奴らに払う報酬がなくなった上に、予定の倍の進度だからな。アムール君も怪我する前までは十分頑張っていたし、受け取ってくれ。レン君には追加報酬に色を付けておこう。これが依頼完了書だ。その代わり、また手伝いに来てくれよ？」

監督はそう言って、バーコードのようなものが付いたサイン入りの紙を渡してくれた。

「ありがとうございます！」

◆

帰りに、純度の高そうな鉄っぽい廃材を一つ貰(もら)った。

気前のいい監督に当たると、廃材を一個土産(みやげ)に持たせてくれる事があるらしい。

『りんごの家』の庭に転がってたのはこれか。

売っても二束三文のようだが、俺と兄貴はウンウン唸(うな)りながら、なるべく目方のありそうな物を選んだ。

監督から、『そんな重そうなの選びやがって、お前はまだまだ元気そうだな！』なんて笑われたが、何だか今リンゴは大変みたいだし、これを土産にして少しでも世話になる恩返しができればいい。

東支所で貰った報酬は、兄貴が二百リアル、俺は何と四百リアルだった。

契約では、一日百五十リアルだったので、倍以上だ。

監督は、あのボンクラ二人に支払う予定の浮いた報酬を、全て俺たちに回してくれたみたいだ。

ホクホク顔で支払いを待っていると、受付のお姉さんが、こんな事を言い出した。

「おめでとうございます！　お二人とも今日でFランクに昇格ですよ！」

……ちょっと待て。

もうすぐ上がりそうだった兄貴は分かるが、何で俺が初依頼をこなしただけで、ランクが上がるんだ？

「何かの間違いではないですか？　兄貴は分かりますが、俺は今日が初依頼だったんですけど……」

「え⁉　そうなんですか？　それは確かに変ですね……。ちょっと確認して来ますね！」

そう言って一度奥へ引っ込んだお姉さんは、二分ほどしてから笑顔で出てきた。

「おめでとうございます！　きちんと上司にも確認しましたが、間違いではなかったですよ！　あなたは昇格条件を満たしていました！　凄いですね、初依頼でそれだけの評価を付けられるなんて、よほどの成果を出したんですね！　私も結構長い事受付をしていますが、ちょっと聞いた事がないですよ？」

兄貴に、『すげーじゃねぇか、レン！　俺だって一回の依頼で昇格する奴なんて聞いた事ねぇぞ⁉』なんて言われた。

……まぁいいか。

ルールは確か自分のランクの上下一つのランクまでなら受注可能なので、Fランクになって受けられない依頼はない。

俺は、少し釈然としない気持ちを抱えながらも、素直にあの監督の厚意を受ける事にした。

リンゴのリンド

俺は、廃材を手土産に、『りんごの家』に立ち寄った。

おやっさんの耳に、今日の出来事を入れておいた方がいいだろうと判断したからだ。

アムールの兄貴は、『丸く収まったんだからいいじゃねえか』なんて報告を渋ったが、報連相は大切だ。

俺は、言いにくい事ほど早めに耳に入れておくのは探索者（社会人）の基本だと言って、アムールの兄貴を説得した。

「随分早かったな……まぁ大方の予想はつく。レンが初依頼で張り切っちまったんだろう。だが慣れねぇ仕事は流石に疲れたろ？　明日も来るつもりなら今日は早めに休めよ」

おやっさんの言う通り、実はかなり疲れていた。

途中から魔導建機使いのじいちゃんと意地の張り合いみたいになって、かなりのペースで仕事をしたからな……。

魔力的には余裕だったが、『ガラ出し』で使う筋力は、剣術や朝のダッシュとはまた別物で、明日は尻から太ももの裏、背中にかけて、かなりの筋肉痛になるだろう。

これから帰って、また慣れない弓を引くから、全身筋肉痛で起き上がるのも億劫になる事間違いなしだ。

好きな事をやっている実感があるので、全然苦じゃないが。

「ありがとうございます。今日のところはもう帰らせてもらいます。でもその前に、一応耳に入れておきたい事がありまして……」

俺がそう切り出すと、おやっさんは顔を顰(しか)めた。

「……初日から一体何やらかしたんだ……？」

アムールの兄貴は、腰が面白いほど引けてたので、俺が代表して事の顛末(てんまつ)を、出来るだけ客観的に、淡々と報告した。

「――というわけで、リンゴ・ファミリーを舐(な)めた野郎は、キッチリ詰めておきましたので」

口を挟まず、最後まで話を聞いていたおやっさんは、話を聞き終わると、俺と兄貴に『何が、リンゴ・ファミリーだ！』と言って、拳骨(げんこつ)を一つずつ落とした。

俺が、憮然(ぶぜん)として頭をさすっていると、おやっさんは言った。

「……まぁそこまで舐められたんならしょうがねぇな。相手が得物を抜いて、こっちが素手ならどう転んでも非は向こうにある。怪我(けが)もさせてねぇみてぇだしな。そんで、一番大事なのは、俺がどっかからこの話を耳にする前に、お前らが正直に事実を報告してきた事だ。これからも、何かあったらいの一番に俺へ報告しろ。そしたらお前らを世話してる俺が、何があっても守ってやる。何がどうなってんのか分かんねぇと、守りようがねぇからな」

おやっさんはダンディな感じでニカッと笑った。その顔を見てアムールの兄貴は目に見えてホッとしたが、俺は一応聞いてみた。

「……ところで……じゃあ何で殴られたんでしたっけ？」

「……楽しそうで、羨(うらや)ましかったからだ」

………。

◆

さて、疲れもあるし、俺は席を辞そうと立ち上がった。

と、そこで外から怒鳴り声が聞こえてきた。

「今日解体現場の仕事でウチの若いのと一緒だった、アムールともう一人のガキ！　出てこいや！」

俺とおやっさんは揃ってため息をついた。

「はぁ。こういう事があるから、報告は大切なんだ。俺が丸く収めてくるから、お前らは出てくんじゃあねぇぞ」

「……おやっさん。自分の尻は、自分で拭きます」

俺は前世のアウトローフィクションに頻出する、憧れていたセリフトップスリーに入るであろうセリフを言ってみた。

「だっはっは！　自分のケツは、自分で拭く、か。おもしれぇ。が、ダメだ。お前が出ると余計にややこしくなる。ここは大人の仕事だ」

おやっさんはそう言って、外に出ていった。

◆

おやっさんこと、リンド・イズラポールが外に出ると、ゴールドラットの若者が十人ほど。

それを取り巻きに、二十七、八歳ほどの男が一人前に出た。

「てめぇは呼んでねぇよ、リンド！　すっこんでろ！」

「……ゴールドラットの、確かサヴァだったか？　近いうちにCランク昇格も見えてる、ってんで、ラットで若い衆の纏め役をやってるんだってな？　この俺を呼び捨てたぁ、随分と偉くなったもんじゃねぇか、あ？」

リンドの凄みに、サヴァは一瞬怯んだ。

だが、周りの取り巻きたちの縋るような目を見て、後に引けないと思い直したのか、さらに一歩前に出た。

「おれぁ今日、ガキ同士の喧嘩の落とし前つけに来ただけだ！　いい歳こいて首突っ込んでんじゃねぇぞ⁉」

リンドはうんざりした。

じゃあお前はどうなんだ？　という当然の疑問は置いておくとしても、サヴァはどうやら、若い衆の纏め役としてまだ自分に自信がないのだろう。

下の者に頼られて、何とか結果を出したいという青臭い気持ちが、リンドには手に取るように見えた。

ぶん殴って追い返してもいいが、そうすると後を引くだろう。

かといって、サヴァには周りの目がある分、話し合いで解決するのは簡単ではなさそうだ。

「……サヴァよ、どのガキが当事者か知らねぇが、お前んところの会長はこの件を知ってんのか？　奴は金にがめつい野郎だが、そこまで話の分からん奴でもねぇだろう」

「うるせぇ！　ガキの喧嘩だって言ってんだろうが！　うちは所帯がでけぇんだ！　わざわざ会長の耳に入れるような話じゃねぇんだよ！」

「始まりはガキ同士の喧嘩かもしれねぇが、こうしてうちの互助会にまで、関係ないガキどもまで連れて乗り込んできてるんだ。こうなると、会と会の話になりかねんぞ。てめぇで話をでかくしてどうするんだ？　お前も人の上に立ったなら、いきりたつ前に、きちんとてめぇんところのガキの話の裏取りぐれぇしたらどうだ？」

そのセリフを聞いて、サヴァは皮肉げな笑みを浮かべた。

「自分とこでガキの頃から面倒見てた奴らに、ごっそり見限られて、会の運営も立ち行かなくなってるてめぇが、偉そうに説教すんじゃねぇ……。てめぇの古くせぇやり方は、もうこの王都じゃ通用しねぇんだよ！」

このセリフを聞いて、リンドは苦虫を噛み潰したような顔になった。

そこへ、間の悪い事に、まだ魔力器官も十分できていないぐらいの子供を二人連れて、清掃の仕事に行っていたロイが帰ってきた。

「親父、これぁ一体何の騒ぎです？」

そこでラットの取り巻きの中でも、一際頭が悪そうで、だが腕っ節が強そうなデブが言った。

「テメェはいつもアムールの野郎と一緒にいるロイだな。お前ちょっと中行って、アムールの野郎と、今日アムールと一緒だったガキを連れてこい。このロートルのじじいと話してても、埒が明かねぇんだ、よ！」

そう言って拳をロイの腹に叩き込んだ。

「てめぇ！　自分が誰の前で、何をやったか分かってやがんのか！」

リンドは一瞬気色ばんだが、後ろで戸が開く気配を感じて、すぐさま冷静になった。

「ロイ！」

「ロイの兄貴！」

アムールとアレンが、血相を変えて戸を開けて飛び出してきた。

◆

おやっさんと、外のボンクラどものやり取りを聞いて、俺は疑問に思っていた事をアムールの兄貴に聞いてみた。

「何で『りんご』は、こんなに人がいなくなっちゃったんですか？」

言いにくい事情でもあるのかと思ったが、俺の疑問を聞いて、兄貴はあっさり答えてくれた。

「……親父は言い訳しねぇけどよ。どうも最近、北のロザムール帝国との国境付近で仕事が増えてて、探索者が足りてねぇらしいんだわ。王都は仕事も多いが、探索者も多い。うちは満足に稼げねぇガキも多いのに、ほとんど会費も取らねぇから、会の会計はいつだって火の車だ。それで、この家で育った俺の兄貴分たちは、向こうで探索者として勝負したい、必ず向こうで身を立てて、こっちで仕事にあぶれている弟分たちの受け皿になってみせるっつってな。親父は、探索者なんだから自由に生きろ、この家のことは心配すんなって……兄貴分たちが送ってくる仕送りも『それぁ施しだ』っつって全部突っ返してな。探索者として好きに生きれば、Aランクにだって手が届いてもおかしくねぇ親父が、自分の夢も財産も何もかもなげうって、この家を支えてくれてるのが、俺たちは悔しくってよ。だから、俺には兄貴分たちの気持ちもよっく分かるんだ。というか、一緒に行きたいって言ったんだ。だけど……俺はまだ早いっつって、連れてってもらえなかったけどな」

アムールの兄貴は、目に涙を滲ませ、悔しそうに歯を食いしばった。

なるほどなぁ。

兄貴の言葉は決して饒舌じゃなかったが、その気持ちは十分に伝わった。俺は一つだけ思った事を、兄貴に言った。

「俺には、おやっさんの気持ちがよく分かります。おやっさんは、決して自分の身を削っているつもりなんてないと思いますよ？　自分のやりたい事を、やりたいようにやってるだけでしょう。地位も名誉も財産も、どうでもいいと思ってるんじゃないですかね？」

……俺の直感は間違ってなかったな。

この家では、みんなが自分のやりたい事を見つめて生きている。

やはり俺は、探索者として修業するなら、『りんごの家』がいい。

と、そこで、ドアの隙間から外の様子を窺っていた兄貴が、『ロイ！』と、叫んで外へ飛び出した。

俺も慌てて外を見ると、品のないデブがロイの兄貴の腹にワンパン入れて、崩れ落ちた兄貴の頭を汚らしい靴で踏んづけたところだった。

「ロイの兄貴！」

俺はアムールの兄貴に続いて、外に飛び出した。

◆

「馬鹿やろう！　何で出てきやがった！」

「やっと出てきやがったか！　おう！　ロートルは俺が押さえる！　てめぇら全員できっちり落とし前をつけろ！　リンゴ如きが俺らに歯向かったらどうなるか、体に教えてやれ！」

サヴァはそう叫んでリンドの腰に組みついた。

「この大馬鹿やろう！　誰を押さえてるんだ！　レンを、そのダークブラウンの髪をした奴を止めろ！　ばか！　一人でかかる奴があるか！　全員でかかれ！　なに素手で行ってんだ！　その辺の廃材を使え！　ばか！　同時に投げるんだよ！　ロイ！　いつまで寝てんだ！　アムールと一緒にレンを押さえろぉお！」

こうして、王都アウトロー業界に突如新星が現れた。

腕っ節一本で探索者協会会長にまで上り詰めた、アウトローのカリスマ、シェルブル・モンステル。

その飲み友達でもある、『りんごのリンド』ですら押さえられない『猛犬』。

最近勢力がめっきり衰えていた『りんご』に、レン、という名のヤベェ奴が入った、という噂は、ゆっくりと王都の裏側で広がっていく事になる。

ちなみに、この件は程なくゴールドラットの会長の耳に入り、会長自らが手土産を持ってりんごの家に頭を下げに来た事で、手打ちとなった。

ルーンシープ

俺がりんごの家に乗り込んできたゴールドラットのアホどもをぼこぼこにしてから二週間が過ぎた。

俺はこの二週間、王都内の配達や側溝の清掃、建築現場の雑用などの仕事を、放課後と週末時間が許す限り詰め込んで、下級探索者としての基本的な仕事を堪能していた。

その間、『リンゴ・ファミリー』をコケにしてくるアホどももいて、もちろんそいつらには物の道理を丁寧に教えてきた。

そして今日俺は、おやっさんに連れられて、比較的年齢の高いりんごのメンバー八人と一緒に、王都からほど近い草原に来ていた。

今日の目的は、りんごの家で消費する食肉の調達だ。

食べ盛りの子供たちに、物価の高い王都でお腹いっぱい食べさせようとすると、自然と半自給自足になる。

特に、働き盛りの主要メンバーがごっそり抜けてからこちら、孤児院も兼ねているりんごの家は、食べるものにも困窮するほど財務面が悪化している様子だ。

十分な戦闘技能のない子供たちを、普段から目の回るほど忙しいおやっさんが連れて、月に一度する狩りは、食糧の確保という意味でも、戦闘訓練という意味でも、りんごの家にとっては重要なイベントだ。

◆

「レン兄(にい)、弓持ってんじゃん！　弓使えるの⁉　かっけぇ～！」

「レン～私にも弓教えて～！」

俺は、例のゴールドラットとの揉(も)め事(ごと)以降、りんごの家のメンバーに随分懐かれていた。

探索者は力こそ正義の業界だ。

特に、あの日ロイの兄貴が目の前で品のないデブに沈められ、大層怖い思いをしているところに俺が飛び出して、お話し合いをする様を直接見たチビ二人、ポーとビーナには大変懐かれている。

ちなみに、あのデブはこの辺では有名な、札付きのワルだったらしく、そのプライドにかけて何度もリベンジに来たが、全て丁寧に返り討ちにしておいた。

面倒だから逃げる事も考えたのだが、俺が舐(な)められたら、りんごの他のメンバーが仕事の現場で舐められる可能性があると考えたからだ。

余りのしつこさにうんざりしていた俺だが、ある日デブの腰にユーク草を濃縮した傷薬がある事を発見し、一度ぶっ飛ばしたあと、その傷薬をかけてもう一度ぶっ飛ばすという、一日で二日分の作業をこなす手法を発明した。

するとその翌日からデブは来なくなり、その後一度東支所で見かけた時は、『レン君、ちぃーす！』と品のない挨拶(あいさつ)をしてきた。

そんな事も影響してか、それとも俺がこの二週間、理不尽な事を言ってくるアホどもに、物の道理を丁寧に説明してきた事が功を奏したのか、りんごのメンバーは随分仕事先で他の互助会から舐められる事が減ったと喜んでいた。

そんなこんなで、外様(とざま)の俺を快くファミリーに受け入れてくれたのだった。

「ふっふっふ。これのかっこよさが分かるとは、お前ら見る目あるな。だがまだ俺も、人に教えられるほどは使えない。実は買ったばかりで、実戦で使うのは初めてなんだ」

「なんでぇ～見かけだけか～！」

「上手になったら教えてね、レン！」

「……何でショートボウなんだ？　まぁ別にいいが……。ライゴたぁ、渋い趣味してやがんな。初めてなら、無闇やたらに撃つんじゃねぇぞ。今日はガキどもがうろちょろしてて危ねぇからな。……おめぇもガキだけど」

この渋さが分かるとは、流石はおやっさんだ。

だが確かに、仲間に誤射なんかしたら洒落にならない。

それに今日は、いつもの無限に矢筒が供給される訓練施設とは違い、矢は矢筒にある二十本だけだ。

今の俺は、ある程度の精度を出しながらだと約二秒に一本、精度を気にせず本気で速射したら二秒で三本ほど撃てる。

無闇やたらに撃ちまくったら十五秒で矢がなくなるという事だ。

「分かりました。ところで今日の獲物は何ですか？」

俺は、随分業物っぽい槍を担いでいるおやっさんに聞いてみた。

「あぁ。一番の目的はルーンシープって言う、羊だな。肉もうまいし、この季節は冬毛が生え変わる直前で、品質の良い羊毛が採れる。普通のやつはガキどもでも十分狩れるが、魔物化した個体はDランクだ。かなり突進力があって危ねぇから、もしいたら俺が相手する。ま、レンの動きなら問題ねぇだろうがな」

　この世界の魔物は、二種類に分けられる。先天的に魔力器官を体内に持つ種としての魔物と、元々は普通の動物だが、後天的に体内に魔石を育み魔物化するものだ。

　いずれにしても、魔物は気性が荒く、好戦的である個体が多い。

「分かりました。毛に光沢のある個体が魔物で、魔力器官はツノですね。見かけたらおやっさんを呼びます」

「何だ、見たことあんのか？」

「いえ、カナルディア魔物大全に載ってる魔物は、大体頭に入っているだけです」

「……あの分厚い辞書みてーなやつが、数巻あるやつか……。どんな脳みそしてるんだ、お前……」

「興味を持って繰り返し読めば、誰だって頭に入りますよ」

「ふん、それが一番難しいんだよ。行く予定もない地域の魔物なんて、どうしたって覚えたってしょうがねぇって気持ちが先に立っちまうからな……。さ、この辺りから小道を外れるぞ。魔物も出るから無駄話は終わりだ」

　おやっさんは一度皆を集めた。

「リアカーはここに置いていく。今回はレンがいるから、いつもと少しフォーメーションを変えるぞ。俺が先頭、槍持ってるアムールとロイが左右について、レンが最後尾（シンガリ）だ。アムール。この辺りの魔物の注意点は？」

　おやっさんに問われ、兄貴は淀（よど）みなく答えた。

「一番やばいのは、滅多に出ないけどグリテススネーク。Bランクの魔物で普段は山にいるけど、今の季節はこの辺りまで餌を取りに来る可能性がゼロじゃない。こいつは動く獲物に反応するから、万が一遭遇したらやり過ごすか、親父が狩り終わるまで全員その場で静止する。属性持ちの魔物が出たら、魔法で一網打尽が一番ヤベェから20ｍほどの間隔で散らばって、後退。親父が仕留める。普通の魔物は、親父が俺たちで相手できるか判断して、可能なら盾持ち三人と槍一人で囲んで仕留める」

おやっさんは頷いた。

「いいだろう。レンは今日自由に動け。ただしパーティの後衛として、常に全体の動きを把握することを意識しろ。特に矢を射る時は必ず全員の位置を確認してから放つんだぞ。いくぞ。目的地はあの岩山だ」

そう言っておやっさんは、小道から５００ｍほど外れた先にある岩山に向かってズンズンと歩き出した。

◆

岩山に着くと、岩肌で草を食んでいるルーンシープはそこかしこに見つかった。

比較的下の方にいる個体を二体、アムールとロイの兄貴、それぞれのチームで一体ずつ仕留めた。

俺の出番はなしだ。

近くの低木に吊るして、血抜きする作業を興味深く見ていると、おやっさんに呼ばれた。

「あそこにいるのが魔物化した個体だ。弓の腕を見ておきたいから、狙ってみろ」

おやっさんが、指差した方を見ると、確かに他の個体よりも僅かに毛艶のよいルーンシープがいた。

日陰にいるせいかもしれないが、もっとキラキラ輝いているのを想像していたが……。

これは経験を積まないと見分けられないな。

「……かなり警戒されていますね」

その個体は体をこちらに向け、時々こちらに目をやりながら、草を食んでいる。

「そりゃそうだ。目の前で同胞二体ぶっ殺されてるんだからな。ライゴでこの距離じゃ当てるのは無理だろうが、腕を見るだけだから気楽に行け」

おやっさんの言葉に俺は頷いた。

距離は70ｍほどだが、高低差を考えると有効射程ギリギリだろう。

俺は木の矢をつがえて、ほんの一瞬だけ照準して放った。

魔物化したルーンシープは、すぐさま体を伏せて矢を躱し、矢が岩肌に弾かれたのを見てすぐさま崖上に向かって逃げ出していった。

ちらりとおやっさんを見ると、難しい顔で腕を組んでいる。

「すみません、逃しました……。ああやって躱すのが習性なら、着弾時間を出来るだけ調節して二発撃ったら当てられるかもしれませんね」

「……お前ほんとに今日が初めてか？　どこに狙いを付けた？」

「えっ？　額ですけど……。魔力器官のツノを残して、肉も毛も傷つけず仕留めるには頭を潰すのが一番いいかと思ったので……。まずかったですか？」

「……やっぱり、あの一瞬で『点』に照準してやがったのか……。着弾時間を調節して二発だと？

非常識すぎて、コメントする気にもならん」

これは怒られているのか？　褒められているのか？

「……次は当てられるように頑張ります」

俺はとりあえず無難にそう答えた。

蛇に追われたネズミ

三十分ほど血抜きをした後、盾役のチビたちが三人で一体ずつルーンシープを括り付けた木の棒を担ぎ、俺たちは来た道を帰りはじめた。

おこぼれを狙っているのだろう。

上空では、大きなロウバルチャーと呼ばれるハゲタカが二体旋回している。

この世界には、残念なことに四次元空間にいくらでも物が入る魔法の収納袋などはない。

身体強化魔法も覚えたてでままならないチビたちは、かなり重そうにしていて、代わってやりたいが、武器を持ってる俺たちは万一の魔物の襲来に備える、というのがおやっさんの指示だ。

まぁこうしてキツい仕事を覚えさせるのも、必要な事なのだろう。

そんな事を考えながら300mほど草原を進んだ所で、東の方からドドドドと何かが走ってくる音がした。

音は明らかにこちらへと向かってきている。

目を凝らすと、500mほど先から体重が20kgはありそうな二十匹ほどのネズミ型の魔物、確かメドウマーラというやつが真っ直ぐこちらに向かって走ってきていた。

……何だ？

確か臆病な魔物で、人を見たら逃げる性質だったはずだが……。

俺が不思議に思っていると、おやっさんが叫んだ。

「最悪だ！　奴らグリテススネークに追われてやがる！　こっちになすり付ける気だ！」

よく見るとメドウマーラの奥に、バカでかいこげ茶色の蛇が草原の中でうごめいているのが見えた。

グリテススネークは、動く獲物を追いかける性質がある。遭遇したら、やり過ごすか、おやっさんが仕留めるまで、いずれにしろ俺たちはじっと動かない手筈だったが、この状況で固まっていると、メドウマーラとモロに激突したところにグリテススネークに追い打ちされる事になる。

グリテススネークは、体長が10m近くありそうな途轍もないデカさで、メドウマーラを次々に丸呑みにしながらこちらに向かってきている。

人間も余裕で呑み込みそうだし、俺はともかく、チビたちが全力で走ってもとても逃げられそうにないスピードだ。

「ちぃ！　属性なしなのが不幸中の幸いか！」

本来はこげ茶色の蛇だが、属性持ちの場合、属性に応じた色鮮やかな鱗が交じっているはずだ。

この距離から、そこまで確認できるのか……。

おやっさんは、一瞬だけ俺を見て何かを逡巡した。

おやっさんが言いたい事を即座に察した俺は、一つ頷いて言いにくいであろう指示を代弁した。

「迷ってる時間はないです。俺が前のネズミを押さえますから、おやっさんは後ろのでかいのを頼みます！」

おやっさんは、俺がメドウマーラの対応をして、万一にもグリテススネークの矛先が俺に向かうリスクを取りたくないのだろうが、今できる最善は間違いなくこれだ。

俺は返事を待たずに少しだけ集団から離れ、弓を構え、矢筒に手を添え戦闘態勢に入った。

「……先頭の属性持ちの個体を優先して狙え！　その後は無理しなくていい！　グリテススネークが50ｍ以内に近づく前に、レンも武器を下ろしてじっとしてろ！　お前らはメドウマーラにぶつかられてもけっして声を出さずに動くなよ！　怖けりゃ目を瞑ってろ！　骨が折れても死ぬこたぁねぇ！」

おやっさんはそう言ってグリテススネークに向かって真っ直ぐ駆け出した。

突如遭遇した命の危険がある実戦に、ドクッドクッと、自分の心臓の鼓動が聞こえる。

力を抜きたいが、あのツノウサギを仕留めた時のように、手の筋肉が僅かに強張っていることが分かる。

……自分を信じるしかない。

この二週間、毎日何本の矢を撃ってきたと思ってる。

俺は、腕が上がらなくなるまで弓を引いてきた訓練を思い出しながら深呼吸し、メドウマーラの数を数えた。

メドウマーラはグリテススネークに呑まれて多少数を減らして、残り十六匹。

…………おやっさんが、すれ違い様に二匹、中程にいる属性持ちを含めて片付けるつもりだな……。

とすると残り十四匹。

うち属性持ちは先頭の目の赤い一匹。

有効射程ギリギリの１００ｍから、おやっさんに言われた50ｍまでにはあと五秒程で到着するだろう。

俺が五秒で放てる矢は多くて八本。

俺は獲物に、優先順位をつけた。

「レンにぃ……」

ポーが祈るような声で俺の名前を呼んだ。

俺は、少しでもポーを安心させるためにニコリと微笑(ほほえ)み、『静かにしてろ』とジャスチャーで示した。

メドウマーラが俺の射程に入るのと、おやっさんがグリテススネークと接敵したのは同時だった。

……おいらは大馬鹿だ。

あれほど親父(おやじ)に、魔物を舐(な)めるなって、王都周辺で、俺がついてても安全とは限らねぇって、口を酸っぱくして言われてたのに、何も理解していなかった。

たった二、三回、食肉の調達に連れてってもらって、何も起きなかったからって図に乗って……。

親父がついてて、ほんとに命の危機なんかに陥るはずがねぇって、ついさっきまで舐めきってた。

今日は王都内の、きついばっかりで、つまんねぇ仕事をしなくて済む、なんて遠足気分で……。

おいらも盾なんかじゃなくて、早く槍(やり)を持ちたい、なんて考えてた。

「最悪だ！　奴らグリテススネークに追われてやがる！　こっちになすり付ける気だ！」

親父は、あの親父の口から出たことが信じられないような、焦りがありありと感じられる大声で叫んだ。

遠くに見えているグリテススネークは、物凄(ものすご)いスピードで逃げるメドウマーラをいたぶるように追い込みながら、一匹ずつ丸呑みにしつつ、真っ直ぐこっちへ向かってくる。

その姿を遠くから見るだけで、膝(ひざ)が笑い、手が震え、おいらたちは担いでいたルーンシープを括り付けている棒を手放して、その場にへたり込んだ。

とても、身体強化魔法を使って担いでいられるような精神状態じゃない。親父以外、誰も彼も固まっちまって、一歩もその場を動けない。

槍を持ってるアムールとロイの兄貴たちも、槍を杖(つえ)にして辛(かろ)うじて立ってるって感じだ。

そん時、レン兄(にい)はよく通る声でこう言ったんだ。

「迷ってる時間はないです。俺が前のネズミを押さえますから、おやっさんは後ろのでかいのを頼みます！」

そう言ったレン兄は、親父の返事も聞かず、おいらたちから少し離れた場所で弓を構え、矢筒に右手を添えた。

親父は頷いて、レン兄とおいらたちに素早く指示を出して、真っ直ぐグリテススネークに向かって走り出した。

おいらはその背中を祈るような気持ちで見送った。

犬かと思うほどでかいネズミたちが、こちらに向かって突っ込んでくる。

悍(おそ)ましい蛇に食われて多少は数を減らしたが、それでもその地鳴りみたいな足音は物凄い迫力だ。

ネズミたちはかなりの距離まで近づいてきているが、レン兄は弓を構えたまま動かない。

どうしたってんだ、レン兄ぃ。

弓を実戦で使うのは初めてって言ってたし、ブルッちまったのか？

おいらは精一杯の大声でレン兄に声をかけようとして、口の中が乾いてて情けない声を出した。

「レンにぃ……」

レン兄は、おいらの声を聞いて、チラリとこっちを見たかと思うと、不敵に笑った。

そして、矢筒に添えていた手を一瞬口元に当てて、『しーっ』と動作で示し、すぐに視線を前に戻した。

もうあと十秒もせずメドウマーラはおいらたちのもとへ到達する。

親父はもう、グリテススネークと激突する寸前だ。

と、その瞬間、そこまで静かに弓を構えていたレン兄は、目にも留まらぬ速さで矢筒から矢を引き抜いて、瞬時に弓につがえ矢を放った。

流れるような早業だ。

おいらは矢の行方(ゆくえ)を必死に追った。

放った矢は、おいらたちに向かって真っ直ぐ向かってきていたメドウマーラの、目が真っ赤な先頭の奴を、見事に撃ち抜いた。

だがおいらは、快哉(かいさい)を叫ぶ前に驚愕(きょうがく)した。

レン兄が放った二の矢三の矢が、次々にメドウマーラを串刺(くしざ)しにしていったからだ。

慌ててレン兄を振り返って見た光景を、おいらは一生忘れないだろう。

レン兄は、美しい、としか言いようがない、途轍もない速さで次々に矢を放っていく。

その動きの速さは、最初に放った一発目とは比較にならない。

放った矢は、吸い込まれるように全て獲物に命中して、十秒かからずにメドウマーラたちを全滅させた。

かと思うと、レン兄は即座に弓を抱えて、グリテススネークを中心に、右へ円を描くように走り出した。

◆

おやっさんは初手を、蛇を巻き取るように左下から右上に向かって掻くように放った。

明らかに相手を倒すための一手ではない。

つまり、おやっさんでも一撃で仕留めようとするのはリスクが高い、と考えている獲物という事だ。

グリテススネークは体をくねらせて躱そうとしたが、躱しきれず、おやっさんのとんでもない膂力で、どぅと跳ね上げられた。

「ん逃すかよ！」

かなり際どく見えたが、きちんと決めきるところは流石はおやっさんだ。

もし今の初撃を外して、蛇がおやっさんの後ろにすり抜けていたら、かなり盤面は難しい形勢になっていただろう。

俺は、おやっさんの作ってくれた時間は短くとも三秒以上、と判断し、即座にプランを変更した。

八秒あればネズミは全て片付く。

蛇に追いかけられていることで、一直線に走っているだけのネズミは止まっている的と大して変わりないが、流石に最初の一発以外は限界まで速射している分、精度が荒く、何匹かはまだ息があるようだ。

だが、蛇と属性持ちさえ止めてしまえば、アムールとロイの兄貴が手負いのネズミは何とかしてくれるだろう。

「兄貴！　まだ息がある奴は頼みます！」

俺は二人を信じて、即座に蛇を起点に半径60ｍまで間合いを詰めて、反時計回りに走り出した。

おやっさんの最優先事項は、グリテススネークを後ろに抜けさせない事。

俺が今もっとも優先すべきことは、リスクを回避して膠着状態にあるおやっさんが速やかにグリテススネークを片付けられるようにサポートする事だ。

できれば残りの五本の矢は、ネズミには使いたくない。

俺は念のため手負いのネズミどもの様子を視界の端に捉えながら、おやっさんとグリテススネークが射線に重ならないように走り、チャンスを窺った。

おやっさんはすぐ俺の動きに気がついた。

俺の動きに、一瞬驚いたような顔を見せたおやっさんだったが、即座にこちらの意図を察して合わせてきた。

一旦受けに回り、こちらと呼応して隙を作り一撃で決めるつもりだろう。

この即応能力、流石は一流の探索者だけはある。

俺は、先程からグリテススネークが時折見せる、首を大きく引いて、その反動で噛み付こうとする動きに合わせる事にした。

おやっさんの視界に入り、なおかつ蛇からの死角に入る位置から重く扱いづらいが威力の高い鉄の矢を放つ。

矢はそれでも貫通力不足で蛇の硬い鱗に弾かれたが、俺を感知していなかった蛇がこちらに意識を走らせた僅かな隙。

そこにおやっさんが身体強化を漲らせた突きの大技を繰り出した。

その途轍もない威力に、グリテススネークの頭と胴は一撃で分断された。

それを見届けた俺は、即座にポーの方を振り返り、その頭の上20m程に矢を放った。

『ギョエエエ！』

ルーンシープの血抜きをしていた時から、ロウヴァルチャーという、翼開長が4m近くある猛禽類の魔物が、ルーンシープを狙って上空を旋回している事には気がついていた。

奴らは生きているものは襲わず、他人の獲物を掠め取るハゲタカだ。

狡賢く、こちらの戦闘が佳境に入ったタイミングでルーンシープを掻っ攫おうと降りて来たところを狙い打った。

胴体を貫かれたロウヴァルチャーは、叫び声を上げて地面に激突し、絶命した。

これだけ苦労したんだ。

ここでメインの獲物である、ルーンシープを掻っ攫われたら、骨折り損もいいところだろう。

もう一羽いたロウヴァルチャーは、仲間がやられたのを見て急旋回して逃げていった。

「随分余裕じゃねぇか……」
おやっさんが呆れ顔で近づいてきた。
「余裕なんてありません……。今のはおやっさんが、『パーティの後衛として全体をよく見てろ』

って助言をくれたから、意識が向いていただけです。ですがあのクラスの魔物（グリテススネーク）が出るなら、ちょっと俺のライゴでは怖くてこの辺りはうろつけませんね。おやっさんがいなかったら、と思うとゾッとします。手が震えていますよ」

俺は、震える自分の手をじっと見つめた。

戦闘が終わった途端、安堵（あんど）したのかブルブルと震え始めた。

グリテススネークの、意識の外から放ったはずの鉄の矢は、あっさりと弾かれた。

もしおやっさんがいなければ、至近距離から口内を狙うなどの、リスクの高い戦法を取らざるを得なかっただろう。

おやっさんは俺の震える手を見て笑った。

「だっはっはっ。その状態であれだけ動けるとはな！　可愛（かわい）げがあるようで、全くねぇな！　……あの蛇は、普段はジッとやり過ごすのに苦労する魔物じゃねぇんだけどなぁ。森ん中ならともかく、こんなだだっ広い草原なら出合頭も普通はねぇし、尚更だ。今日は運がなさすぎた」

それもそうか。

こんな事が王都近郊で頻繁に起きていたのでは、低級探索者の採取依頼などままならない。

だが一方で、運が悪ければあっさり死ぬ。

それが探索者という仕事の本質なのは間違いない。俺がこの世界で面白おかしく生きるためには、現状の強さでは不十分だという事。その事を、おやっさんがいる場で実感できたのは幸運だったな。

俺は改めて、あの日たまたま兄貴たちが勧誘してくれて、りんごの家に加入できた幸運に感謝した。

◆

今日の戦利品は、ルーンシープ二頭と、おやっさんが仕留めたグリテススネーク、メドウマーラの魔石二個、そしてロウヴァルチャーとなった。

リアカーはルーンシープ二頭とロウヴァルチャーでいっぱいになったので、グリテススネークはおやっさんが担いで、帰り道の警戒は俺とアムールとロイの兄貴三人で担当した。

ネズミの魔物、メドウマーラは、ロイとアムールの兄貴が手負いの奴も全てチームで囲んで始末してくれたが、素材としての価値は低く、物理的に持って帰るのが難しかったので、属性持ちだった個体の魔石のみ持ち帰る事にした。

魔石は、おやっさんに解体のやり方を教えてもらいながら、バンリー社製のナイフを使って俺が摘出した。

メドウマーラの魔石は、心臓部分に豆粒くらいの大きさの赤い石があった。

言葉で表現するのは難しいが、掌（てのひら）に載せた時に、力強いエネルギーの波動のようなものを感じた。

二束三文のクズ魔石との事だが、自分で初めて獲得した魔石を手に持って、俺は『あぁ、異世界に来たんだなぁ』と、今更ながら感慨を覚えた。

王都に着くと、『りんごの家』に戻ってルーンシープを解体する兄貴たちとは別れ、俺とおやっさんの二人で素材を売りに行った。

グリテススネークの胴をホースみたいに丸めて右肩に担ぎ、左手に蛇の頭を握って歩くおやっさんと、ロウヴァルチャーを背負って歩く俺は結構人目を引いて、道ゆく人がざわざわと指を差してくる。

「レン君ちーっす！　その獲物、Ｃランクのロウヴァルチャーっすか⁉　レン君が仕留めたんすか⁉　Ｆランクっつー話なのに流石っす‼　俺、今東支所に獲物下ろしてきた帰りなんで、運びましょうか？」

何だか悪目立ちして嫌だなぁ……なんて思いながら、下町を歩いていると、顔は見た事ある暑苦しいデブが、リアカーを引っ張りながら笑顔で近寄ってきた。

「おう、気が利くじゃねぇか」

「てめぇに言ってねぇよロートル！」

「あぁん？　おやっさんに向かって何舐めた口聞いてやがんだ？　てめぇ、『リンゴ・ファミリー』を舐めてやがんのか？」

「何が、『リンゴ・ファミリー』だ！」

ゴンッ！

てなやり取りをやった後、顔は見た事あるが、名前は知らないデブがリアカーで東支所まで獲物を運んでくれたので、多少は目立たずにすんだ。

デブに一応形ばかりの礼を言うと、『ちぃーっす！』と言って笑顔で帰っていった。

どうやら挨拶は、『ちぃーっす』の一つしか知らないらしい。

納入所のサキ

王都東支所の横にある納入所は、夕方とあってかなりの数の納品客がいた。

俺は、この二週間、王都内で雑用のようなFランク以下の仕事ばかりをしていたので、納入所に来るのは初めてだった。

カナルディア魔物大全（本の中）でしか見た事のない魔物と、それを運び込む歴戦の男女の姿を見て、絶賛テンション上昇中だ。

俺たちが、だだっ広い納入所に入ると、おやっさんが再び担いだグリテスネークが大いに目立ち、あちこちから視線が投げかけられひそひそと声が聞こえる。

『おぃ。「リンゴのリンド」だ。かなりでけぇぞ？　奴ぁほぼ遠出しねぇから、あのデカさのグリテスネークが、この辺りで出たのか？』

『流石リンドだな。……後ろで「ハゲタカ」を担いでるのは誰だ？　見ねぇガキだな』

『ばか。あれが最近、「りんご」に入ったってぇ「猛犬」だろ？　リンドにハゲタカが近づくとは思えねぇし、野郎が下げてるショートボウで仕留めたのか……』

『あれがか？　丸っ切り育ちの良さそうな、芋臭いただのガキじゃねぇか……。弓使いだったのか。だが、ショートボウでハゲタカを落とすのも、相当な技量がいるぞ？』

『あぁ、さっきゴールドラット（ラット）のベンザが、あんなガキにへこへこしてたし、間違いねぇだろ。一見穏やかそうだが、スイッチが入ると途端に、血の通わない喧嘩（けんか）魔導機に変貌（へんぼう）するって話だ。後見人（バック）のリンドも厄介だし、無闇に喧嘩を売るなよ？』

何で俺が王都に来てまで『猛犬』だなんて呼ばれなくてはならないんだ……。

そりゃ、余りに理不尽なことをされた時は、丁寧に物の道理を教えたりもしたが、俺は断じて無闇矢鱈に喧嘩を売ったり、瞬間湯沸かしの如くキレて暴れ回ったりした事はないぞ?

せいぜい、ちょっと怒った事がある、くらいのものだ。

それにしても、あのデブ名前はベンザって言うのか……。便座を連想してしまったので、もう忘れられないだろう。

別に覚えたくないのに……。

おやっさんは、そんな噂などどこ吹く風、といった感じで颯爽と歩き、一直線に『大型』の看板がかかった、暇そうな納入窓口へと歩み寄った。流石に大型の獲物を、この王都で納品する人間は、列をなすほどはいないらしい。

実に渋い。

特に並ぶこともなく窓口に着くと、この道何十年、といった感じのおばちゃんが待ち受けていた。

おやっさんよりいくらか下、くらいの年齢だろうか。

「リンドじゃないか。あんたが来るなんて珍しいね。そっちの子供も、ついでに私が見てあげるから、その獲物をこっちの台に置きな」

「ここに来るのは久しぶりだな、サキ。ま、三週間前シェルの野郎と三人で飲んだばかりだがな。今日もガキどもが一緒だったから、別に狩る気はなかったんだがなぁ。メドウマーラの群れを追いかけて東ルーン平原まで降りてきてた奴だ。なすり付けられちまってな……」

「へぇ～そいつは運がなかったね。おや、ひと突きかい。大雑把なあんたにしては上出来じゃないか。そっちのロウヴァルチャーを狩った子供が、マーラの相手をしてくれたお陰かい？　その歳(とし)とその状況でしょんべん漏らさず弓を引けたなら、まぁまぁ見どころがあるね」

　サキさんは、まるで見ていたかのように状況を即座に理解した。

「あぁ。こいつがいなければ少なくとも怪我人(けが)は出てたな。それどころか、十秒かからずに二十四匹近くいたマーラを全滅させて、即座にこっちのフォローに走りやがったからな。面はガキだが中々可愛げのねぇ弓を使うぞ」

「……おやっさん。十四匹です」

「あん？　こまけぇことはいいじゃねぇか」

「いえ、十四と二十じゃ全然違います……。そこを詰めるのが大変なので」

　それは俺がこの二週間で痛感している点だ。

　同じ速射速度をコンマ一秒詰めるのでも、最初の頃と今では難易度が天と地ほど違う。

「きっひっひっ」

　サキさんは笑いながら、ホースのように丸まっていたグリテススネークの胴を、台の上で一息に伸ばした。

　この背が低く枯れ枝のような腕をしたおばさんも力強いな……。

「これだね」

　頭の部分を除いた8mはありそうな胴体から、即座に俺が撃った辺りの一枚の鱗(うろこ)を剥(は)がした。

「子供。名前は何と言う？」

　サキさんは、剥がした鱗をクルリと指先で回転させながら、俺の名前を聞いてきた。

「え？　……レン、と呼んでください」

俺は一瞬逡巡（しゅんじゅん）したが、探索者ライセンスを出しながら、偽名を名乗った。どうせこの後、納入手続きをする時にライセンスは出す事になるからだ。

サキさんは、ライセンス（俺の名前）を見て、難しい顔で眉毛（まゆげ）を上げた。

「……なるほどねぇ。シェルの野郎には言ってあるのかい？」

「……まだ言ってない。シェルは自分の目で見たがっていたし、遅かれ早かれだしな」

「きっひっひっ。おい子供。いや、レンだったね。お前は今後、納入に来る時はこの大型窓口を使いな。『訳あり』なんだろ？　私は大体ここにいるが、いなくても使えるように話を通しておいてやる」

……なるほど。

この人も、そのシェルって人と共に、おやっさんの飲み友達なんだな。

おやっさんは今日、俺の事情を汲（く）んでこの人を紹介してくれるつもりなのだろう。

本来なら、特別扱いなど不要と突っぱねるところだが、納入の度にライセンスを出してると、いつ俺が王立学園生だと露見するか分からない。

俺は厚意に甘える事にした。

俺が頷（うなず）いたのを見て、サキさんは査定を始めた。

「さて、無駄話はここまでにして、査定といこうかね。グリテススネークの鱗が一万リアル。頭と肉は五千リアル。牙（きば）や内臓なんかのその他素材も二千リアル出そう。ロウヴァルチャーは属性なしだから、矢羽に使える羽が二千五百、肉が五百リアルってところだね。メドウマーラの魔石は一つ三十リアルだよ。よければここにサインしな」

よければと聞かれても、相場が全然分からないからな。

ここはおやっさんにお任せだ。

「……サキの査定に文句をつける気はないが、蛇はそれで大丈夫なのか？　鱗はともかく、他はちと高すぎると思うが……」

「ふん。あんたも知っての通り、最近きな臭い噂が立っててね。こいつの肉は食材としても捌（さば）けるが、特に頭は体力回復薬の素材になるから、今は相場が三割は上がってる。こいつは毒袋もないし、内臓は普通値段をつけないんだが、最近ちょっとしたツテで買い手がいてね。魔物食材に需要があるから値段をつけられるのさ」

この説明を聞いて、俺は思わず小さく挙手した。

「……この蛇って美味（おい）しいんですか？」

「きっひっひ。美味（うま）けりゃ普段も値段がつくさ。肉は硬いし、内臓は苦くて臭くて食えたもんじゃないよ、きっひっひ」

サキさんは悪い顔で笑った。

ちょっとしたツテはソーラで間違いなさそうだ。

しかもこの表情は、そっちからも俺の話を聞いているな。

味の方は数日後の朝のお楽しみか……。楽しみじゃないけど……。

俺はおやっさんに念のため確認した。

「俺の方はどうしてもらっても構いませんが、肉を売っちゃっていいんですか？」

「あぁ、羊を二頭獲ったばかりだからな。これ以上は捌ききれず腐らせちまう。それなら金に換えちまった方がいい。サキ。上がりは俺とこいつで折半だ」

それを聞いて、俺は慌てて断った。

ロウヴァルチャーはともかく、グリテススネークの方は、俺は牽制の矢を一発撃っただけだ。

「おやっさん、それはダメです……。俺にはこの蛇を倒すすべはありませんでした。むしろおやっさんは命の恩人なのに、金なんか受け取れません。事前に報酬を取り決めてなければ、折半が探索者の基本だってことくらいは分かってますが、せめて蛇の分はおやっさんか、『りんご』で取ってください」

だがおやっさんは、即座に厳しい顔で首を振った。

「ならねぇ。それはりんごへの『施し』だ。俺に、お前を破門にさせてぇのか？」

余りの迫力に俺が二の句を継げずにいると、おやっさんは笑った。

「それに、お前はパーティの後衛として、十分な働きをした。仕留め役だけが偉いわけじゃねぇ。だからこの金は、正当な報酬だ。胸張って受け取れ」

「きっひっひ。話は決まったね。私は素材の解体で忙しいから、さっさと失せな」

二人は息ぴったりに話を切り上げた。

少々釈然としないが、まぁ純粋に働きを認められた、という事ならば嬉しい。ここは、甘んじて受けるべきかな……。

しかし、命懸けだったとはいえ、この短時間で約一万リアルの稼ぎか……。

今夜は奮発して、蕎麦にカボチャの天ぷらでも付けちゃおっかな。

いや、イカの天ぷらもいいかも……。

う～ん、悩む！

◆

その後俺は、おやっさんと一緒に依頼専用窓口へ行って、サキさんに貰った納入証明を提出した。

依頼ではないただの素材の買い取りなら、納入所でも換金や振込手続きが可能だが、探索者の脅威である、王都近郊の平原まで降りてきているグリテススネークと、探索者の獲物を掠め取るロウヴァルチャー、そして属性持ちのメドウマーラは全て常設依頼に入っていたからだ。

そしてそこで、俺はＥランクへの昇格を告げられた。

いくら何でもそれは早すぎると、今度はかなり強めに抗議したが、奥から上司だというおばちゃんが出てきて、基準を満たしていたら昇格するのがルールだからの一点張りで、お話にすらならなかった。

おやっさんにも、『そもそもおめぇがＦって方が無理があんだから、諦めろ。お前の言いたい事も分かるが、できる奴が、できねぇ奴の仕事を取っちまう側面もあることを忘れるな』と言われ、俺はしぶしぶ折れた。

Ｆで受けられない仕事はないが、Ｅランクでは受けられない仕事というのは結構あるから、苦渋の決断だ。

今回は折れるが、どうせサトワが手を回しているに決まっているため、今後の事を考えて、俺は本部へ抗議に行く事を密かに心に決めた。

そして俺は、今回の狩猟を通じて、もう一つ気がついた事がある。

俺が王都に来る時に、槍で稽古を付けてくれた田舎のC級探索者のディオは、A級にも手が届くと言われているおやっさんと、槍の腕で遜色がないという事だ。

いや、槍の事はよく分からないし、ディオには手を抜かれていたので断言はできない。

だが、パワーではおやっさんかもしれないが、技の鋭さではディオの方が上なんじゃゃ？　とすら思える。

強さだけがランクの全てではないとはいえ、何であの人あんなど田舎でくすぶってるんだろう……。

幕間　幻のパーティ

「レン君ちーっす！　……今日は泊まりで仕事っすか？　珍しいっすね！」

俺がキャンプ道具を背負って探索者協会王都東支所から少し離れた路地に立っていると、互助会『ゴールドラット』に所属する品のないデブが声をかけてきた。

名前は確かベンザだ。

「……お前には関係ないだろう。馴（な）れ馴れしく話しかけるな」

本日俺は週末の休みを使い、アル、ココと共に探索者協会の依頼を受託して、小遣い稼ぎも兼ねた活動に出かける予定だ。

別にバレたらバレたで仕方がないのだが、できれば王立学園生として特別扱いなどを受けたくないので、俺は一般の探索者レンとして活動している。

その辺りの事情はすでにアルとココには話してある。

特に立場を隠すつもりのない二人と一緒に支所内へ依頼の受注へ行くと、面倒な事が起こりそうなので、二人に受注手続きを任せてここで待っているというわけだ。

「そういやレン君、もうEランクにまで上がったって聞きましたが、マジですか？」

「……まぁな。たまたまおやっさんと出かけた時に、運悪くグリテスネークに遭遇し狩ったら上がったんだ。お前も搬入は手伝っただろう。もっとも、ほとんど俺は何もしてないから、この昇格は不本意だがな」

俺がそう話してため息をつくと、ベンザは目を輝かせた。

「すげぇ！　一体どんだけ実力が抜けてたら、たった数ヶ月でGランクからEランクに上がるんすか⁉」

「俺に聞くな。何度も言うが、俺は別に上がりたくて上がったわけじゃない。暑苦しいからさっさと消えろ」

俺が迷惑そうな顔を隠そうともせずしっしっとベンザを追い払おうとしていると、間の悪いことにアルとココが受注手続きを終えてやってきた。

「ガキの頃から探索者やってる俺がまだEランクだっつーのに――」

そう言って目を子供のように輝かせたベンザは、アルとココの姿を認めると、いきなりいつもの品のない輩顔に戻り、二人を舐めるように見た。

「待たせたな、あ……えーとレン。知り合いか？」

アルが品性の欠片もないベンザの顔を、まじまじと見ながら聞いてくる。

「全く知らんな。見たこともない」

知り合いだと思われたくない俺は即座に否定した。だが空気を読めないベンザは品のない自己紹介をし始めた。

「オメェらりんごの新人かぁ？　俺ぁはラットのベンザってもんだ。レン君とは仲良くさせてもらってる。レン君はあっちゅーまにEランクに上がったけどよ……。強い人間に寄生してランクが上がるほど、探索者協会の査定は甘くねぇぞ、おおん？　レン君に寄生してランク引き上げてもらおうなんて考えて、迷惑かけてんじゃねぇだろうな？　ああん？」

上背のあるベンザが上から目線でそのように言ったので、俺はベンザの頭を引っ叩いた。

「いつ俺がお前と仲良くしたんだ……その品のない目つきはやめろ……。それに何が寄生だこの馬鹿。この二人の探索者ランクはD。俺やお前よりも上だ。今日はこの二人が受けるCランクの依頼に、俺が同行させてもらうんだ。つまり二人は俺のクライアントだ。分かったらさっさと消えろ」

そのようにベンザを追い払おうとすると、アルは怪訝そうな顔を打ち消して、爽やかに挨拶をした。

「俺はアル。俺らは『りんごの家』の互助会員って訳じゃないけど、たまたまレンとは縁があってさ。よろしく、ベンザさん」

アルはそう言って、爽やかに右手を差し出した。

その目には揺るがぬ自信が満ちている。

この世界の握手には……特に探索者のような力を尊ぶ職業人の間では、自己紹介の意味合いがある。

手を握り力を込めると、何となくお互いの身体強化魔法の練度が感じられるからだ。

アルの自信に満ちた目つきと、差し出された右手をしばし見たベンザは、『おうっ！』っと気合の入った声を出してその右手を掴んだ。

「………………ぐっ！」

「ははっ！　力強いな、ベンザさん」

アルは楽しそうに目を輝かせた。

……おそらくは、身体強化魔法魔法込みの握力は、互角くらいだろう。

……認めたくはないが、ベンザには身体強化魔法の才能がある。育ちが悪く、頭も悪く、品性の欠片もないが、俺に何度もリベンジしに来た時も、馬鹿丸出しに真正面から正々堂々挑んできたし、そこまで性根も腐っていないのだろう。

最初ロイの兄貴の頭を汚らしい靴で踏んだ時は、どうしてくれようかと思ったが、あの件はボンクラ二人組がいい加減な報告をした事が発端にあり、ラットの会長がおやっさんに頭を下げに来た事で手打ちになっているしな。

まぁだからといって仲良くする気はさらさらないが。

俺はベンザの頭を再び引っ叩いた。

「いつまで魔法士と力比べをしてるんだ。ちなみに今回のリーダーはここにいるココだ。はっきり言って、二人とも戦闘面でもお前じゃ相手にならない。分かったら口の利き方に気をつけて、さっさと失せろ」

俺がこう言うと、人見知りのココはベンザとは目を合わさずにペコリと頭を下げた。

ココは別に王立学園生である事を笠に着るようなタイプではないが、有り体に言ってオタク気質だし、どこからどう見ても不良であるベンザとは違う世界の住人だ。元々人見知りだし、この塩対応も仕方がないだろう。

「ま、魔法士だと⁉ ……お、俺はランクはEだけど喧嘩じゃその辺のDランク探索者には負けねぇっすよ！ ましてやこんな見たこともねぇガキ二人に……。それとも、二人ともレン君なみに喧嘩がつえぇっつーんすか⁉ そんな奴がゴロゴロいるわけが……」

どうやらベンザの中には、喧嘩の強さ以外に人材を評価するパラメーターは存在しないようだ。頭が悪すぎるだろう……。

「……喧嘩をしたらレンの方が強い。アルと二人掛かりで挑んでも、勝てるビジョンが全く浮かばない」

「ま、そうだろうな！」

ココがボソリとそう言い、アルがあっさりと相槌を打つと、途端にベンザは上機嫌になった。

「あ、当たり前だろうが！　レン君は俺が何度挑んでも全く歯が立たなかったんだぞ⁉　おう、お前ココっつったか？　どっちが上か分からせてやるから、腹にワンパン入れてこい！」

ベンザはそう言って、太鼓のように膨れた腹をバンと叩いてココへと詰め寄った。

何でこいつは嬉しそうなんだ……？

理解が追い付かないココがその顔に戸惑いを浮かべたので、俺は『こうするんだ』と言って、遠慮なく腹に左の拳をめり込ませ、体が折れたところで顔面へ右フックを叩き込んだ。

ベンザはもんどり打って転がった。

「ぐぅぅうう～久々にレン君の拳ぃ～」

「お、おい、今かなり力込めてなかったか⁉　大丈夫ですか、ベンザさん！」

アルが心配そうにベンザへと駆け寄る。

「ほっとけアル。そいつは異常に頑丈だから心配するだけ時間の無駄だ。それよりもさっさと行こう。朝一の乗合馬車に遅れるぞ」

アルはなおも心配そうに後ろを振り返っていたが、ベンザがヨロヨロと立ち上がって『ちーっす！　お気をつけて』とか言ったところでようやく振り返るのをやめた。

◆

俺たちが乗合馬車で向かったのは、王都の東に聳え立つグリテス山だ。いつかリアド先輩に案内してもらって以来、俺は何度かこうして乗合馬車でやってきたことがある。

グリテス山は、早朝に出れば東支所から日帰りできるほど近く、資源が豊富で、絶対とは言えないが裾野付近は比較的安全に活動可能だ。当然来訪する探索者も多いので、余計に安全が確保しやすい。

今日は休日なので、兼業で探索者をしている人も来ているのだろう。乗合馬車は臨時便が出るほどに混んでいた。

「で、どんな依頼を受託したんだ？」

ベンザが絡んできたのですっかり忘れていたが、俺はココに依頼内容を聞いてみた。

ココの実家であるカナルディア家は、カナルディア魔物大全という名著をその昔編纂した家で、魔物の生息域や生態に関するココの知識量は半端ではない。

単純に学問として学んだだけではなく、現地調査のノウハウも実家にいる時に徹底的に叩き込まれたらしい。

俺は『面白そうな依頼。あ、美味いものが食いたい』と適当に注文をつけて、どんな依頼を受託するのかはココに一任していた。

ココは依頼の受注用紙を広げた。

「……カニ」

◆

ココの受託した依頼は、ブラックショックと呼ばれるカニの捕獲依頼だった。

ブラックショックは右のハサミだけ異常に筋力が発達した甲羅が黒いカニで、非常に食味がいい事で知られている。

一般的な沢ガニよりも二回りほど大きく、人間の広げた掌ほどの大きさで、その発達した大きなハサミを瞬間的に閉じる事で『バチンッ』と大きな音を出し、その衝撃波で獲物を気絶させ捕食する。地球にも確か似たような生き物がいたはずだ。……あれはエビだったかな？

もっとも、この攻撃が脅威なのは、ブラックショックがエサにする魚や昆虫などの小型生物だけで、人間は大きな音に驚くくらいで気を失うほどではない。

不用意に手を出してそのハサミに指を挟まれると、一撃で切断される程の力を持つそうだが、ハサミを閉じる以外の動きはそれほど速くないようなので、注意すればそれほど脅威に感じる必要はないだろう。

ではなぜこの依頼がCランクになっているかというと、晩春から初夏にかけて産卵期を迎えるブラックショックは、この時期グリテス山に流れるドナリ川の上流域……つまり危険な魔物に遭遇するリスクの高い地域に分布するからだ。

俺は食べたことはないが、産卵前の外子を抱えたブラックショックはとりわけ美味で、多くの魔物や野生動物が捕食するために集まってくるそうだ。

こうした魔物と遭遇する不確定なリスクに比例して、依頼の難易度と報酬が増すというわけだ。

例年はDランクの常設依頼となっているようだが、今年は不漁で王都の高級レストランが受注型のCランク依頼を出して、数を確保しようとしているらしい。

買取価格は一杯六十リアルと相場の倍の破格と言える設定で、買い取り数の上限は二百杯までとの事だ。

「……美味いのか？」

ココは力強く頷いた。

「初めて食べた時の感動は一生忘れられない」

「……よし！　今夜はカニパーティだな！」

「カニパーティ？　うちの領ではカニを食べる文化はあまりないから、どんなパーティか分からないけど、なんだか楽しそうだな！」

アルが力強くそう同調すると、馬車に同乗していた二十代前半くらいに見える女性三人組の探索者パーティの一人、ショートカットの斥候風の女性がやれやれとため息をついてた。

「………………あんたら、そんな装備でドナリ川上流に行くつもりなの？　悪い事は言わないからやめておきな」

すかさずその隣に座っていたセミロングの戦士風の女が止めに入る。

「やめときなミーシャ。この子たちにはリスクを取ってでも金を稼がなきゃいけない事情でもあるのかもしれないし、こう見えて相応の実力があるのかもしれない。もちろん単に馬鹿なだけかもしれないけど、いずれにしろ探索者の活動は全て自己責任。首を突っ込んでもいい事なんてないよ。分かってるだろ？」

ミーシャと呼ばれた斥候風の女性は一瞬言葉に詰まったが、首を振って俺を指差した。

「でもリン、この二人はともかく、あいつのカッコ見なよ。あんなピカピカの安物装備つけて、どこからどう見ても探索者になりたてだよ？　おまけに今夜はカニパーティだなんて……。単に馬鹿なだけの確率が高すぎる」

ミーシャさんがそう断言すると、気まずい沈黙が馬車に漂った。

「えーっと、俺たちはそれなりに自分の実力を把握した上で依頼を受けているつもりなんですが……カニパーティはどこかまずかったですか？」

ミーシャさんはやれやれとため息をついた。

「カニパーティは別にいいけど、それを今夜しようと思っているのが問題なのさ。ちゃんと行程表を作ってるかい？　仮にあんたらにドナリ川上流の魔物に対処できる実力があったとしても、ブラックショックの漁をするなら、今日のところは中腹の探索者キャンプに泊まって、明日漁をする計画を立てるのが普通だよ？　今から山に入って今夜カニパーティをしようと思うと、ほとんど休みなしで山を駆け上って、魔物に対処しながら漁をして、遅くとも夕方には漁を終えて、山中でキャンプの準備をしなきゃならない。もちろん上流域では、どんなにヘトヘトでも不寝番が必要になる。相当なベテランでもかなり厳しい計画になるはずさ」

俺とアルは顔を見合わせた。もちろんさっき適当に受けた依頼の行程計画など、一ミリも考えていない。

するとそこでココが地図を広げた。

この世界の地図は押し並べて前世のそれよりもいい加減だが、グリテス山は王都に近く、かなりの数の探索者も活動するので、比較的まともな地図が手に入る。

「……一応考えてある。畑上集落跡から鵜の田尾根を通って飛蔵峠。ここまで午前中のうちに登る。そのあとドナリ川に降りて川沿いを登りながら漁をして、夕方を目処に五合目のキャンプまで降る。

その、予定」

ココがそう地図を指でなぞりながら淀みなく説明すると、ミーシャさんは左手で額を押さえた。

「まるで無茶苦茶だよ。山歩きを街中の散歩か何かだと思ってるのかい？」

俺は地図をまじまじと見た。以前リアド先輩と歩いた時は、その倍近い距離を植物採取しながら一日で歩いた気もするが……。

俺が首を傾げていると、今度はそれまで黙って聞いていた魔法士風の女性がミーシャさんを制止した。

「……その辺にしておきましょう、ミーシャさん。こちらも命懸けなのに、これ以上肩入れすると精神面に支障が出かねません。……誰もが痛い目に遭いながら成長するのですよ。私たちもそうだったではないですか。あなたたち、無理だと思ったら引き返すなりして計画を変更してくださいね。忠告はしましたよ？」

…………いずれにしろ、この人たちは見ず知らずの俺たちの事を心配してくれている事は間違いない。

「ご忠告ありがとうございます。無理があると思ったら計画を変更しますね」

俺たちはこの親切な忠告に感謝の意を述べた。

◆

「そっちにも二匹いるぞアル！」

「了解！」

俺は藪から飛び出してきた狸の魔物二匹に弓とダガーで対処しながら、川でブラックショックを

捕獲しているアルに声をかけた。

時刻は午後一時で、昼飯は携帯非常固形食でパパッと済ませたが、ココの計画通り進むと普通に到着した。

毎朝坂道部で走ってから、さらにゴドルフェンのしごきに耐えている俺たちとしては、さほど急いだという意識もなかった。

学園の周りを走る坂道部の活動では、Aクラスで一番タイムの遅いココだが、経験の差なのか山歩きのペース、特にがれ場などの難所を歩くのは早く、むしろもっとも魔力量に恵まれているアルのペースに合わせてここまできた。

こうしたフィールドでの運動能力は、魔法だけが全てではないという事だ。

ココのルート選定は流石（さすが）の一言で、出会い頭に魔物と遭遇しやすい藪などを避けつつ、俺たちでも踏破しやすいルートが選定されているのが分かる。さらに魔物の縄張りを示す爪痕（つめあと）、フンや毛、足跡などの痕跡（こんせき）を的確に見極めて、その都度リスクを軽減するようにルートを微修正してくれる。『勘』、などの言葉で片付けず、考え方を論理的に説明してくれるので、ど素人（しろうと）の俺にはめちゃくちゃ勉強になった。

沢に降りてからの役割分担は、周辺警戒と指揮、全体フォローがココ。魔物や野生動物に対処するアタッカーが俺、そしてブラックショックの漁担当がアルだ。

「レン。猫狸は属性持ちの個体が分かりにくい。魔法に注意して」

「了解！　アル、その岩陰に一匹隠れたぞ！」

アルが愛用の短杖（タクト）でブラックショックの背を押さえると、獲物はたちまち氷漬けになる。活（い）けのまま氷締めにして、次々に協会で借りた保冷型の背嚢（はいのう）に放り込んでいく。

「うわ、何かぬるぬるした泡を出す魚がいるぞ！」

「……石鹸魚（ソープフィッシュ）だね。淡水に棲（す）む奴（やつ）は毒を持たないはずだから心配ない」

そんな調子で俺たちは二時間ほどかけて沢を遡上（そじょう）し、二つ借りた大きな背嚢がパンパンになるまでブラックショックを捕獲して、探索者たちが拠点としている中腹のキャンプを目指して山を降りた。

夕方――

まもなく日が暮れるという時刻になって、今朝乗合馬車で同乗した無謀な新米（ルーキー）と思（おぼ）しき探索者の三人組がキャンプへとやってきた。

このキャンプ場は、気休め程度の木の柵（さく）が探索者の相互協力で維持されており、また常時ある程度戦闘力のある探索者が滞在しているため、魔物や野生動物が集まりにくく、山中にしては比較的安全に過ごすことができる。

「見なよミーシャ。あの子たち、無事に到着できたみたいだよ。……戦闘があったみたいだね」

戦士系装備のリンが中型テントを組みながら顎（あご）をしゃくった方をミーシャが見ると、意外に足取りの軽い三人がキャンプへと入ってくるところだった。

だがそのうちの一人、ダークブラウンの髪をした男の子はピカピカだった革製の胸当てにベッタリと血をつけている。

その元気そうな顔を見て、ミーシャはほっと胸を撫（な）で下（お）ろした。

「お疲れさん。よく日が暮れる前にキャンプに入れたね。怪我はない？」

鵜の田尾根を目指して山に入ったからには、どこでルートを転換したのかは分からないが、真っ直ぐこのキャンプを目指すより相当遠回りを強いられたはずだ。

「あ、こんにちは、えーっとミーシャさん。心配させましたかね？　これは返り血なので怪我はないです」

アレンがそのように答えると、ミーシャは安堵の息を吐いた。

「疲れただろう？　薪は私ら多めに拾ってあるから分けてあげる。暗くなる前にテントを組んじゃいな」

アレンたちは顔を見合わせた。

「えーっと、そんなには疲れてないのですが……ありがたく使わせていただきます。本当はもう少し早くこのキャンプに着く予定だったんですが、途中で緋熊に遭遇しちゃって……」

アレンがそのように言って頭を掻くと、ミーシャとリンはその顔に緊張感を溢れさせた。

「ひ、緋熊だって⁉」

「よく見つからずに逃げ切れたな！」

二人の声がキャンプ中に響き、アレンたちに一斉に注目が集まる。

「えーっと、矢を連射してたら運よく目に刺さって仕留めました。それでココに教えてもらいながら解体してたんですが、のんびり血抜きしてる時間がなかったので物凄い勢いで血が出て……」

アレンはそう言って、血にまみれた胸当てを見て顔を顰めた。

「そ、そんなショートボウで緋熊を……？　もしかして親と逸れた子熊かしら？　………だとしたら、親熊が今匂いを頼りに子熊を探している可能性がある！　どこで遭遇したの⁉」

ミーシャがそう叫ぶとキャンプに緊張が走った。

それを押さえるように、ココが落ち着いた声で状況を説明する。

「大体六歳から七歳くらいのオスの成体だから、子育て中じゃない。遭遇したのはここから北東に５㎞ぐらい上った、オモジリ坂から飛蔵峠へ分岐する場所から川側に少し下りた笹林の辺り」

その説明を聞いて、キャンプ場は一瞬静まり返り、ついで皆が笑い出した。

「だっはっは！　そんな得物でお前らみたいなガキ三人が、成体のオスの緋熊を仕留められる訳がねぇだろう！　大方、笹茶熊辺りと見間違えたんじゃねぇか？　まぁそれでもその歳で仕留めたってんなら大したもんだがな、はっはっは！」

その場に居合わせた熊のように顔一面ひげを蓄えた親父がそのように笑うと、リンも苦笑しながらアレンたちに優しく声をかけた。

「ふふっ。でもまぁ、そんな所まで行ってたなんて、もしかして本当に鵺の田尾根から飛蔵峠まで登ったのかい？　凄い体力だね。若いって羨ましいよ。良ければ獲物が何の毛皮か私が見てあげようか？」

アレンは再びポリポリと頭を掻いた。

「それが……背嚢が一杯でどうしても持てなかったので、魔石だけ摘出して持ってきたんです。毛皮は矢で結構痛んじゃってましたしね。近くの大笹の葉にくるんで埋めてあるので、背嚢が空いたら後で取りに行こうかと。運が良ければ残ってますよね？」

呑気にそんなことを言いながら、無造作にテニスボールほどもある透明の魔石をポケットからごろりと取り出した。

「な！！！　そ、それ本物じゃない！　本当に緋熊を仕留めて、しかも毛皮をほっぽってきたの⁉　それより価値ある素材って、一体そのパンパンの背嚢には何が詰まっているのよ！」

「えっ……何ってカニです。ブラックショック。そうだ、よければ一緒に食べませんか？　薪のお礼におすそ分けしますよ？　いやあ二百杯が上限の依頼なのに、つい欲張って取りすぎちゃいまして……。三百杯以上はあると思うので、皆さんもどうですか？」

アレンがそう言ってキャンプ内を見渡すと、先程笑っていた熊ひげ親父は両手を突き上げた。

「ひゃっほー！　俺はカニに目がねぇんだ！　って、じゃあまじでそのショートボウで緋熊を仕留めやがったのか⁉」

「ひゃっほー⁉　――じゃないわよ！　この子たち、今朝の馬車で私たちと一緒に到着して山に入ったのよ⁉　そこからドナリ川の上流まで上がって、背嚢が二つパンパンになるまでブラックショックの漁をして、ついでに緋熊を倒して解体までして、今ここにいるのよ⁉　どういう計算よ‼」

キャンプにざわざわと異様な雰囲気が広がる。誰がどう考えても計算が合わないと、皆の顔には書いてある。

女三人パーティの魔法士、モアナが恐る恐る背嚢の中身を確認する。

「……本当に全部ブラックショックですね。夢でも見てるみた――…………凍ってますね……それも全部……。それほど出力の高い冷凍ザックには見えませんが……」

「あ、あぁ、レンがイケ？　のまま氷締めにするって拘ったから、生きてるのを凍らせたんだ。俺、氷属性持ちの魔法士だから」

「……魔法士がそれだけの強行軍で移動して、生きているカニを三百匹以上凍らせて、何でピンピンしてるんですか……？　一体どんな魔力量して……」

モアナは称賛というよりもむしろお化けでも見つけたように薄気味悪そうな顔つきでアルを見た。

騒ぎを聞き、キャンプの準備をしていた他の探索者たちが、何だ何だとアレンたちを取り囲み、事情を聞いていく。

「そんな凄腕(すごうで)の新鋭パーティがいるなんて、聞いた事もないぞ⁉」

「お前ら名前は⁉」

「そんな事より、緋熊を仕留めて毛皮をほっぽってきただと⁉　背嚢なら貸してやるから今すぐ取りに行け、もったいねぇ！　俺たちが護衛についていってやるから！」

「えーっと……俺の名前はレンです。じゃあお手数ですが、同行お願いします」

アレンはそう言って、屈強そうな探索者二人組とキャンプ場の出口に向かった。

「で、お前らの名前は？　なんて名前のパーティで活動してるんだ⁉」

「……ニアル」

目を血走らせた探索者たちに詰め寄られ、ココは困ったようにそう答えた。

「えっ！　………えーっと、俺はドーレです。パーティ名は……おいレン！　何てパーティだったっけ⁉」

アルにそう聞かれたアレンは振り返って満面の笑みで答えた。

「カニパーティだ‼」

熊ひげオヤジは、ごくりと息を呑(の)んで呟(つぶや)いた。

「…………お前らも、カニに目がなかったのか……」

◆

「悪かったわね、あなたたちの実力も把握しないまま、失礼なこと言って」

俺たちが竈(かまど)を組んでキャンプの支度をしていると、先輩探索者のミーシャさんが申し訳なさそうに声をかけてきた。

俺は慌てて手を振った。

「気にしないでください。俺たちはまだDランクとEランクですし、まだまだ自分たちが実力不足だって事は自覚しています。王都には出てきたばかりですし、先輩から助言がいただけるのは素直にありがたいと思っています」

俺がそう言うと、リンさんが呆(あき)れたように苦笑した。

「その歳でもうDランクで、しかもそれだけの実力を持ってて、まだ足りないっていうの？　一体どう育って何を目指していたらそんな風に思うんだい？」

そういう事が言いたいんじゃないんだけどな……。

「……確かに俺たちは、体力面や戦闘技能は同世代に比べて優れている方だと思います。ですが探索者の実力はそれだけではないでしょう？　それ相応の経験に裏打ちされた、事前準備やリスク管理が必要だと、今日だけでも何度も感じました。ミーシャさんが馬車の中で俺たちに言った、『工程表は作ったか？』という言葉にはハッとさせられました」

俺たちの自力で、三人で活動すれば、この王都近郊でそうそう危ない目に遭う事はないだろう。

だがなんというか、そんなパワーでごり押しするようなスタイルでは面白くない。もちろん、ゲームのように魔物の生息域が明確に区切られている訳ではないのでリスクも高い。

つまりは、俺にはまだ探索者活動を味わい尽くすだけの実力がないという事だ。

「ふふふっ。謙虚なんですね。カニパーティはきっと、凄いパーティになります」

モアナさんにそう言われて、俺はドンと胸を叩いた。

「もちろんです！」

その後、キャンプでは盛大なカニパーティが挙行された。

ブラックショックの発達した右腕は、俺が蒸して食べたいと主張して、持参した鍋に水を少しだけ張って蒸し焼きにした。

その他の部位は胴の部分で真っ二つに割り、探索者たちから持ち寄られた山菜やキノコとスープにして振る舞った。

ふっくらと蒸され、凝縮されたカニの旨味が滴る右腕も、芳醇な出汁の出たそのスープもプチプチとした卵も、理屈抜きに美味かった。

たまたま行き会った探索者の先輩にさまざまな話を聞きながら、わいわいと豪快な探索者料理を囲む。その時間はまさに俺が求めていたものだった。

そしてもう一つ――

「レン君ちーっす！　ずいぶん早い帰りっすね」

「なれなれしく話しかけるなと言っているだろう。……受託した依頼は昨日には問題なく終えたからな。朝一の馬車で帰ってきたんだ」

「Cランクの依頼をそんなあっさり……？　さ、流石レン君っす！　三人はなんて名前のパーティで活動してるんすか？」

ベンザがこのように聞いてきたので俺はニヤリと笑った。

昨晩、危うく俺たちのパーティ名が『カニパーティ』として認知されそうになっている事に気がつき、アルとココと相談してパーティ名は決めてある。

昨日のような心に残る体験を追い求め、また初心を忘れないようにとの思いで付けた。

「俺たちのパーティ名、それは――」

この日、謎に包まれた一つの探索者パーティが、ひっそりと王都東支所に誕生した。

旬の高難度素材を捕獲しては、キャンプで行き会った探索者たちに惜しげもなく振る舞う若手探索者パーティ。

神出鬼没のそのパーティの噂は、今後都市伝説のように少しずつ広がっていく事となる。考えられないほど若い探索者により構成されると言われている、幻の探索者グループ、『パーティ・ナイト』。

その構成メンバーはもとより、真の実力のほども、今はまだ未知数――。

3章　ゴドルフェンの課題

坂道部近況

学園入学からもうすぐ二ヶ月。

俺がゴドルフェン先生に勧められるがままに立ち上げた坂道部は、盛況を極めていた。

「お前は上半身で走れって言ってんだろ！　帰れ！」

「頭使えっつってんだろ！　帰れ！」

「頭で考えるなっつってんだろ！　帰れ！」

「先輩その調子です！　最高！」

「土の声を膝で聞いて、尻で返事するんだよ！　やめちまえ！」

俺の坂道部における監督業は、相変わらずパワハラワードを投げながら、部員たちを追い抜かしていくだけだ。

すでに思いつくままにテキトーにかけていく罵倒する文句も尽き、いよいよ意味不明さに磨きが掛かってきているが、一向に脱落者が出ない。

そもそも全く勧誘などしていないし、それぞれが基礎体力よりも優先すべき事はあるはずなので、無理に坂道部を続ける必要は全くない。

俺のパワハラで正気に戻って抜ける人が出たら、ノーリスクでゴドルフェンの課題の対象外になるし、誰も損はしない。そう思って理不尽な言葉を投げつけていたのだが、脱落者どころか、坂道部は部員数が劇的に増えていた。

リアド先輩が、坂道部の朝練に参加するようになった三日後の放課後。

先輩に伴われ、三人の三年生が坂道部に加入したいと俺のもとを訪れた。

『彼らは三年Aクラスに在籍する、僕の友人でね。僕が坂道部の鍛錬に参加している事を聞いて、ぜひ自分たちも参加したいから、アレンを紹介してほしいと頼まれてしまってね。年上を指導するのは、何かと大変だとは思うけど、いい加減な奴(やつ)らじゃないし、部活動には真摯(しんし)に向き合うと思うから、加入を認めてあげてくれないだろうか』

『『よろしくお願いします』』

先輩たちは、不格好ながらも訓練した形跡の見えるお辞儀をして、加入を申し込んできた。

この王立学園で三年Aクラスに在籍する人たちだ。

プライドも高いだろうに、年下で、しかもぽっと出の俺に敬語を使って頭を下げるとは……。

内心面白くないだろうに……。

そんな事を思いながら、俺はすぐさま了承した。

そもそもリアド先輩の紹介だ。断る選択肢などない。

元より、各々が思う目指す形を聞いて、先輩らの走る姿を見た後、アドバイスを送れば、後は俺の手を離れて勝手に走るだけの部活動だ。

大した手間ではない。

そう思っていたのだが……。

そのまた二日後、次は二年Cクラスの先輩方が、十人の大所帯で俺のもとを訪れて、坂道部に加入したいと言ってきた。

わざわざ坂道部に入らなくても、勝手に走ればいいのになぁ、なんて思ったが、代表して話をした、いかにも体育会系と思しき、短い黒髪をツンツンに逆立てているコンリ先輩は、満身に気合を漲らせて、『俺たちは来年卒業。何としても進級時に上のクラスに上がりたいんだ！　頼む！』なんて悲愴な雰囲気を醸し出しながら、この世界では罪人が取らされる姿勢である土下座をして申し込んできた。

その気合いに押され、まぁ別にそこまでの手間ではないし……なんて思いながら了承し、放課後を一日潰して先輩方のヒアリングを行い、身体強化のオンオフや、魔力圧縮などの基本的な坂道部の活動方針の説明と、それぞれの課題についてアドバイスを送った。

だかその翌日以降も、入部希望者は後を絶たない。

放課後、廊下にできた列を見て、俺の脳裏に、嫌な予感が掠めた。

ゴドルフェンの課題は当初、『午前中のクラスの惨状を何とかしろ』だった。

だが、交渉の過程で、『対象は坂道部の部員に限る』と俺は条件付けをしてしまっていた。

これはグレーゾーンだな……。

スキームは完璧とはいえ、流石にこの人数になると、どんな不測の事態が生じるか分からない。

もしもゴドルフェンに、坂道部の部員全体が対象と強弁されては、万全だったはずの師の紹介に綻びが生じる可能性がある。

誰から何がどう伝わったのかは分からないが、俺の趣味である『お辞儀』を、不格好ながら習得してきた先輩及び同級生たちが、毎日毎日加入を申請してくる。

面倒くさいし、ゴドルフェンの課題の懸念もあったので、全て断りたかったが、田舎(いなか)子爵領の三男坊に、下げる必要のない頭を下げてくる誠意ある人たちを足蹴(あしげ)にするのは忍びない。

だが、見ず知らずの人間に、自分の時間を使うほど暇でもない。

俺は、元から一軍に籍を置くライオとダン、そしてすぐさま昇格したステラを巻き込むことにした。

『人を指導するというのは難しい。俺もそうだが、お前らも、まだまだ人にものを教えるほど偉くなったつもりもないだろう。だが、人を指導する過程だからこそ得られる、気づきがあるのもまた確かだ。そして、俺も坂道部の監督になって強く感じたが、人の指導にはその指導をする側にも反復訓練が必要だ。お前らには、この坂道部の副部長として、部を導いてもらう。この機会を活(い)かせ。ライオが三年、ダンが二年、ステラが一年担当だ。指導方針は任せる。半年程度経(た)ったら、三人の中から部長を選び、それぞれの方針の良いところを取り込んで、全体の方針を統一する』

こんな感じで、思いつくままにもっともらしい事を言って、部員のヒアリングも含めて対応を丸投げした。

ライオとステラは根が単純なので、簡単に闘志をその目に宿したが、ダンだけは『それって、アレンが面倒くさいだけなんじゃ……』と、鋭いツッコミを入れてきた。

だが、顧問のゴドルフェンが方針に口を出さないと明言している以上、『ルールは監督(俺)』なので、俺は強引に押し通した。

暗黒政治最高である。

そうして三人に丸投げしている間に、部員が一〇〇名近くに膨れ上がったある日の放課後。

さぁ今日も探索者活動に精を出そう。

いや、今日は親方の頑固な性格が災いして、腕は確かなのに寂れている鍛冶屋(かじや)でも探すか、と教室のドアを引いたら、二年Aクラスに所属するという、非常に横柄な態度の感じが悪い奴が待っていた。

『君がアレン・ロヴェーヌかい？　知っているとは思うけど、僕は二年Aクラスでトップクラスの成績を収めているルーデリオ・フォン・ダイヤルマックというものだよ。君が作った坂道部は、随分と評判を集めているみたいだね。中々うまいことやったじゃないか。実は最近僕も、二・三年生の優秀な生徒が中核をなす、身体強化魔法に特化して鍛える部活動を立ち上げていてね。今日は提案があって来たんだ』

そのルーデリオ先輩は、聞いてもいない提案とやらを勝手に喋(しゃべ)り始めた。

『ここらで、僕が立ち上げた部活動、ＲＯＡＤ ＴＯ ＧＬＯＲＹ(栄光への道)と坂道部を合併させてはどうだろう。そうすれば、この部活動は王立学園の歴史上類を見ない規模と勢力になる。そうしてブランド価値と力を高めたら、この部活動の名は国中に轟(とどろ)く事になるよ。条件はたった二つだ。部の名称はＲＯＡＤ ＴＯ ＧＬＯＲＹ(栄光への道)とすること。そしてもう一つ。部の運営責任者……つまり監督は小さな頃から帝王学を叩き込まれている僕が引き受ける。これさえ呑(の)んでもらえれば、君には部長として現場の指導方針を委ねていいとさえ思っている。どうだい？　君にとってもメリットしかないだろう』

『『くすくすくす』』（取り巻き）

こんな事を言う、典型的なアホだった。

今の話のどこに、俺にとってのメリットがあるんだ……。アホの話を聞くのに、俺の貴重な放課後が三十秒も無駄になった。すでに大幅マイナスだ。

『これはこれは、高名なルード先輩に、わざわざご足労いただき恐縮です。ですが、私は人にものを教えられるほど物事を修めたつもりはありません。ましてや高名な先輩を差し置いて監督など、とてもとても』

『ぷっ』

人間の出来た俺は慇懃に提案を断ったのだが、後ろで見ていたフェイが笑ったせいで、ルード先輩は顔を真っ赤にして怒った。

『な！　僕の申し出を断る意味が分かっているのか？　僕はこの国に九つしかない侯爵家、ダイヤルマック家の跡取りだぞ？　田舎子爵家出身のぽっと出が、この僕に歯向かって、平穏無事な学園生活を送れるとでも思っているのか⁉』

中々の勢いで凄まれたが、母上やゴドルフェンの殺気を知っている俺からすれば、子供のお遊びのようなものだ。

俺は、これ以上、ルード先輩とのやり取りに時間を使うのがアホらしくなって、無言でその場を後にした。

『きゃははは！』

『くつくつくつ。交渉は決裂したようですよ？　ルーデリオ先輩』

後ろから、非常に好戦的な声で、こんな事を言っている声が聞こえてきたような気もしたが、めんどくさいから無視した。

◆

この二ヶ月で、俺がもう一つ、監督権限でスキームを作ったものがある。

それは、『マネージャー』の導入だ。

この世界にはどうやら、部の活動をサポートするマネージャーという役割を、生徒が担うという概念がなかった。

もちろん安定の万年帰宅部であった俺も、すっかりその存在を忘れていた。

だがある朝、寮の食堂でどう考えても腐っているとしか思えないやばい臭いを発する焼き魚を、涙目になりながら食している友人たちに、水を汲んで回っている委員長、もといケイトを見た時、ピンときた。

こいつ、マネージャーっぽい……。

そこで俺は、監督権限を発動してケイトを強引に坂道部のマネージャーにした。

『マネージャーのいない部活動なんて、青ネギの入っていないかけうどんのようなものだ！　お前は薬味という彩りの大切さを何も分かっていない！』

俺のこの名言を、ケイトはバッサリと無視して答えた。

『マネージャー……？　一体私に何をさせたいのよ？』

三週間も立つ頃には部員が何と百名近くに膨れ上がっており、毎日追い抜かすだけでは、全体の進捗がどうなっているのかさっぱり分からなくなった。

正直言って、部員たちの進捗なんてどうでも良かったのだが、ゴドルフェンに成果を報告する際に、『丸投げなのでさっぱり分かりません』と言うのは、あまりに無責任で心証が悪い。

なので、フェイに頼んで俺が一度は粉々に破壊した、あの魔力残量の推移を記録する腕時計のような物を作ってもらい、部員たちが走っている間の魔力残量の推移を記録することにした。

俺は貧乏だから、費用も全てフェイ持ちだ。

『アレンは人使いが荒いな。貸し一つだよ？』なんて、恐ろしい事をニコニコしながら言っていたが、背に腹は変えられないと判断した。

フェイは、『既製品の改良だし、すでに、設計図はできていたからね。外の人間も使えばこれくらいはできるよ』なんて言いながら、頼んだ三日後には百個以上の魔道具を事もなげに納品した。

流石はドラグーン家が誇る才女だ。

こうして、俺は何もしなくても、その記録をマネージャーが回収して、纏めたデータが俺のもとへと日々届けられる実に楽ちんな仕組みが完成した。

ついでに、マネージャーが一人では大変そうだったので、ケイトを統括マネージャーという役職に付けて、マネージャーの取りまとめ役として、スカウトと育成もやらせた。

現在マネージャーは各学年に二名、計六人体制にまで拡大している。

もちろん全員ランニングも行うプレイングマネージャーだ。

俺はデータ整理だけのつもりで頼んだのだが、王国中から選び抜かれた王立学園の、官吏コース生で構成された彼女らはとびきり有能だった。

頼んでもいないのに、部員の訓練状況と伸び率の関係を分析してレポートに纏めてみたり、体調

やスケジュールを管理してみたりと、自分たちで勝手に考えて次々に仕事を作っていった。

近頃では、マネージャーたちでどうすれば部をよりよくできるかに悩み、議論し、だがマネジメントそのものを楽しんでいる様子で、それが実に青春っぽくて羨(うらや)ましいほどだ。

そんな感じで、俺は細かな事には何も口出しせず、自分のルーティーンだけは死守しながら、部員たちにパワハラワードを投げつけるだけの監督業に勤しんだ。

そもそも最近は、それぞれが走る意義を真剣に考え、目的を持って活動しているようなので、厳しく接する意味などない。むしろ応援したいし、一緒に皆と青春を楽しみたい気持ちすら芽生えつつある。

なので一時パワハラをやめていたのだが、『アレンが声をかけないから見放されたんじゃないか、なんて悩んでいる部員が沢山いるんだけど、どういうつもりかしら』などと統括マネージャーに睨(にら)まれて、俺は鬼監督業をやめたくてもやめられなくなっていた。

これまで厳しく怒られたことなどない人も多いだろうに、どれだけ意識が高い(M体質な)んだ……。

そんなこんなで、ゴドルフェンから出された課題の期限である二ヶ月後。

俺は、再度職員室へと突撃した。

ゴドルフェンの課題の裏側

「なぜ学園の南東で、彼らのペースが揃って大幅に落ちるかが分かりました。どうやら、ランニングの途中で、足場の悪い坂道を全力で走る鍛錬を導入している模様です。その回数は生徒ごとにまちまちですが、アレン・ロヴェーヌ君は、５００ｍほどのその坂道を、毎日十往復しています」

ゴドルフェンがアレンに課題を出した三日後、王立学園の用務員であるケインズは、ムジカとゴドルフェンに報告した。

ムジカに、学園周囲の点検ついでに、その辺りの朝の様子を確認するように頼まれていたからだ。

「つまりアレン・ロヴェーヌ君は、学園周りの周回を含め、毎朝45km以上の距離をあのペースで走って、ケロリとしている……という事ですか……」

ムジカが、呆れたように確認した。

「ふぉっふぉっふぉっ！　なるほどのぅ。小僧の様子からして、後半スタミナ切れでペースが大幅に落ちている、というのはあまりに不自然じゃ……。その辺りで何かしておるのは分かっておったが、そういうことか」

ゴドルフェンは、実に嬉しそうに笑った。

「『坂道部』という部活動名称を聞いた時は、意味不明だと思いましたが……外周を走るランニングよりも、むしろその鍛錬に意味がありそうですね。……エミーちゃんに言って、その付近に監視魔道具を設置してもらいますか？」

ムジカの提案に、ゴドルフェンは少し考えて、首を振った。

「いや、余り干渉せず、生徒たちを信じ、彼らの自主性に任せるのも重要じゃ。伸びるものは放っておいても伸びる。……大方の狙いは見えるしの。いつまでもスタミナ偏重で伸ばす訳にもいかんと思っておったが……これは思った以上に考えられておるの」

ゴドルフェンの機嫌が良さそうなのを見て、ムジカは気になっている事を聞いた。

「……今朝も授業は、ある程度通常の実技鍛錬ができたのでしょう？　ほとんどの生徒は、朝の部活動の距離を短縮した、という事ですが。翁（おう）は、そのアプローチについてどうお考えですか？」

ムジカの質問に、途端にゴドルフェンは表情を曇らせた。

「小僧がもし、これでわしの課題をクリアした気になって、師匠（デュー）の紹介を頼んで来たならば、当然不合格を言い渡すつもりじゃった。この課題は、負荷を減らしてクリアするだけなら猿でもできる。……だが、あやつは何も言ってこなんだ。わしは、活動内容に口を出さんと明言したからの。とりあえず期日までは口出しせず、小僧の答えを待つつもりじゃ」

そこまで言って、ゴドルフェンはさらに表情を険しいものにした。

「わしならば、血反吐（へど）を吐くまでクラスメイトたちを追い込んで、ついて来られる人間だけに絞るがの。……もっとも、小僧にも同じ答えを期待しとる、という訳ではない……かのう」

ゴドルフェンの厳しい表情を見て、ムジカは、改めてこの課題の難易度の高さを認識した。

アレンは『完璧（かんぺき）なスキーム』と考えていたが、ゴドルフェンは距離短縮を認めるほどぬるくはなかった。

◆

「坂道部の部員が百名を超えたとのことです。一体彼は何を考えているのでしょうか……？」

一ヶ月を過ぎた頃、ムジカは坂道部の様子をゴドルフェンに報告した。

「ふぅむ。まさか自分で言い出した、『対象を部員に限る』という条件を忘れたわけはあるまいに……。これほど風呂敷を広げて、なお目的を達成する自信があるのか、あるいは……」

ゴドルフェンの表情は苦々しい。

「あれほどの勢いで師の紹介を頼んでおきながら、簡単に諦めるとは考え難いですが……。彼の師であるゾルド氏の調査報告を見ると、彼は、課題のクリアよりももっと本質的な、人材育成に目を向けているのではないか……。そんな気がしてしまいます。課題を受けた翌日に、ほとんどの部員の距離を調整した時には、すでに課題の合格よりも優先すべきものを見つめていた……。そう考えるのは考えすぎでしょうか？」

ゴドルフェンは首を振った。

「……もし小僧がそう考えておったとして、それと合否の判定は別じゃ。ワシとしては、坂道部の部員が学園の外周を周回して、午前中の実技試験を受けられるようになっておるかどうか……。百歩譲っても、クラスメイトたちが条件を達成すること。それを基準とする方針を変えるつもりはないのう」

……可哀想なアレン・ロヴェーヌ君。

ムジカはそう思ったが、自分ではこの頑固な老人の考えを変える事はできないと思ったため、口を出す事は控えた。

そこで、この王立学園の教師の一人である、ジェフリーが、ムジカに相談に来た。

「副理事長。ご相談があるのですが、今よろしいでしょうか」

「はい、大丈夫ですよ、ジェフリー先生。どうなさいましたか？」

「実は、一般寮の入居権を巡って、うちの二年Ｄクラスの親御さんから嘆願が出ております。何でも、子供が自分の許可なく一般寮の入居権を買い取ってしまった。学校側で取引を規制するなどして、買い取りを無効にしてくれないか、との事です」

ムジカとゴドルフェンは顔を見合わせた。

「なんですか、その一般寮の入居権というのは？　入居権も何も、一般寮はガラガラで、入りたい人はフリーパスで入れるでしょう？　そもそもその生徒はなぜＤクラスなのに一般寮へ？」

ムジカのそのセリフを聞いて、ジェフリーは逆に驚いた。

「あれ、聞いていないんですか？　副理事長。今学生たちの間で、一般寮に入居して贅沢な生活から離れ、心身を鍛錬することが物凄く流行していて、とても正規の手順で入れるような状況ではないみたいですよ？」

それを聞いて、ゴドルフェンは上機嫌になった。

「ふぉっふぉっふぉっ！　それは素晴らしい心がけじゃ。最近の若いもんは、自分たちがいかに恵まれた環境に身を置いておるのかを全く理解しておらん。そう思っておったが……。王国騎士団でも、入隊後は厳しい野営訓練等を通じて性根を叩き直すのに腐心しておるのじゃ。それを、学生のうちから、しかも金を払ってまで苦労を買って出るとは……。近頃の若い者も中々どうして、捨てたものではないの」

ムジカはため息をついた。

「……確かに、教育者としてはその向上心を歓迎できますが、親から嘆願が来ているとなると、理事会として無視するわけにもいきませんね。一体幾らくらいの金額なのでしょうか」

「それが……二百万リアルとのことです。このままでは領地の運営に支障をきたす……との嘆願です」

その途轍（とてつ）もない金額に、ゴドルフェンとムジカは仰天した。

「に、二百万リアルじゃと!? ムジカよ。一体あの寮の設備は今どうなっておるのじゃ! わしが王立学園へEクラスで入学した時は、金さえ払えばEクラスの生徒でも貴族寮を利用できる、などという救済措置はなくての。当時まだあまり金に余裕のなかったわしは、外に部屋を借りることもできず、その犬小屋のようにぼろくて狭い部屋から何とか出たい一心で、必死に努力したんじゃ。なんせこの王都で、当時の一般寮は風呂（ふろ）が他人と共同だったのじゃぞ? そんな大金を払って入居するような場所では、断じてなかった」

ムジカは慌てて資料を引っ張り出してきて確認し始めた。

「えーと……翁が在学したおよそ五十年前からですと……。一般寮については建物の改築や、サービスを改善したという記録はありませんね。水漏れの工事が三回あったのみです。そもそも、翁がそうだったように、成績下位者の反骨心を煽（あお）るために残されている寮ですからね。おそらく翁がいた頃、そのままの形で運営されているはずです。寮母さんすら、魔物食材の研究家として著名なソーラ・サンドリヨン女史のまま、変わっておりません」

「なんじゃとぅ……!? その人は、研究者としては確かに学ぶべきところがあったが、生徒を実験動物（モルモット）としか見ておらず、人間性に大いに問題があった。確か今はもう、九十歳に近いはずじゃが……まだ現役で寮母をしておったのか」

それを聞いたケインズが、思い出したように手を叩いた。

「そうそう、何やらその寮母さんの朝食を食べられるのが人気とかで。というか、ゴドルフェン翁もご存じなかったのですね。そもそもの始まりは、翁が担任をされている、一年Aクラスの生徒全員が、アレン・ロヴェーヌ君に倣って一般寮に入寮したのが、流行の始まりと聞いておりますので、てっきりご存じなのかと。寮に入居しているのも、翁が顧問をされている坂道部のメンバーばかりだと聞いておりますし」

ジェフリーの言葉に、ゴドルフェンは絶句した。

課題の合否

ゴドルフェンから課題を出された日から、ちょうど二ヶ月が経過した放課後。

「失礼します！」

アレンは職員室のドアを引いて、上半身をきっかり三〇度曲げた。

この『お辞儀』は、すでに職員から見ても、珍しい光景ではなくなっていた。

アレンが朝のランニング時に、正門から走り出す前と、走り終えた後、さらに坂道ダッシュの前後に、道に向かって一礼する、ということは有名だ。

もちろんアレンは『礼の精神』などと、深く考えているわけではない。

前世で見ていた野球部員が、グランドに向かってお辞儀をしている姿や、柔道部員がイカつい顔で道場にお辞儀をしているのを見て、『青春っぽくて羨ましぃなぁ』なんて思っていたので、何となくやっていただけだ。

この行為について、監督（アレン）からは何の説明もない。

質問しても、アレンは面倒くさそうに『ただの趣味だ』などと言うのみで、しかしこの意味深な動作を決して欠かさない。

部員たちは、アレンがこれまで行ってきたお辞儀のタイミングなどから、なんとなくその精神を汲（く）み取（と）り、いつしかこの作法を欠かさなくなっていた。

さらに、アレンが二年Aクラスの態度が横柄な先輩、ルーデリオ・フォン・ダイヤルマックの加入を断った、という話があっという間に広まった影響もある。

優秀な王立学園生は、このちょっとした出来事と、部員たちからヒアリングした情報を統合して、アレンは破天荒な人物ながら、意外と不作法な態度を嫌い、行儀にうるさいという結論を導き出していた。

アウトロー路線を志向するアレンが聞いたら即座に否定するであろうが、礼儀にうるさい大手日本企業で、社会人として揉まれた前世の影響を受けているアレンの性を考えると、ある程度的を射ていると言えるだろう。

こうして『お辞儀なくして坂道部の入部は認められない』、などと、根も葉もない噂が完成し、近頃では『お辞儀研究部』なるものを立ち上げる者まで出てきて、学校中でこの行為が見られるようになっていた。

ちなみにアレンは、このお辞儀研究部の名誉監督に就任している。

そんな大袈裟な……とは思ったが、リアド先輩に紹介された三年Aクラスに所属するティーラ先輩に、お辞儀でもって頼まれて、断りきれなかったからだ。

職員室に入室したアレンは、真っ直ぐにゴドルフェンとムジカが腰掛けているソファーに向かった。

◆

「『失礼します』のぅ。ゾルド氏から授けられたという、格調高い『礼』の精神については、わしも聞き及んでおる。察するに、その『礼』を失するという事じゃと思うが……。なぜ職員室に入る事が、礼を失する事になるのじゃ？」

ゴドルフェンにこんな事を聞かれたが、俺ももちろん詳しいことまでは分からない。

俺は当てずっぽうで答えた。

「自分は室内にいる目上の人間に対して、相応の配慮をしています、という気持ちを示しているんだ。もちろん実際は失礼な行為に当たる可能性は低いだろう。だが、俺が入室する事で、先生方の大事な会話を中断させてしまうかもしれない。或いは、生徒には見せられない書類を片付けさせてしまうかもしれない。そうした予見しうる出来事について配慮した上で、それでも入室させてもらう……。入室する際のこのセリフには、こうした謝罪や感謝の念が込められている……との事だ、ゾルドによるとな」

「……ロヴェーヌ君は、ただ部屋に入るだけでそこまでの事を考えているのですか？　そこまで気を使っていると、流石に生きづらくはないですか？」

ムジカ先生が、信じられない、といった様子で聞いてきた。

「いちいちそんな事を考えているわけではないです。むしろ考えなくて済むように、作法を身につけると言えるでしょうね。剣術の『型』と同様です」

前世では、あれほど口下手だったのに、こんな屁理屈が次々に滑り出てくる今世は便利で仕方がない。

「なるほどのぅ。確かに『型』にまで落とし込む事で、その先に思考が向く余裕が出る。お主の家庭教師であるゾルド氏とは、ぜひ一度語り合ってみたいものじゃ……。じゃが、この学園の講師に、とのオファーは悉く断られてしもうての。お主の方からも、ゾルド氏を説得してもらえはせんかの？」

ゴドルフェンは苦りきった顔で、こんな事を言ってきたが、俺は首を振った。

もちろん頼む気は全くないが、たとえ俺が頼んでも、ゾルドがこの学園に来る事はないだろう。当たり前だ。

「悪いが、俺は反対も賛成もしない。ゾルドにはゾルドの生きる道があるし、本人がノーと言っているのであれば、あの頑固者を説得するのは俺でも不可能だ。……それで本題だが……」

俺はゴドルフェンの目をしっかりと見た。

「あの日から今日で二ヶ月。師の紹介の件、その課題の合否を聞こうか」

ゴドルフェンは、鋭い眼光で俺の目を見つめて問うてきた。

「ふむ。お主は、最初から、ほとんどのクラスメイトたちの距離を短縮したのう？　わしが、そのような手段で負荷を減らして、課題を合格とするはずがないと分かっておったじゃろうに。なぜそのようなアプローチをとった？」

俺は、考えていた理由(いいわけ)を自信満々に開陳した。

「それが、俺が考える、部員が力をつけるために必要な最善の手段だと判断したからだ」

俺のセリフを聞いて、ゴドルフェンは、目を細めて首を振った。

「不合格じゃ。アレン・ロヴェーヌよ」

……マジで？

「もしわしが貴様の立場で、何としても得たいものを得るためならば、手段を選ばんかったじゃろう。たとえついてこれない友人が出ようとも、徹底的に部員を追い詰めて、精鋭部隊を作ることも厭(いと)わなかったの。最善を尽くした、などは負け犬の言い訳じゃ。わしが求めたのはあくまで結果。……貴様にはガッカリじゃ、アレン・ロヴェーヌ」

職員室が静寂に包まれた。

ゴドルフェンの横でムジカ先生がオロオロとしている。

だが、俺は、そんな様子も目に入らないほど、目の前の老人に猛烈に腹を立てていた。

『ベストを尽くした、なんていうのなぁ、負け犬の遠吠（とおぼ）えなんだよ！　俺が求めているのは結果だ！　結果を出せ結果を！』

これは、俺が前世の会社で一時所属していた、営業部の部長だった男の口癖だ。

部下に達成不可能なノルマを与えて、ひたすらに怒鳴り散らし、とにかく結果を出すことだけを求める。

かといって、数字を上げるための具体的な戦略については何一つ示さない、典型的な前時代的パワハラ上司だった。

たとえ客の信頼を裏切ろうが、違法行為すれすれだろうが、とにかく結果を出したもの勝ち。

そのような営業スタイルを取ると、当然ながら長期的には会社にとってもマイナスなのだが、その問題が明るみに出る頃には、自分は昇進あるいは異動しているので、部長はお構いなしだ。

もちろん要領の悪かった俺は、散々理不尽なことで怒鳴られて、大っ嫌いだった男だ。

目の前に座っているゴドルフェンが、その上司と重なる。

どうせこの頑固そうなじじいは、いったん下した不合格（結果）を覆したりはしないだろう。

俺は前世の恨みも込めて、目の前のじじいに徹底抗戦することに決めた。

「くっくっく。あっはっはっはっは！」

突如笑い出した俺を、ゴドルフェンが怪訝そうに見てくる。

その目を真っ直ぐに見ながら、俺は職員室中に響き渡る声で言い放った。

「がっかりか……。それはこちらのセリフだ、ゴドルフェン！」

静まり返っていた職員室で、息を呑む音が聞こえた。

「お前は教育者失格だよ、ゴドルフェン……」

いきなり俺が言い放った無礼なセリフに、ゴドルフェンは色をなした。

「十二やそこらの小僧が図に乗りおって……。もう一度言ってみよ！」

ゴドルフェンは俺の胸倉を掴み、殺気を込めて俺に凄んできたが、今更こんなコケ脅しに屈する俺ではない。

ガキに指摘されて怒るなど、自分でも深層心理では問題点に気がついている証拠だ。

ムジカ先生が慌てて止めに入ろうとするが、俺は構わず続けた。

「ゴドルフェンよ。お前は大きな思い違いをしている。お前は今回の課題を、俺のための課題だと考えているな？　ふん、勘違いも甚だしい。今回の課題を負っているのは、お前だろう、ゴドルフェン」

意味が分からないのだろう。

ゴドルフェンは、厳しい表情のままで、片眉を上げた。

「何が言いたいんじゃ、小僧？」

「お前は初めのオリエンテーションで、こう言ったな？　自分が陛下から下命されて、この学園に

やってきた目的は、この学園の生徒たちの底上げだと。そのお前が、言うに事欠いて『ついてこれないものを切り捨ててでも、目的を達成しろ』だと？　お前は、その説明を陛下にできるのか？　生徒を徹底的に追い込んで、ほとんどはついてこられずやめてしまいましたが、一部の人間が少数精鋭になりましたと、胸を張って陛下に報告できるのか？　……答えてみろ、ゴドルフェン！」

　俺は逆に、ゴドルフェンの胸倉を掴み返して詰問した。

　何やら偉いらしいこのじじいに対する、俺の余りに無法な態度に、隣のムジカ先生が悲鳴を上げたが、知ったことか。

　担任の胸倉くらい掴めないで、アウトロー路線が張れるか。

　痛いところを突かれたからか、ゴドルフェンは苦々しい顔を浮べ、こう抗弁した。

「……そんなものは詭弁じゃ。確かにわしの立場では、貴様の言う通り、ついてこられない生徒を切り捨て、目的を達成するという選択肢はない。じゃがこの課題は、あくまでも貴様の能力を測るための課題であり、わしが問うておるのは貴様の覚悟であり、甘さじゃ！」

　パワハラ上司にありがちな、「俺のことは関係ない！　今話してるのはお前のことだ！」理論が出てきた。

　俺はこのように、自分のことを棚上げして偉そうに説教する輩も、もちろん大っ嫌いだ。

　口元に冷笑を浮べ、俺はゴドルフェンに問うた。

「覚悟だと？　笑わせるなよ、ゴドルフェン。逆に聞こう。お前は、坂道部の精神を、どのように捉えている？」

　ゴドルフェンは答えられずに沈黙した。

当然だろう。

俺だって自分の中で漠然としている考えを、たった今整理しながら喋(しゃべ)っているんだ。

答えられたらそちらの方がびっくりだ。

「活動の一環として、坂道を登っていることくらいはお前も把握しているだろう。だが、自分が顧問を務める部活動の名称が、なぜ走力鍛錬部ではなく、坂道部(さかみちぶ)でもなく、坂道部(さかどうぶ)なのか、その理由はなぜだと考えている？」

俺は、『あなた顧問だよね？』というニュアンスを強調して、ゴドルフェンに重ねて問うた。

「……最初に明言したはずじゃ。わしは活動方針に口出しせんとな……」

この捻(ひね)りのない言い訳に、俺はうんざりした。

お得意の『やり方は任せる、だが結果を出せ』というやつだ。

俺の課題(仕事)なんだから、当たり前と言ってしまえばその通りではあるが、結局ゴドルフェンの思考回路は、前世の上司と何ら変わりがない。

人の上に立ち導いていくべき者の責任を放棄している。

「ふん。『活動方針に口を出さない』という事自体は別に構わない。そうして生徒の自主性を伸ばすというのも必要なことだろう。だが、『その内容すら把握していない』というのでは、意味が全く異なってくる。お前がやっているのは、体(てい)のいい丸投げだ。どうせお前は、『伸びる奴(やつ)は放っておいても伸びる』なんて考えていたんだろう。それを何と言うか俺が教えてやる。——思考停止だ！」

ゴドルフェンが手を放したので、俺も放した。

尚も厳しい目で睨みつけてくるゴドルフェンに俺は追加の言葉を浴びせた。

「お前はプロセスに興味がないようだから、言っても無意味かもしれんが、一応説明しておこう。創部の際も簡単には説明したが、坂道部の『道』とは、生きる道の事だ。ただ単に技術の習得を目的とするだけならば、わざわざこのような名前を付ける必要はない。だが俺は、この部活動を通じて、部員たちと共に心技体の全てを鍛えたいと考えていた。特に、逆境にも負けない強い『心』を育てたいと考えていたんだ！　確かに課題をクリアする上で、もっとも確実な手法は、お前の言うように、水準にない部員たちを退部へと追い込むことだろう。俺だって、覚悟のない奴に手を差し伸べるほどお人好しではない。実際俺は、いつこいつらが辞めてもいい、そんな気持ちをもって、理不尽な言葉で毎日部員を追い込んできた。……だが、奴らは折れなかった。自分自身の生きる道を見据えて、必死で成長しようと、毎日至らない自分と向き合い続けていたんだ。そんな奴らに、実現不可能な負荷をかけて、退部へと追い込む覚悟の有無を問うなんて、滑稽だと思わないのか？おそらく、ゴドルフェン・フォン・ヴァンキッシュは、騎士としては凄い人なのだろう。人物としても一流かもしれん。だがお前は、『人を育てる』という事に真摯に向き合っていない。何度でも言うぞ、ゴドルフェン。碌に活動内容も把握せず、思考を停止して生徒に全てを丸投げし、尚且つ自分の目的のために仲間を切り捨てる覚悟の有無を測ろうなどというお前は、教育者として失格だ！」

　思い知ったか糞部長！

　俺は前世から言いたかった思いの丈を全てゴドルフェンにぶつけて、晴れ晴れとした気持ちになった。

と、そこで、ゴドルフェンは急に殺気を消し、いつもの好々爺（こうこうや）の雰囲気に戻りこちらの言い分を肯定し始めた。

「ふーむ。お主の考えはよく分かった……。わしならば部員たちを追い詰めてでも課題のクリアを目指す、とは言ったが、お主には違う道筋が見えていた、ということじゃな」

ちっ。食えない爺（じい）さんだな……。

俺が泳がされたのか、それとも単なる負け惜しみか……？

「先程お主は言ったのう？　わしがこの学園に来たのは、陛下から下命された、この学園の生徒たちの底上げが目的だろうと。まさにその通りじゃ。お主は、その『わしの本当の目的』に添って、この課題に向き合った。そういう事でいいのかの？」

当たり前だ。

予算や工期から乖離（かいり）した、非現実的な仕様で業務を発注しようとする輩は、大体自分自身が『本当に達成しなくてはならないこと』の要件定義が曖昧（あいまい）と、相場が決まっている。

そういう輩と仕事をする際は、客自身も実は理解していない、本当のニーズ（目的）は何かを把握することが重要だ。

これを怠ると、仕事の終わりが見え始めた頃に、『求めていたのはそれじゃない』なんてゴネ始める客に、永遠に付き合わされる事となる。

特に意識していたわけではないが、何度も痛い目にあった経験のある俺は、そのように考える癖がついている。

「当たり前のことを言うな。依頼主が何を求めているかを、まず最初に徹底的に突き詰めて考えるのは、マーケティングの基本のキだ」

俺は、前世の会社で社員研修の講師として招聘されていた、インチキ臭いマーケティングコンサルタントのセリフを丸パクリして答えた。

「マーケ……？　……そうであるのならば、そのためにどのような取り組みをしたのか、この教育者失格のおいぼれにもう少し教えてくれんかのう？　現在お主が立ち上げた部活動は、部員数が百名を優に超えておるのじゃろう。これほどの人数を監督として導こうとは、流石はゾルド・バインフォース氏の弟子じゃ。……まさか、これだけわしに偉そうなことをほざいたお主が、実際に行ったのは、別にやめても構わないと思いながら、声掛けしただけ……などとは言わんじゃろう？」

ゴドルフェンは好々爺の顔でニコニコと笑いながらそう質問してきた。

くっくっく。これは俺にボロクソに言われて、内心はかなり穏やかじゃないな？

よく見ると額に青筋を立てている。

俺は、ケイトらマネージャー連中が纏めている、部員たちの活動に関するレポートをカバンから取り出して、テーブルに置いた。

◆

俺が机上に置いたレポートの束に、素早くムジカ先生が目を通す。そして、その内容に目を見開いた。

驚くのも無理はない。

俺だって近頃のレポート内容の充実ぶりには、感嘆しているのだ。

ムジカ先生は、ゴドルフェンをちらりと見て、淡々と報告した。

「……詳細な全部員の鍛錬の進捗データです。……加えて各部員の課題の分析と、改善方法に関する助言、今後の成長に関する予測、そして各部員の健康状態やスケジュールにまで言及しています。現時点の一年Aクラスの生徒で翁の合格基準に達している生徒は十三名。おそらく、遅くとも二ヶ月以内には全員が基準に達するでしょう。驚異的な成長速度です」

その報告を聞いて、じじいの眉毛がピクリと動いた。

言葉を発さないゴドルフェンに代わり、ムジカ先生が俺に質問してきた。

「ロヴェーヌ君は、坂道部の活動に加え、体外魔法研究部、地理学研究部や魔道具研究部の立ち上げ、お辞儀研究部の名誉監督、加えて休日は探索者活動で、Gランクから一ヶ月余りでEランクまで上げたのでしょう？　なぜこれほど詳細な分析が？　きちんと睡眠は取っていますか？」

……俺は暇に任せて、思いつくままにアルを部長に据えて立ち上げた体外魔法研究部の他に、この王国のあるロンディーヌ大陸の地理を研究する、地理研究部を立ち上げていた。

部長はココだ。

地理という学問は可能性が無限に広がる実にロマン溢れる学問だ。

地図は、その位置関係を単純に示すだけでのものではない。

例えば魔物や動植物の分布域であったり、高低差であったり、水源などの重要な地物の情報であったり、農作物の作付け状況であったり、その他にも気温などの気候情報や、歴史といった、ありとあらゆる物事を、その位置関係という切り口で切り分けていく事が可能だ。

そしてこの世界の地図は、俺の知りたい事を網羅しているとは到底言い難い、お粗末なものだった。

　というような話で、ある時ココと盛り上がって、勢いで創部した。まぁ青春を謳歌するための部活動啓蒙活動の一環だ。

　魔道具研究部については、坂道部の運営やら、地理研の活動、寮生活などで前世の記憶がある分色々と痒いところに手が届かず、フェイにあれも欲しいこれも欲しいと無思慮無計画に開発を頼みまくっていたら、どうやらとんでもなく金が掛かっている様子で、流石に良心の呵責に耐えられなくなった俺がフェイに部活動にすることを提案した。部活動の一環という事にすれば、僅かながら部費が支給されるし、その試供品を受け取ったとしても不自然ではない。

　ちなみに俺はアイデアを出すだけで、部の運営は全てフェイに丸投げだ。その代わり開発した魔道具の特許権などは全て開発者であるフェイに帰属している。

　探索者のランクアップについては俺の意に反している。

　俺はこんなに早くランクが上がるのはおかしいと、探索者協会東支所の受付のおばちゃんに食い下がったのだが、『ルールだから』の一点張りで、理屈も何もないおばちゃんの防壁を崩す事はできなかった。

　どうせ上層部が手を回しているに決まっているので、本部のサトワへ抗議に行ったが、居留守を使われた。

「もちろん俺が一人でやっている訳じゃない。むしろ俺は何もしていない。それは、坂道部の統括マネージャーであるケイトが中心になって組織した、坂道部の『マネージャー』たちが纏めたデータだ。俺は最初にマネージャーという枠組みを作っただけで、その報告内容は、全てマネージャーたちが、部員たちにとって何が必要かを考えて、自発的に纏めているものだ」

俺は、自分だけの力ではない事を正直に言った。

そしてじっと俺の目を見ているゴドルフェンを見つめ返しながら、純粋に疑問に思った事を聞いてみた。

「自分で目を通さないのか？　予め言っておくが、お前がこれまで目を通してきた、その道の専門家が纏めてきたレポートと比べると、甘いところもあるだろう。だが……この短い期間における内容の充実ぶりは、俺は感嘆に値すると考えている。流石はこの国が誇る王立学園の生徒だと、素直にそう思った。このレポートの束は、決して監督に言われたからやっている、おざなりの仕事ではない。彼女らの溢れんばかりの熱意が、随所に垣間見えると思うぞ？　俺の課題についてはもういい。だが、どうかその努力には目を向けてやってほしい。それすらもせず、尚も結果のみに固執するというのであれば……やはりお前は教育者失格だ。先程、俺はゾルドのこの学園への招聘については、賛成でも反対でもないと言ったが訂正させてもらおう。断固反対の立場を取らせてもらう。時間の無駄だからな」

俺はそう言って席を立った。

これもまた俺の偽らざる本音だ。

ゾルドには大して能力などないだろう。だが、教育者としての熱意は本物だ。人を育てる覚悟のない者と話をしても、時間の無駄だろう。

そして、ムジカ先生に対してこう宣言した。

「俺は、本日をもって坂道部監督を引退します。手続きをお願いします」

「そんな！　ここまでの組織を短期間で一気に作り上げておいて、いきなりあなたが引退などしては、どれほど彼らが混乱するか！」

　ムジカ先生は悲鳴を上げた。

　生徒たちへの影響を必死に考えているその顔を見て、俺は『あぁ、この人は教育者だな』と思った。

「俺の知った事じゃない。先程も言ったはずだ。これは俺の課題ではなく、ゴドルフェンの課題だとな。先程から散々偉そうな事を言ったが、俺には指導者としての熱意など何もないんだ。人に物を教えられるほど偉くなったつもりもないしな。俺の心にあったのは、ゴドルフェンが抱える課題に対して、俺の答えを示す。そして俺は、その対価に師の紹介を頼む。それだけだ。坂道部の精神も、マネージャーも、その答えの一つだ。ついでに言うと、俺はすでに部員たちの育成方針すら立てていない。学年毎に、ライオ、ダン、ステラに責任者を任せ、各々の裁量で奮闘しているところだ。形が固まる数ヶ月後には、部長を決めて、全体の育成方針に統一感を出すことになるだろうがな。なので、ムジカ先生が懸念するような混乱など何も起きない。坂道部はすでに、俺がいなければ始まらないような、脆弱な組織ではない」

　そこで、沈黙を貫いていたゴドルフェンが、立ち去ろうとする俺に対して、ようやく口を開いた。

「…………待て。わしも目を通す」

　そう言って、暫くレポートを読んでいたゴドルフェンは、嬉しそうに笑った。

「全くもって、荒々しいのぅ。じゃが確かに、眩しいほどの熱意を感じる、良いレポートじゃ。……確かに、学年毎に教育方針に差が見られるの。それぞれの信念が反映されていて、実に面白い。人を育てるという、正解のない課題に悪戦苦闘している様子が、手に取るように分かるわい」

俺がニヤリと笑うと、ゴドルフェンも笑った。

「……わしはこれまで、いかに厳しく指導するかばかりを考えておった。這い上がって来れん奴は、所詮はそれまでの奴だと信じておったからじゃ。わしは、お主が言う通り、人を育てるという事に、真摯に向き合っていなかった、ということかの……」

俺は、そのセリフに驚いた。

これほどの立場の男が、学生に説教されて非を認める、などという事は、到底できることではない。

俺は初めて、ゴドルフェンに敬意を持った。

「そういうやり方も重要だと思う。手取り足取り教えるだけでは、決して身につかない能力もあるだろう。実際、ゴドルフェン先生は、そうやって自分自身を伸ばしてきたのだろうからな。だが、そこで思考を停止してしまっては、教育機関に身を置く、プロの教育者としては、やはり甘いと思う。どこまでも……どこまでも、生徒にとっての最善を追求する姿勢。それが、俺が見てきた教育者、ゾルド・バインフォースの背中だ」

その言葉にも偽りはない。

ゾルドは、どれほど俺にけちょんけちょんに言われようが、決して俺の言葉を鵜呑みにする事も、頭ごなしに反対する事も、もちろん怒るような事もなかった。

何が俺にとって最善かだけを、妥協なく考えていたから、俺も安心してぶつかり合えた。

「一般寮での生活も、貴様の差し金かの？」

ゴドルフェンは、顎髭を撫でながらそう聞いてきた。

「あれもあいつらが勝手に決断し、俺の知らぬ間に引っ越してきただけだ。俺は何もしていない」

俺は仏頂面で、心底嫌そうに答えた。

ゴドルフェンは、その俺のセリフを聞いて、暫く目を瞑っていた。

そして、目を開き、俺の顔を見て、先程の課題の結果を訂正した。

「わしが、教師としてアマチュアだった、という事じゃな……。アレン・ロヴェーヌよ。先程からの言葉は訂正し、謝罪する。そして、貴様へ与えた課題は合格じゃ。ただし貴様は監督として坂道部に残る事。よいな？」

……まさかこの頑固そうなじじいが、こうもあっさり結果を覆し、頭を下げるとは……。

ちっ、どこまでも食えないじじいだ。

「いいだろう……。俺も、先程からのゴドルフェン先生への数々の無礼を謝罪する」

部長への恨みは不完全燃焼気味だが仕方がない。この辺が落とし所だろう。

その言葉を聞いて、ムジカ先生が息を吐いた。

「よかった。一時はどうなることかと思いました……」

「……この程度の掴み合いの喧嘩など、ゾルドとは日常茶飯事だったぞ？　俺のようなクソガキの担任になったのが運の尽きだと思って、さっさと諦めるんだな」

俺のそのセリフを聞いて、ゴドルフェンはさらに上機嫌に笑った。

「ふぉっふぉっふぉっ。いや、わしは運がいいのう。貴様を通じて、ゾルド氏の教えを間接的に汲み取ることができる。それ一つとっても幸運じゃ。……しかし、『俺には指導者としての熱意など何もない』、じゃと？　下手な嘘をつきおって！　ふぉっふぉっふぉっ！」

……それはホントなんだけど……。

◆

アレンが職員室を去った後。

ムジカはソファーへと崩れ落ちるように腰掛けた。

「はぁ〜疲れました。一体、どこまでが演技で、どこまでが本気なんですか、翁？」

ゴドルフェンは、上機嫌だ。

「ふぉっふぉっふぉっ。演技もなにもない、見たまんまじゃよ。まぁ多少は小僧の考えを引き出すために、煽った面はあるがのう。あのような年端もいかない子供に説教をされて、ぐうの音も出なくなるとは、わしもまだまだ修業が足りん、という事じゃの！　ふぉっふぉっふぉっ！」

「……結果として、全部翁が描いた絵の通りの結末じゃないですか……。また翁の一人勝ちですか……。はぁ。まぁ丸く収まったのでいいですけどね。しかし……『俺は何もしていない、全部あいつらが自分でやっただけ』、ですか。ゾルドとアレンというのは、やはり似てくるものなのですね……」

◆

当然ながら、あの『仏のゴドルフェン』が、アレン・ロヴェーヌに与えた、数ヶ月に及ぶ難解な課題に不合格を伝えたところ、掴み合いの喧嘩になって、最後には完膚無きまでに言い負かされ、謝罪して、結果を合格に訂正した、などという信じ難い噂は、三日と待たず王都中を走り抜けた。

この噂を受けて、大笑いした者が、王都に三人。

探索者協会本部――

「だっはっはっ！　聞いたかてめぇら？　あのじーさんが、例のガキに言い負かされて頭を下げたらしいぞ！　おいサトワ！　奴のランクは今どうなってやがんだ！」

　サトワは答えた。

「えー、Eまで上がっています。貢献度および人物評価（裏評価）は会長の指示通りAにしていますので、能力面さえ示せば一度の依頼達成でランクが上がります。指名依頼が出せるCランクまではすぐでしょう。一度本部へ抗議に来ましたが、居留守を使いました」

　シェルはニヤリと笑った。

「あのツノウサギを楽勝で狩ってんだから、能力面なんてCまではすでに見えてんだろ？　薬草一本引っこ抜いてくる度に、一つランクを上げろ！」

　王宮――。

「がははは！　そちが十二歳の子供にコテンパンにやり込められた、などという噂を聞いて、気になってしょうがなかったが、そういうことか……。しかし面白い子だな」

「全くもって、面目ない。どこかまだ、騎士団気質が抜けておりませんでな。それを子供に指摘されて初めて気がつくという体たらく。まぁ正解のない事なので、反論しようと思えばできましたが、そやつはわしが悠長に構えておる間に、人を育てられる人材の育成までやっておりましたからのう。まさにコテンパンでしたの」

　ゴドルフェンは楽しそうに笑った。

「ふーむ。だが、随分と変わったものの見方をする子だな。騎士団に限らず、一流を育てようと思うなら、厳しく追い込んで、這い上がってこさせる、というのは教育方針としてごく当然のことだろう？　その噂の家庭教師の影響か……。それとも、その子が余人にはない独自の感性を持っておるのか……？　……よかろう。わしが騎士団長の奴へ一筆したためる。しかし、これだけ頻繁に噂を耳にすると、わしも会ってみたくなるな……。その、アレン・ロヴェーヌ、とやらに、な」

　この時、この国の王は、その名をしっかりと記憶した。

　騎士団王都中央駐屯所――

「ゴドルフェン翁じゃねぇか！　ぷっ。聞いたぞ、翁、あの性格の悪いクソガキに説教されて、涙目になってたんだってな⁉　だからあれほど言ったろう、あいつの根性はひん曲がってるって！　ぎゃっはっはっ！」

　デューは、ゴドルフェンを指差しながら爆笑した。

「面目ないのう……。あやつが課題に合格したら貴様を師匠として紹介すると約束してしもうたから、忙しい貴様のためにも、半端な成果は認めるつもりはなかったのじゃが……。見事にやり込められてしもうての。すまんがよろしくの」

　ゴドルフェンは好々爺の顔でニコニコと微笑みながらデューにそう告げた。

　爆笑していたデューは、たちまち固まった。

「……ふ、ふざけんじゃねぇ！　俺がどんだけ仕事抱えてると思ってんだ！　しかもあのとんでもねぇガキの師匠だと⁉　冗談じゃねぇ！　断固お断りだ！」

　それを聞いたゴドルフェンは驚いたような顔をした。

「ややや！　これは早まったかのう……。貴様なら喜んで受けると思ったでのう。陛下からの勅書を団長宛にしたためてもろうて、先程渡してきてしもうた……」

そこに、一人の騎士が一枚の紙を持って、デューのもとへ走ってきた。

「辞令です、デュー軍団長！」

「き、汚ねぇぞ、じじい〜！！！！！」

幕間　恋ではない何か

アレンがゴドルフェンの課題をクリアした数日後の放課後。

いつものように正門へと横付けされた、レベランス家の家紋が入った魔導車に、ジュエリー・レベランスは乗り込んだ。

先日、クラスメイトたちと共に王都の武具屋に行った際に利用した、ド派手なオープンカーよりは一回り小さい、シックなセダンタイプの車だ。

「セバス。今日の予定を」

「かしこまりました」

ジュエは忙しい。

半端じゃなく忙しい。

その最も大きな理由は、当然王立学園のレベルの高い授業についていくための勉強だ。

王国に九つしかない侯爵家、レベランス家。

その名門直系から、百二十年ぶりに王立学園Aクラスへ進学を果たした少女の、その双肩にかかるプレッシャーは尋常なものではない。

ちなみに、前回レベランス宗家から出たAクラス合格者は、ジュエから数えて四代前、高祖母（ひいひいおばあさん）まで遡る（さかのぼる）。

その間ジュエの兄弟を含め、四世代十余名が王立学園入試に挑んだが、合格者はジュエを含めたった四名しかいない。

それでも当日、受験に来る人間だけで倍率百倍を超える試験でこの結果は、名門侯爵家の面目躍如たる破格の合格率といえるだろう。

それほど、学力に加え、実技のセンス、そして魔力量の三つを揃えるのは難しい。

レベランスほどの家になると、当然ながら数多の陪臣を抱える。

無数の領内都市の運営、私設騎士団、貴族学校、その他多くの維持すべき機構があり、その全てをレベランス家だけではとても賄いきれないからだ。

もちろんその他に、寄り子として千を超える貴族家を、勢力下に抱えてもいる。

そして、さらにその下に、一定以上の水準の教育を受けた領民がごまんといる。

それら全てがジュエのＡクラス合格を寿いだ。

それほど、勢力の旗頭たるレベランス宗家から、王立学園Ａクラス合格者を出す意味合いは、このユグリア王国では大きい。

当然ながら、進級時のクラス落ちなど絶対に許されない。

ジュエの勉学及び実技の進度は、レベランス家の万全の家庭教師陣によって厳しく管理されている。

現在のところ問題なしと判定されているが、もし少しでも成績を落とそうものなら、今は一定の裁量を与えられている学園生活を、厳しく管理される事になるだろう。

どれほど忙しくても、ジュエは成績を落とすわけにはいかなかった。

「本日はまず、レベランス王都青年会の会合で、ご挨拶をお願いします。挨拶のみで中座いただき、その後グラスター公爵家が主管する王都七番大橋の建設事業の竣工式へご出席。次に、多くの寄り子から、今年の学園、特にAクラスの状況をお嬢様本人から伺いたいと、面談の申し込みがありました件です。多忙を理由に断っておりましたがそれも限界で、複数の寄り子との会合を同時開催する事で調整がつきました。本日は伯爵三家、有力子爵家一家と同時にお夕食をお願いいたします。遅れて旦那様もご参加なされるとの事で、『彼』の情報は旦那様が到着されてから話すように、との事です。お話しになる内容は任せる、との事です。先方は全て当主本人で、お嬢様も面識がおありですが、一応リストは資料に纏めてございます」

ジュエは分厚い資料をパラパラと捲った。

資料によると、三ヶ月先まで、おおよそ週三回のペースで百を超える貴族家との会食が組まれている。

流石のジュエもうんざりとしたが、この計画を立てたセバスの苦労を考えて、文句の言葉は呑み込んだ。

その順序、派閥に配慮した組み合わせ、会食の場所など、あらゆる事情を考慮して、どこからも文句が出にくいように組み上げられたその計画は、一種のジグソーパズルの如き芸術品で、どれほどの調整の上に成り立ったのかは想像もしたくない。

セバスがもし、結婚式の席次表の組み合わせに頭を悩ませている日本人カップルなどを見ると、鼻で笑うより他ないだろう。

「ご苦労様です。ただでさえ王立学園入学試験直後のこの時期は、情報交換が盛んになる時期ですからね。加えて、少しでもアレンさんの情報を得ようと、みな必死ですね」

ジュエは、突然現れた、あの摩訶不思議なクラスメイトを思い出し、くつくつと笑った。

自分でも、なぜこれほど、あの平凡な顔の少年が気にかかるのか不思議に思う。

先日、王都へ買い物に行った時の私服も、相変わらずいかにも『田舎(いなか)からのお上り』と名札を付けているような、率直に言ってしまえばダサい事この上ない服を着ていた。

しかも『ぶた(ポーク)』だなんて偽名を名乗ったかと思うと、二千五百リアルという超低予算を高らかに告げて副支店長さんを唖然(あぜん)とさせていた。普通貴族であれば、自身の実力の一部である経済力を誇示したがる、或(ある)いは秘密にしたがるものだが、彼は明らかに自分は貧乏だとアピールしていた。

これまで自分の周りには、いくらでも見目麗しい御曹司がいたが、異性として興味を持ったことなどなかった。

あくまでも名門レベランス侯爵家として利用価値があるかどうか、あるとすれば、どう付き合うべきか、という視点で見定めていた。

もちろん、この彼への気持ちも、異性としての興味などではないだろう。

ましてやレベランス侯爵地方を背負っている自分が、恋、などはありえない。

ただ、仮にレベランスという立場でなかったとして、おそらく彼のことは、優秀なクラスメイト、という以上に気にかけているだろうと思える。

フェイさんも『アレンは別の次元で生きている感じがする』と言っていたように、あの彼のどこか、超然とした世界観が気になるのだろうか。

「お嬢様のご学友となられる可能性のある人材を、事前に徹底的に調査したレベランス情報部ですら、完全にノーマークでしたので。面目ない限りです」

セバスは苦り切った顔でそう言った。

この男は元々、レベランス家の分家出身で、執事になる前は情報部門で責任者をしていた優秀な男だ。

レベランス侯爵家としても重要なポストにいた人材だが、ジュエの魔力器官が完成し、Aクラス合格がほぼ間違いないと判定されたタイミングで、ジュエを陰に陽にサポートするために執事として抜擢(ばってき)された。

「ロヴェーヌ子爵の寄り親であるドラグーン家ですら、Eクラス合格の可能性あり、程度の情報のみで、ほぼノーマークだったというのですから仕方ありません。あの合格発表の日の、各王公侯爵家情報部の慌てようを想像すると、気の毒でなりませんね」

ジュエは可笑(おか)しそうに笑い、セバスも苦笑した。

「彼は、情報部泣かせですからな……。そんな彼について、今日はお耳に入れたい情報が二つございます。一つは探索者活動について。以前報告を上げておりました、彼が加入した弱小互助会『りんごの家』ですが、近頃ゆるやかに評判を高めている模様です。どうも『猛犬のレン』という、最近加入したお上りが、穏やかそうな見た目に反してかなりの腕白で、他の互助会員も巻き込んで王都東支所を拠点とする不良少年たちに求心力を発揮し、ちょっとした勢力を構築している事が理由の模様です。『猛犬のレン』が彼であるという裏は取れておりませんが、『レン』という名前や加入時期など様々な情報を統合すると、ほぼ間違いないかと思われます」

この報告に、ジュエは首を傾(かし)げた。

「猛犬、ですか。普段のアレンさんの印象と合致しませんね。またいつもの気まぐれなのでしょうか?」

「まだ情報部でも測りかねているところです。もう一つ、にわかには信じ難いのですが、あの『仏のゴドルフェン』が、彼に長期間に及ぶ難解な課題を与え、その課題に対して不合格を伝えたところ、掴み合いの喧嘩になり、最後にはコテンパンに言い負かされて謝罪をした挙句、課題を合格に訂正した、などという真偽不明の怪情報が流れています。課題について、何かお心当たりはありますでしょうか？」

その報告を聞いて、ジュエは苦笑した。

「……いえ、心当たりはありません。ですが、流石に事実とは考えにくいのではないですか？　その突飛な内容もそうですが、今の注目された状況でその様な課題が漏れず、かつ今になってあっさりと漏れる、というのも解せません」

ここのところ、アレンの情報は尾鰭がついて飛びまくり、中には事実ではないものも沢山ある。

それが各家の情報部門を疲弊させる一因になっている。

「私も当初はそう判断したのですが……。情報筋を辿ると、複数の王立学園の教師陣に辿り着いております……。信憑性が高い、と判断せざるを得ません。考えられる理由として、ゴドルフェン氏が、課題終了までは箝口令を敷いていた。だが、課題を終えて、あえて情報を漏らした。あの『仏のゴドルフェン』の事です。うっかり漏らしたとは考えにくい。本当にお心当たりは？」

ジュエは絶句した。

セバスの目は、ほぼその情報が間違いないと確信していたからだ。

事実を言ってしまうと、ゴドルフェンは別に初めから口止めなどしていない。

アレンはアレンで、自分の課題でクラスメイトにプレッシャーを掛けるのは、なんか違うなぁと考えて黙っていた。

把握していた名門王立学園の教師陣は、生徒の個人的な課題を学園外に漏らさない程度の分別はあり、だが、その衝撃的な結末を黙っていられるほどの分別はなかった、というだけだ。

ジュエは素早く頭の中の情報を精査した。

「…………坂道部関連、しか考えられませんね…………。全て私たち生徒が自主的に参加したものですので、どうしてそれが、合否のある課題になるのかは分かりかねますが……。妙な名称の部活動を、思いつくままの気まぐれで運用しているようにしか見えませんでしたが、不思議と人材育成組織としての完成度は目を見張るものがあります。三名の副部長による異なる育成方針、そしてマネージャーなどの私たちが面白がっていた突飛な試みにも、深い狙いがあった、という事でしょう」

ジュエは楽しそうに口角を上げた。

アレンが相も変わらず、天才ともてはやされてきた自分の想像を軽々と超えていく、という事実が嬉（うれ）しくて仕方がない。

「事実、とすると、彼の価値はどこまで跳ね上がるか想像もつきません。これまで、彼に関して確定していた事実は、誰もがノーマークだった、身体強化魔法の才能が豊かな少年、というのみでした。ですが、その組織編成力、ゾルド氏仕込みの人材育成力、弱冠十二歳にしてゴドルフェン氏と渡り合う胆力、知性。敵対的な動きを見せていたダイヤルマック地方も方針を転換せざるを得ませんし、静観を決め込んでいた上級貴族も腰を上げるでしょう。王家が直接唾（つば）をつけに動いても不思議ではない」

その見解を聞いて、ジュエは自分の胸中に複雑な感情が渦巻いているのを感じた。

自分が一目見て、これは、と見込んだ人物が、自身の予想を遥かに超えるスピードで世に出ていくことは、素直に嬉しい。

一方で、彼が自分の手の届かない場所に行ってしまいそうな不安、いっそ自分だけが知る山奥の城に彼を隠してしまいたいような——。

そこまで考えて、ジュエは苦笑した。

この私が独占欲だなんて。

これではまるで、彼に恋でもしているようではないか。

表情をくるくると変える、らしからぬ主を見て苦笑しながら、セバスは続けた。

「こほん。会食の後ですが、大聖堂で聖魔法の訓練をしていただく予定です。本日も、ドゥリトル大司教が講師をご担当される、とのことです」

その予定を聞いて、ジュエの気分は一気に沈んだ。

◆

この大陸でもっとも多くの信徒を抱える、新ステライト教のユグリア王国王都大聖堂。

ジュエはそこで、定期的に聖魔法の訓練を受けている。

聖属性への性質変化の才能は非常に希少だ。

レベランス家は遺伝的に聖属性の発現率が高いのだが、一般にその発現確率は五千人に一人と言われている。

この才能を持って生まれるだけで、新ステライト教会から手厚く持てなされ、生活を保障された上で教会で聖魔法の行使に関する訓練が無償で受けられるというほどの貴重な才能だ。

ジュエは九歳になり魔力器官が発現してすぐ、聖魔法への性質変化の才があることが判明した。領地で基本的な魔法の技能を学んだ後、十歳の誕生日を機に王都の侯爵別邸へ移動して、聖魔法の訓練を受けてきた。

その時から主な講師はドゥリトルだが、ジュエは当初からその聖職者とは思えない、好色そうな男が苦手だった。

特に、近頃発育がよくなってきたジュエの体を、舐めるように見てくる視線にはおぞ気が走る。

ドゥリトルは、ステライト正教国出身の男で、三十六歳の若さにして大司教の要職に就き、このユグリア王国王都大聖堂に派遣されている俊才だ。

末はステライト正教国教皇の座に就く可能性すらあると言われており、ジュエの婚約者として名前が挙がっていると聞いた時、ジュエは密かに絶望したものだ。

もっとも、その話は、現在は立ち消えになっている。

ジュエの魔力量の伸びが、予想以上に凄まじかったからである。

現在ジュエの基礎魔力量は、一万近くにまで達している。

百二十年前、レベランス家から王立学園Aクラスに入学し、ジュエと同じく聖属性の魔法を使い、長じては神の奇跡とまで言われる回復魔法を行使した、サリー・レベランスの学園入学時と同等と言える数値だ。

五千人に一人と言われる聖魔法の使い手が、十万人に一人と言われる基礎魔力量を持ち、さらに王立学園の学科試験をA評価で突破した、というと、ジュエのその才能の凄まじさは推して知るべしだろう。

教会に属さぬまま、数々の慈愛に満ちた事績を残し、教会から押し付けるように特別な称号を授与され、レベランス家に類を見ない繁栄をもたらした、『聖女』サリー・レベランス。

その生まれ変わりとすら言われるジュエと、数多いる教皇候補の一人では、はっきり釣り合いが取れない。

当初はドゥリトルも、レベランス家の名前に魅力を感じ、末は教皇を目指す自分の後ろ盾という意味で適しているから、このガキで手を打つか、などと考えていた。

邪険にするようなことはなかったが、結婚後も女遊びを控える気などさらさらなかったドゥリトルは、あくまでも政略結婚、という事を強調するように、事務的にジュエに接した。

だがジュエは伸びた。

魔力量もそうだが、特に学園入学を契機に、良家のお嬢様にありがちだった甘さが消えて、精神的な苛烈さのようなものが出てきており、聖魔法の習熟速度も尋常ではなくなってきている。

すでにその器の底がどこにあるのか、ドゥリトルには見通せなくなっている。

もし噂通り『聖女』に迫るほどの器量を持ち、あの聖女を想起するほどの功績を積み上げていくとしたら……。

その夫となるはずだった人間は、教皇の座に片手をかけていたとすら言える。

しかも魔力量の増大に呼応するように、見る見るうちに身体的な発育もよくなり、ただの目鼻立ちの綺麗なガキだったはずのその婚約者候補は、近頃では実にドゥリトル好みの体形へと成長していた。

そうした経緯もあり、あまりにも大きな魚を逃した、という意識のあるドゥリトルの近頃のジュエへの執着は目に余るものがある。

流石に人目のあるところでは、おぞましい視線を投げつけるほかは、具体的な行動を自重しているが、何かと理由をつけて二人きりになろうとしてくる点も、ジュエの嫌悪感を増幅させている。

ジュエは一度、思い切って両親に『講師を替えてほしい』と願い出たことがある。

理由を聞いたレベランス侯爵は、少し考えてから首を横に振った。

「それはならん。まず第一に、ジュエに教えられるほど能力のある人材は多くない。奴は聖属性魔法の使い手として、トップクラスの能力があることは疑いようのない事実だ。第二に、我がレベランス家の家訓は『剛毅果断』。嫌なことから逃げて躱す、という思考はこれにそぐわない。そして第三の理由。その手の男は逃げれば逃げるほど追いかけてくる。講師としての接点を強引に断ち切った場合、逆にリスクをコントロールする術を失うだろう」

隣で話を聞いていたレベランス侯爵夫人は、第二の理由を聞いたところまでは、恐い顔で侯爵を睨みつけていたが、第三の理由を聞いたところで唇を噛んだ。

そこまで言って、レベランス侯爵はニヤリと笑った。

「いっそ学園に入学したら、自分がこれはと見込んだ男と浮名でも流したらどうだ？　最低限、王立学園に入学するほどの男なら誰でもいいが……。あのザイツィンガーんとこの倅なんていいんじゃないか？　ツラもいいしな。曾祖母さんも、男に入れ込めないような女は、幾ら才能があっても強くはなれんと言っていたらしいしな。ユグリア王国の貴族は、男女のゴシップにはある程度寛容だが、ステライト正教国の聖職者は、妻となる人間の醜聞を極端に嫌う。それこそ、男女の関係にあった、なんていう過去の噂話すらな」

「へぇ？　あなたがゴシップのネタに事欠かないと思ったら、ユグリア王国の貴族にそんな寛容さがあったのですか。それでは私も、遠慮なくジュエと一緒に浮名を流させていただきます」

「ちちち、違うんだドリー、パルフェと会ってたのは、ただ相談に乗っていただけでだな、」

「パルフェ⁉　私が聞きたかったのはジーナさんとの楽しそうなお食事のお話ですが？」

「げぇ⁉」

………。

◆

「セバスは、私が交際が噂される（浮き名を流す）お相手として、アレンさんをどう思いますか……？」

ジュエはあの、好色そうな（ドウリトル）男とは正反対の、女関係にいかにも奥手そうな純朴な少年を思い浮かべながら、セバスに質問した。

この、これまで何度もされてきた質問を聞いて、セバスは苦笑した。

バックミラー越しに見るその表情は、いつもは剛毅果断を地でいくお嬢様には珍しく、どこか不安げだ。

「……私は、お嬢様が機転を利かせて（魔鳥を飛ばして）、お買い物の運転手をさせていただきましたので、彼を実際に間近で見させていただきました。率直に申し上げまして、田舎（いなか）から出てきた、どこか庶民臭すら漂う世間知らずの無礼な少年、という印象を拭（ぬぐ）えませんでした。身体強化魔法の才能に疑う余地はないとしても、果たしてレベランス家が誇る天才、ジュエリー・レベランスに相応（ふさわ）しい器を備えているのかと言われると、懐疑的、と言わざるを得ない……そう考えておりました。それでこれまで、『私には判断致しかねます』と明言を避けてきましたが……。今回の『仏のゴドルフェンの課題』

事件を受けて、自身の人物眼の甘さを痛感しております。お嬢様が見込んだ男は、私などにその器量が測れる人物ではなかった。今はそのように、考えを改めております」

そのセバスの評価を聞いて、ジュエの表情は目に見えて華やいだ。

「ふふっ。次は一体、どんな形で私を驚かせてくれるのでしょう。……偶然、アレンさんの『りんごの家』への加入スカウトを目撃している事が、レベランスの僅かな強みです。ただの非効率なアルバイトと、他陣営が軽視していると思われる探索者レンの情報を、徹底的に集めてください。孤児院に対する慈善活動かと思いきや、ヤンチャな若者たちの纏め役をやってみたりと、一見支離滅裂でいつもの気まぐれな行動に見えますが……。おそらくは、私たち凡人には考えもつかない狙いがあります。すぐに活動を開始する事が難しいのは理解していますが、私も探索者登録いたします。この私が重要な局面で、資格がないばかりに手をこまねいている訳には参りませんので」

ジュエがいつもの豪気さを取り戻したのを見て、セバスは安堵すると共に、ため息を呑み込んだ。

朝の坂道部の活動に加え、一般寮への移動もあり、お嬢様のスケジュールの過密さはすでに限界ギリギリだ。

ここに探索者活動などを詰め込んだりしたら、そのスケジュールは常軌を逸した過酷さになるだろう。もちろん、それを管理する自分にも同じことが言える。

だが、たった今お嬢様の人物眼を信じると明言したばかりだ。

セバスは腹を括った。

「かしこまりました。私の全身全霊をかけて、お嬢様の初恋を応援させていただきます」

「は、初恋!?　私のアレンさんへの気持ちは、そのような浮わついたものではありません！　確かに彼には、うまく言語化できない、友人とは違う何かを感じていますが……。あくまでも、私にとって、そしてレベランス家にとっての最善を考えた上での指示です！」

そう必死に否定して、頰を赤く染め、嬉しそうに怒っているお嬢様は、どう見ても初めての恋に振り回されている、十二歳の少女だった。

恋ですが何か

王立学園入試の合格者が発表された日から数日後の放課後。

フェイルーン・フォン・ドラグーンは、入寮した王立学園貴族寮ではなく、王都にあるドラグーン侯爵邸へと帰った。

当初の予定では、週末までは貴族寮で過ごして新たな学友と親交を深めつつ、特に上位クラスで入学を果たした人材の印象を、祖母であるメリア・ドラグーン侯爵へと報告し、今後の方針をすり合わせる予定だった。

だが、メリアより今晩時間が空いたので、予定を早めて近しい者たちで夕食を共にしようと伝言が入った。

王立学園入試が終わり、春の社交シーズンも最盛期のこの時期に、侯爵である祖母が急に時間が空く、などという事がない事は明らかだ。

当然、すぐにでもフェイに確認すべき用件ができたため、無理に予定を調整したとみて間違いないだろう。

そしてその用件とは、言うまでもなく——。

◆

「やぁフェイや、よく来たね。Aクラスでの合格おめでとう。流石は十二歳にして名門ドラグーン家のフォン（当主）を私から引き継いだだけの事はあるねぇ。私も鼻が高いよ」

メリアはニコニコと一見上機嫌そうに笑いながら、フェイをダイニングテーブルの自分の前の席へと促した。だがその上機嫌な笑顔が仮初めであることは、後ろに控える家令の真っ青な顔色を見ても明らかだ。

同じくダイニングテーブルに着く、ドラグーン地方に仕える幹部の面々も、どこか緊張を感じさせる顔つきでフェイに祝辞を述べた。

フェイもまた、祖母そっくりにニコニコと笑いながら、侯爵邸のダイニングテーブルの端、メリアの前へと腰かけた。

ちなみに当主であるフェイが掛けるべき、お誕生日席は空席になっている。

学園内での政治力を強化することを目的に、当主の位はフェイに譲られているとはいえ、王の承認によって世襲される侯爵位は未だメリアが保持しており、ドラグーン地方を実質的に掌握しているのは、ドラグーン地方を数十年牛耳る『女帝』、メリア・ドラグーンである。

そのメリアを下座に置いたとあれば、余計な軋轢が生じないとも限らない。

両者の微妙な力関係が、こうした席次に表れていると言えるだろう。

「どうもありがとう、おばあさま。……ぷっ。また随分とご機嫌斜めだね？」

フェイがそのように苦笑すると、メリアは苦虫を噛み潰したように笑顔を消した。

「ふんっ！　当たり前じゃろう。国中が行方を見守っておる王立学園入試で、全く無名でありながら実技試験トップ評価を獲得した新星がドラグーン地方から現れた。しかもそやつは学力不正判定――しかも四科目不正判定を覆して、Ａクラス合格を果たした。あやつは誰じゃ、ドラグーンの隠し玉の情報が欲しいと迫られて、私がここ数日でどれだけの恥を掻いたか……。お前、事前に掴んでいたらしいね……。そのアレン・ロヴェーヌの事を。なぜ私に報告がなかったのか説明してもらおうかい」

メリアはそう言って、バンッとテーブルに手を付いた。

その迫力に、同席者たちは一斉にごくりと唾を飲んだが、フェイはまるで気後れする様子もなくニコニコと笑い、祖母の目を真っ直ぐに見つめ返した。

「報告が遅れたことは悪かったよ、おばあさま。……何せ僕も、ドラグーンからの直通列車でたまたま会っただけで、まさかアレンがあんな成績で試験を突破するだなんて、夢にも思わなかったからね……」

そう言ってフェイは、アレンと初めて会った時の出来事を説明した。

たまたま深夜に素振りをしている少年を見つけ、それが魔道具士として注目していたローゼリア・ロヴェーヌの弟だと気がついたので、話しかけようと思ってタイミングを見計らっていたこと。だがアレンが目を見張るほどの集中力、体力で、いつまで経っても素振りをやめないので、気まぐれに開発した魔道具で魔力量を測定したこと。魔力操作の精度はかなり高そうだったが、その魔力量は王立学園生としては平凡だった事。そしてその後交わした掴みどころのない会話。なによりその自信に満ちた目を見た印象。

まず間違いなく合格してくるとは感じたが、秘書にプロファイルを確認したところ、学科が厳しいという事であり――おそらくは下位クラス合格。その器は学園入学後に測り、必要に応じて報告を、と考えたフェイの判断は妥当と言えるだろう。

報告を聞いたメリアは、張り詰めた空気を若干緩めた。

「たったそれだけのやり取りかい……。だが、あんたがそのアレン・ロヴェーヌに初めのオリエンテーションで取った態度、やり取り、何より不正嫌疑が晴れる前に、ドラグーン家の家名をもって推挙したという報告が、パーリから詳細に上がっているよ？　そこまで押すにはちと根拠が弱すぎるんじゃないかい？」

メリアが真意を測るべくその目を覗き込むようにしてフェイに問うと、フェイはそれまでの嘘くさい笑顔を年相応の無邪気なものに改め、実に楽しそうに笑った。

「きゃははははっ！　おばあさま、僕は十二歳の乙女だよ？　素敵な男の子がいたら、恋に落ちることがあってもいいと思わない？」

「こ、恋じゃと……？」

この孫娘は、両親が政争で敗れ力を失ってからというもの、魑魅魍魎が蠢く貴族社会を己の才覚でのし上がってきた。魔道具士として非凡な才能があり、それが大いに寄与したとはいえ、その辺の十二歳と比較すれば悲しいほどに精神が成熟している。そのフェイが、恋……。しかも同年代の男に。

呆気に取られているメリアをよそに、フェイはその目を細めてくすりと笑い、前髪を掻き上げた。

「……もっとも――ロヴェーヌ家の寄り親であるドラグーン家が、これ以上後手を踏むわけにはいかないよね？　ちょっと強引だったのは認めるけど、初日に皆がいる前でお近づきになって、後ろ盾としてドラグーン家が立つと印象付けた。その甲斐はあったと僕は思っているよ。まぁジュエが割り込んできたけどね。流石だね、あの行動力、胆力は」

フェイがそう言って、いつものようにニコニコと笑うと、メリアは噴き出した。

「ぷっ！　かっかっか！　何が恋だい……。情報部の不始末を尻拭いさせたようで、悪かったね、フェイや。ところで、そのアレン・ロヴェーヌは、なぜこの場にいないんだい？　あんたなら連れてくると期待してたんだがね」

　フェイは楽し気に苦笑した。

「アレンにはどうやら権力基盤を固めるよりも優先すべき事があるみたいでね？　僕だけが嫌われているわけじゃなくて、レベランス侯爵家やザイツィンガー公爵家の誘いもにべもなく断って帰っていったよ。……口で説明するのは難しいんだけど、アレンの事をただの身体強化魔法の才能がある十二歳だと思わない方がいい。報告によると、王立図書館へと真っ直ぐ向かった、とのことだよ？　おばあさまの方に何か情報はない？　呼び出したんでしょ？　ロヴェーヌ子爵を」

　フェイがこのように問うと、機嫌を直していたメリアは再び苦いものをその顔に浮かべた。

「……父親のベルウッド・フォン・ロヴェーヌは、一月ほど前に春の社交を切り上げて王都を辞す旨届け出て、すでに王都にはいない、とのことだよ。まったく、子が王立学園Aクラスに合格して、その場にいない当主だなんて前代未聞だよ！　下手したらまだ合格したことも知らないんじゃないかい⁉　……とりあえず、件の家庭教師のスカウトも兼ねて、ロヴェーヌ領へ人をやってある。そっち方面からの情報は、もう少し待ちな」

「ぷっ！　これだけ騒ぎを起こしておいて王都にすらいないの？　……さすがはアレンの父君だけあって、面白いね」

　興味津々、といった様子でその特徴的な猫目をランランと輝かせている孫娘を見て、メリアはやれやれと首を振った。

「ちっとも面白くないよ……。……学園の方はあんたに任せるから、自由に動きな。ドラグーン家の支援が必要なら自由に使っていいよ。あんたが当主だからね」

フェイはニコニコと笑って頷(うなず)いた。

学園入学から二月ほど経ったある日の午後。

急に召集されたドラグーン家の会合に顔を出したフェイは、いつもの笑みを顔に張り付けたまま、悠然とダイニングへと歩み入った。後ろには秘書のセイレーンを連れている。

すると参加者から、いつになく厳しい視線がフェイへと注がれる。フェイはくすりと笑って悠然とダイニングを進んだ。

「待っていたよ、フェイ。まぁ座んな」

例によって自分の前の席を勧めたメリアに笑顔を返したフェイは、そのまま悠然と当主が掛けるべきお誕生日席へと腰かけた。

「な！　貴様、母上を下に置くつもりか！」

こう糾弾の声を上げたのは、メリアの隣に腰かけるメンサン・ドラグーン。フェイの伯父(おじ)で、メリアの後釜(あとがま)の座を長年窺(うかが)っていた、フェイの政敵といえる男だ。

もっとも、メリアとしては、メンサンはとても千を超える貴族家を抱えるドラグーン地方を束ねる器ではないと、とうの昔に後継者としては失格の判断を下している。本人もその点はすでに諦(あきら)めており、何とか実子に名門ドラグーン家を継がせたいと、フェイがフォンの座を継いだ後もなお、勢力争いに精を出している。

「今日はドラグーン地方の会合ではなく、ドラグーン家の私的な会だと聞いてきたけど。何か問題でもあったかな？　おばあさま」

フェイがいつもの険のないニコニコ顔でそうメリアに向かって首を傾けると、メリアはフェイの顔をたっぷり五秒ほど覗き込んでから、ゆっくりと首を振った。

「……ふんっ。何も問題などないさ。そこは当主が座る席で、今はフェイが当主だからね。今日は忙しい当主様を呼び出して悪かったねぇ。メンサンがどうしてもお前に問いただしたい事がある、と煩くてねぇ」

メリアがそのように話を振ると、メンサンはさも深刻そうな表情を浮かべた。

「……アベニール伯爵の子息パーリから、報告が入っておる。ご当主様は何やら魔道具研究部とやらを立ち上げ、お好きな魔道具研究にドラグーン家の私財を投入しておるとか？」

ちなみにパーリはメンサン派、などという事はない。むしろ派閥で言うと断然フェイ派なのだが、ドラグーン地方に住まう貴族の当然の務めとして、この件に限らず学園内で起こった事実を淡々と客観的に報告しているだけである。

フェイもそのことは認識しているが、性質が真っ直ぐなパーリに報告へ手心を加えるように言うのは、別の問題を誘因するリスクが高いと判断し、捨て置いている。

フェイはメイサンの問いかけをあっさりと認めた。

「うんまぁね。何か問題でもあるかな？」

メンサンは嫌らしくニヤリと笑った。

「そのこと自体には問題ないですとも。あの王立学園での政治活動には、ドラグーン家、ひいてはドラグーン地方の利益にも直結する。リターンが見えておるのであれば、ご当主様の判断で私財を投資しても何ら問題はない。ですが…………」

　そう言ってメンサンは立ち上がり、一枚の紙を広げ、声のボリュームを上げた。

「問題は、その金額です。この二ヶ月の間に、ご当主様はすでに三百万リアルを超える大金を、その研究部に投入しております。これほどの短期間に、これだけの大金となれば、流石（さすが）にどのような魔道具研究を行い、どんなメリットが見込めるのか、説明する義務があるのではないですかな？　よもや！『素敵な男の子に恋に落ちた』ご当主様が、公私の別なく言われるがままに魔道具を作り、せっせと貢いでいる、などという事はありませんよなぁ？」

　再び厳しい視線がフェイへと注がれる。フェイはその一人一人の目を見つめ返し――そして笑い出した。

「ぷっ！　きゃははは！　ちょうど良かったよ、メイサン。僕も魔道具研究部の活動に関して、皆に相談したい事があってね？　セラ？　お願い」

　フェイはそう言って、後ろに控える秘書のセイレーン（セラ）に向かって合図を出した。合図を受けたセラが、緊張した面持ちで映写機に資料を投影する。

　映し出された資料には、『ドラグレイド魔道具研究所の王都機能移転について』と書かれていた。

「アレンが次々に色々と面白いアイデアを出すものだから、ちょっと王都の体制じゃ対応しきれなくなりそうでね？　研究部門の一部を移転したいのと、最新の生産設備を王都に構築したいんだ。予算はざっと見積もって――」

　フェイがそう言ってセラに促すと、セラは次のスライドを投影した。そこには移転計画の項目ごとに必要となる予算が纏（まと）められていた。

「――一億リアル」

その途轍もない金額に、一同は絶句した。いくら大貴族ドラグーン家とて、はいそうですかと出せる金額では断じてない。

「な、何を馬鹿な……」

「黙んな、メイサン」

メイサンが驚愕の顔で、反射的に反対の意を表明しようとしたところで、メリアがピシャリと窘めた。

「フェイよ……。あんた自分が何を言っているのか分かっているのかい？　正直私は二百や三百の金で、あんたにガタガタ言うつもりはなかったよ。それだけの器は示してきたからね。だが一億リアルとなると話は別だ。予算の組み換えだけでは賄いきれないだろう。ドラグーン家が保有する財を大量に投入することになる。……もちろん、納得のいく説明はあるんじゃろうね？」

メリアが厳しい声でフェイへとそう問いかけると、フェイはくすりと笑って答えた。

「……説明とは、おばあさまも野暮だね？　乙女の恋は理屈じゃない。そうは思わない？」

「貴様ぁ！　我らを愚弄する――」

「黙んなメイサン！　今は私がフェイと話をしているんだ！　……あんたがアレン・ロヴェーヌを高く買っている事は分かった。だが……物事には順序ってものがあるじゃろう。まずは私に紹介すべきじゃあないか？　……一体いつになったら、その小僧は私に挨拶へ来るんだい‼」

メリアにそのように詰め寄られ、フェイは苦笑を漏らした。

「……僕としても、ぜひともおばあさまを紹介したいところなんだけどね……。でも、アレンは相変わらず権力から距離を置く姿勢を頑なに崩さないし、投資と引き換えにドラグーンの管理下へ入れ、なんて匂わせたら、まず間違いなく拒絶すると思うよ？　もちろん今後一切魔道具製作の依頼をしてくることはないだろうね。アレンにとってはその程度の依頼なんだ。つまりこれは押し売りさ。魔道具士、フェイルーン・フォン・ドラグーンのね」

　このフェイの説明を聞いて、メリアは勿論（もちろん）、メイサンもその他のメンバーも、怒るというよりはむしろ困惑した。

　そんな認識の人間に莫大（ばくだい）な投資をするなど、正気の沙汰（さた）ではない。

　メリアはフェイの真意を確認するように、額がぶつかりそうになるほど、その顔をフェイへと近づけた。

「よく分からないねぇ。であれば、せめてもう少しその小僧の真意を見定めてから動くべきなんじゃないのかい？　いくら何でも出会ってから二ヶ月やそこらで、一億の投資価値があるかを判断するのは性急が過ぎるんじゃないのかい？　手堅いあんたらしくもないね」

「……リスクがある事は認めるけど、悠長に構えている事はできないよ？　これは半分僕の勘だけど、今動かないと、アレンの『スピード感』には付いていけなくなる。それはドラグーン家の当主として許容できない。もちろん恋する乙女としてもね」

　フェイがメリアの圧力を涼しい顔で受け止め、そのように押し返すと、メリアは深々とため息をついた。

「………その席に座り、当主として判断を下すというのであれば、このメリア・ドラグーンも従おうじゃないか。ただし――」

そう言ったメリアは、ドスの利いた腹に響く声をダイニングへと響かせた。

「もし投資に見合うリターンが成らなかった時……覚悟はできているんだろうねぇ？」

◆

フェイが、此度の大規模投資の全責任を当主として負うと明言し、メリアとフェイ、秘書であるセラ以外が退出した後。

「……まだあるんだろう。出しな」

ドラグーンの女帝メリアにギロリと睨まれて、セラは追加のスライドを映写機で映した。

そこにはこれまで魔道具研究部に投資した金額、その使途、実用化までの道筋と投資の回収計画、そして追加で行う大規模投資についても、詳細な利用用途と結果として得られるドラグーン家のメリットが纏められていた。

「……ふん。抜け目のないあんたが、回収の目途もない大金を男の気を引くためだけに突っ込むわけがないからね」

メリアが呆れたように鼻を鳴らすと、フェイは頬を膨らませた。

「それは心外だね？　僕はアレンの気を引くためだけにこの投資計画を立てたんだよ？　もちろん、結果として回収できるものは回収させてもらうけどね」

「……なぜこの資料をさっさと出して、皆を黙らせなかったんだい？」

フェイはニコニコと笑って答えた。

「せっかく十二歳の乙女が、初めての恋を成就させようと頑張っているのに、政治に利用したい外野の雑音があまりにうるさくてね？　これで少なくとも、今回私に一任した人間は、圧倒的な成果を出されたら、アレン関係では黙るしかないよね？」

メリアが『あんたが、恋を成就、ねぇ……』などと疑わし気に呟いても、フェイはニコニコと笑っている。

「……堕とす自信はあるのかい？」

フェイは珍しくため息をついた。

「うーん、これがなかなか難攻不落でね？　自分で言うのもなんだけど、僕は結構可愛い方だと思うし、性格はいいとは言えないけど、アレンが望むものがあれば何でも用意する、くらいの覚悟はあるんだけどね？　肝心のアレンが何を考えているのかさっぱり分からなくて。打算に囲まれて生きてきたから、他人が何を欲しているか見抜く力には自信があったんだけどね……」

そして『アレンが何を欲していないかは、何となく分かるんだけど……』などと、自信なさげにぶつぶつと呟く孫娘を見て、メリアはため息をついた。

「まったく、一億の投資話を相談する前に、なぜ私に恋の相談をしない。私に掛かれば、十二歳の小僧なんていちころだよ」

メリアは目元に深い皺を刻んで不敵に笑いながら、だみ声でそう言って胸を叩いた。

「ぷっ！　きゃはははは！　おばあさまに恋の相談？　千リアル金貨をぱんぱんに詰めた袋で殴って、跪かせろとか言わない？」

「ぷっ！！！　し、失礼しました！」

メリアはフェイとセラを睨みつけ抗議した。

「……あんたら、私のことを何だと思っているんだい？　あたしゃこう見えても若い頃は、この美貌とお淑やかな性格で王族から庶民まで残らず虜にして、『亡国の美女』とまで言われたんだ」

「メ、メリア様がお淑やか……」

セラはこのギャグとしか思えないセリフを聞いて笑いを噛み殺したが、フェイは真剣な顔で食いついた。

「……へぇ～おばあさまがねぇ。そこまで実績があるなら、参考までにアドバイスをくれるかな？」

メリアはニヤリと笑い、フェイを指差した。

「まず、フェイ。あんた自分の感情を表に出すのが苦手だね？」

「え？　う～ん、まぁ得意ではないけど、アレンには割と素直に好意を伝えていると思うよ？」

メリアは『かぁ～』と言いながら、目元を右手で押さえ、天を仰いだ。

「目に浮かぶようだよ、その完璧にコントロールされた、癖になってる笑顔で、淡々と好きとか何とか繰り返しているあんたの姿がね……。はっきり言って、薄気味悪いと思われてるよ！」

フェイは衝撃を受けたように、目を丸くした。

「そ、そんな！　でもアレンはいかにも奥手そうな、押しに弱そうなタイプで……」

メリアはゆっくりと首を振った。

「なら尚更さ。奥手な男は警戒心が強い。ポーカーフェイスにも作り笑顔にも決して心は揺れないし、心を見せないと何をしても逆効果だよ。それは嬉しい、これは悲しい、まずはそうやって感情を素直に出すための訓練をしな。それができなきゃ相手云々以前に、スタートラインにも立てない」

メリアがそのように断言すると、フェイはごくりと唾を飲み込んだ。

「わ、分かったよ。ちょっと……かなり難しそうだけど、トレーニングしてみるよ？」

メリアは力強く頷いた。

「次にその我が道タイプのアレン・ロヴェーヌと距離を詰めるには——」

◆

このようにしてドラグーンの『女帝』、メリア・ドラグーンによる恋の千本ノックは、定期的に開催されることになった。

4章　魔法士の卵

体外魔法研究部

体外魔法研究部創部初日。

俺は寮の食堂でたまたまテーブルを囲んだ時にふと思いつき、ノリで一年Aクラス所属の魔法士たちと共に体外魔法研究部を創部することとした。

メンバーは、アル、ライオ、ジュエ、ドル、そして俺の五人で、場所は王立学園の魔法訓練施設だ。

サッカースタジアムのように広々とした施設で、天井はないが、周りは対魔法防護措置が施された強固そうな壁に覆われている。

一年Aクラスで魔法士を専攻しているのは、アル、ジュエ、そしてドルの三人だけだ。

この世界で性質変化、すなわち魔力を介して炎や水を生み出す才能のあるものは、おおよそ十人に一人。

その貴重な才能を拾い上げるため、相対評価でスコアが付けられる王立学園入試における実技試験については、魔法士だけ別に試験して、基本的な武芸に加えて体外魔法にも得点が付けられる。

要は総合点にゲタを履かせ、特別な才能を持つ魔法士は受かりやすくするわけだが、王立学園入試の魔力量および学力試験の足切り(絶対評価)は厳格だ。自然、試験官の裁量が大きい実技をどれほど甘めに付けても、一学年百人中、魔法士の数は二十五名前後に落ち着いてしまう。

そして、一学年の魔法士おおよそ二十五名中、Dクラスに半分ほどが編成され、残りはDに近いクラスほど割合が多くなる。

騎士コース志望のクラスメイトと、同じ実技授業についていく事が可能か否(いな)かが、実技の得点のゲタに考慮されるので、魔法士としての訓練もある彼らは、上のクラスほどその数は絞られる事になる。

年によってはAクラスに魔法士はゼロ、なんてことは珍しくもなく、そういう意味で魔法士がライオを含めて四人もいる今年のAクラスが、粒揃(つぶぞろ)いと評判になるのも頷けるところだろう。

ところで、初日の練習前に、言い出しっぺの俺が、性質変化の才能が全くない、と告白した時、皆は唖然(あぜん)とした。

「……一体何を考えている？　才能に恵まれた身体強化に特化して鍛えているだけで、実は性質変化も可能、という事かと思いきや……アレンが、普段の授業であれほど魔法理論に造詣(ぞうけい)が深い理由が腑(ふ)に落ちたと考えたのだがな……。アレンにとっては体外魔法研究などどう考えても時間の無駄だろう。相変わらず意味の分からん奴(やつ)だな」

俺にとっては、魔法がある世界で魔法の研究をするのはごく当たり前の事だが、普通に考えたら無駄に見えるだろうな。

「ライオ。人生には必要のない無駄と、必要な無駄があると俺は考えている。たとえ自分に才能がなかろうと、体外魔法という無限の可能性を、クラスメイトと研究する場を学園に設ける事は、俺にとっては必要なことだ。塾だの家庭教師だの、結果がコミットされた修練だけに目を向けていると、望んだ成果は得られても、意外な発見はない。合理的な手段では辿り着けない場所は、いくらでもある」

俺はこんな風に、前世でノーベル賞を受賞した学者が言っていた事をアレンジし、分かったような分からないような事を言って、強引に話を纏めた。

「……まぁいい。研鑽の場が増えるというのは望むところだし、別にデメリットは何もない。アレン以外にはな……。だが、今は入学直後で家の方も少しばたついていてな。朝の坂道部副部長の件もあるし、毎日の参加は無理だ。時間が取れるようになるまでは、出られる範囲での参加、という事で、了承してもらいたい」

ライオがそう言うと、おずおずとジュエも手を上げた。

「私も、入学直後で少しだけ忙しくて……当面は、ライオさんと同じように任意参加とさせていただけると助かります」

こいつら上級貴族には、俺ら庶民に半分片足を突っ込んだ、貧乏貴族には分からない苦労というものもあるのだろう。

「ああ、それで構わない。元々鍛錬が目的ではなく、研究が目的の部活動だからな。特定の共通研究テーマでもない限り、毎日顔を突き合わせる必要はない。開催日は部長に一任だ。で、アルにドル。どっちが部長をするんだ？」

俺がアルとドルに目を向けると、二人は唖然とした。

「ちょ、ちょっと待ってくれ。アレンが部長をするんじゃないのか？　なんで俺たち二人なんだ？」

「はっはっは。才能ゼロの俺が、部を率いられる訳がないだろう。創部した関係で、やむを得ず名ばかり監督は引き受けたが……。方針は部長に任せる。ライオとジュエが忙しい以上、必然的に二人のうちどちらか、ということになるだろう？　で、どっちが部長でどっちが副部長をやるんだ？」

俺は二人が部長と副部長をやる事は確定事項として二人に詰め寄った。

こういう事は押したもの勝ちだ。

ちなみに、顧問はムジカ先生にお願いした。

あの妙齢の先生は、どうやら副理事長というとても偉い人みたいだが、創部の相談に行った時、ダメ元で顧問をお願いしたら快く引き受けてくれた。

どうやらムジカ先生は魔法士らしく、活動に興味があるようだ。

「…………俺は副部長をやるよ。三人兄弟の真ん中で、子供の頃から周りの人間の顔色を窺(うかが)って、要領よくバランスを取るのが体に染み付いているからな。部長には生来の人望がありそうなアルが適任だ」

アルがまごついているうちに、素早く形勢を読み即断したドルは、副部長に立候補する事で部長をアルに押し付けた。

卒なく器用に何でもこなす、実にドルらしい一手だ。

「な！　ずるいぞドル！　そんな事を言ったら俺だって上に三人の姉が――」

アルは何事かを言おうとしたが、ここでアルの言い分を聞いていたら、泥仕合に発展して貴重な時間が無駄になると思った俺は、アルの言葉を強引に遮った。

俺は、早くみんなの魔法が見たくてウズウズしているんだ。

「なるほど！　ドルの組織論は実に興味深いな。俺はどちらが部長をしても、それぞれに組織として最適な解はあるとは思うが……。確かに人望のある、真っ直ぐな気質が災いして、どこかとぼけたトップが組織を率いる、という形も組織を魅力的にするだろう」

「いや、俺は別にとぼけてなんか――」

「だがドル。トップが気質的に緩い場合、Ｎｏ・２であるドルは必然的に引き締め役をやる必要があるぞ。魅力的で緩いだけの組織は必ず瓦解する。と、歴史が言っている。ドルはこの体外魔法研究部の活動を通じて、強い組織を作り上げる術を身につけてはどうだ？　キモは、人を厳しく鍛えるのではなく、組織を厳しく鍛え上げる事だ……。鉄の掟を設けろ！　お前は今日から『鬼の副長、ルドルフ・オースティン』だ！」

俺は前世、幕末に保安組織として京都で名を馳せた、とある団体を思い出しながら悪ノリした。別に詳しくも何ともないが、確かこんな雰囲気だ。

「い、いや、何で副部長じゃなくて副長なんだ？　話聞いてたか？　俺は皆の顔色を窺いながら、要領よく全体のバランスを――」

「ただの趣味だ！　できる！　自分の殻を破れ！　これは最初で最後の監督命令だ！　ところで、皆はどんな性質の魔法が使えるんだ？」

尚も何か言おうとしているアルとドルとの問答を打ち切って、俺は強引に話題を変えた。

ライオが火の属性魔法を使える事は、模擬戦から把握しているが、他の奴らがどんな才能を持っているのか、俺は全く知らない。

「……俺の場合は火属性の魔法だけだな」

「えっ？　ライオって一番メジャーな火属性だけなの？　何の才能もない凡人の俺が言うのも何だが、意外と普通なんだな」

火属性の魔法は、その辺を歩いている人十五人に声をかけたら、一人は親和性のある人に当たる最もメジャーな属性だ。

このチート野郎の事だ。

七色の性質変化を使いこなす七重属性持ち(ヘプタ)の魔法騎士だと言われても驚く事はなかったが、意外と普通だった。

この俺のセリフを聞いて、アルは困った奴を見る目を俺に向けてきた。

「……性質変化の数や種類も重要じゃないとは言わないけど……絶対的な魔力量と、それを十全にコントロールするセンス、知能。それこそがライオのライオ(天才)たる所以(ゆえん)だし、常人には超えられない壁だ……と、言いたいんだけどな。どこかの魔力操作オバケは、入試であっさり超えていったからな……」

誰がオバケだ、失礼な。

「まぁ、見せた方が早いんじゃないか？　アレン。俺も火属性は持っているからちょっと見てろ。ライオいいか？」

ドルのセリフを聞いて、ライオはニヤリと笑った。

「ふっ。鬼の副長の指示なら仕方がない」

そのセリフを聞いて、アルとジュエは吹き出し、ドルは頭を抱え、俺は満足した。

ライオとドルは、並んで掌を前に突き出した。

みるみるうちに、掌に現れた火球が膨れ上がっていく。

その膨れ上がる速度には大差ないが、大きさには差があった。

ドルの火球は直径30㎝ほどで拡大が止まったが、ライオの方がどんどんデカくなる。

ライオの火球が直径1ｍ近くまで膨れ上がったところで、二人は火球を同時に前方に射出させた。

ドンッドーン‼

放たれた火球は、的が描かれている強固そうな壁に激突した。

「ひゃー！　かっこいー！」

俺のテンションは爆上がりした。

これだよ、これがまさに俺がやりたかった魔法だ！　何で俺には才能がないんだ！　もし俺に才能があれば、来る日も来る日もぶっ倒れるまで練習するのに！

「凄いな二人とも！　今ので消費魔力はどれくらいなんだ？　構えてから魔法が完成するまでの時間は何に依存するんだ？　射出後の速度はどう決まる？　火球の大きさと温度は可変なのか？　途中で進路を変えられるのか？　掌からしか射出できないのか？　むしろ体から離れたところに炎を出現させる事はできるのか？　連射に制限は？　何でそんな不思議な事ができるんだ？」

俺はここぞとばかりに質問しまくった。

百聞は一見にしかず。小難しい魔法理論の数式をこねくり回していても、具体的なイメージが一向に湧いてこなかったからだ。

もし自分が使えたなら徹底的に検証するのに、という中途半端な理論も多い。魔法学というのはこの世界においても未知の部分が数多く残る、未だ現象の発見に重きが置かれている学問だ。

俺のテンションを見て、クラスメイトたちは困惑した顔を向けてきた。

こいつらにとっては当たり前の事なんだろう。

「…………魔法理論に詳しいアレンに今更説明する事でもないと思うけど……。今ので消費魔力は俺が二百、ライオは八百くらいか？　簡単に言うと、魔力量が多いほど威力を上げやすい。感覚としては身体強化と同じだな。構築速度や、魔法を小さくして純度を高めるのは魔力操作の精度への依存が大きいな。射出速度は体外魔力循環の技能に依存する。体からの繋がりを絶った状態で魔法の方向をコントロールしたり、性質変化を行うのはかなり難しい。こちらも体外魔力循環の能力を問われる技能で、理論上は可能だが労力と成果が見合わないので、普通はやらない」

なるほど……。

やる気が起きなくて全然練習していなかったが、どうやら体外魔法の修練のキモは、索敵などにも応用が利く、体外魔力循環だな。

威力の最大値は、最終的には生まれ持った魔力量への依存が大きいので、コツコツ魔力圧縮をして伸ばしていく以外どうしようもない。

リアド先輩と採取に行った時も必要性を感じたし、今度こそ着手するかな……。

体外魔力循環は、お得意の魔力操作の応用と言えるので、自分にその才能がある事は、感覚的にも間違いない。

だが、弓の訓練やら探索者活動やら、やりたい事が山ほどある現状で、本腰を入れて訓練する気にどうもなれない。

……正直に言うと、誰よりも真摯に、徹底的に魔力循環を鍛錬する自信はあり、かつ誰よりもその道を極める自信もある。

だが……俺にはその先がない。

もしも徹底的に魔力循環を鍛え上げたとして、俺には体外魔法を使うのは無理……。

そう結論付けられた時に、俺は自分が折れずにいられるか分からないから、目を逸らしているのだ。

素敵に使えるから無駄にならない、なんて気休めにもならない。

何度も言うが、それは俺が使いたい魔法じゃないからだ。

だがいつまでも目を逸らしていられる話でもないな。

ゴドルフェンの課題をクリアして、師匠を紹介してもらい、それでもその道のりが遥か彼方にあると分かったら……その時はきちんと素敵魔法を身につけよう。

俺は密かに、そう決心した。

「どうしたんだ？　そんな怖い顔をして……」

「……何でもない。それよりも他のみんなはどんな魔法が使えるんだ？　ぜひ見せてくれ！」

◆

その後も俺は、皆の魔法は見せてもらっては大興奮し、気になる点を質問しまくった。

ジュエは、五千人に一人しか使えないと言われている、聖魔法の使い手だった。

怪我人がいなかったので癒やしの魔法は見られなかったが、補助魔法を見せてもらった。

ジュエの祈りにより、その髪色に似た金色の魔力が降り注ぐバフ魔法は、神秘的とすら言える美しさだった。

聖魔法は、これまた発動原理が特殊で、まだ解明されていない部分も多いが、その光に包まれると魔力操作がしやすくなり、かつ使用魔力量が抑えられる事で、結果的にパワーやスピード、スタミナが向上するようだ。

ジュエの歳(とし)でバフ魔法が使えるのは、とても凄い事らしい。

アルは氷属性の魔法士だった。

氷属性は、おおよそ千人に一人出るか出ないかという貴重な属性で、二重属性(ダブル)として扱われる。

氷属性を持つ魔法士は、必ず水属性の性質変化の才能も併せ持つからだ。

魔力量も五千強と、俺の二倍以上あり、Ａクラスの生徒の中でも多い方だ。

どんな魔法かと思ってワクワクと見ていたら、触れているものを凍らせるのが基本との事で、訓練所にある木の棒を一秒ほどかけて凍らせて見てくれた。

水も氷も、余り攻撃向きの魔法ではないらしい。

う〜ん……。アルがいると野営の時にシャワーが浴びられ、狩った獲物を氷漬けにして持って帰れるな、なんて考えたが、はっきり言って地味すぎる。

それは俺が求めている氷魔法じゃない。

俺が『アイス・ランス』は？

と聞くと、『何だそれ？』と言われた。

俺が氷の槍(やり)を飛ばす、氷魔法の基本の技だと説明したら、槍ほどの鋭利さを出すのは難しいし、そもそも砕かれて終わりだろう、氷である必要性もない、と、あっさり否定された。

俺は、例のアイスクリーム開発で培った知識を駆使して、氷はマイナス七十度まで冷やすと鋼鉄よりも硬くなる、という点を説明し、それを自在に出せる事の有用性を力説した。

そしてついでに、瞬時に地面を凍らせて相手を行動不能にする魔法など、前世のゲームやラノベ界隈（かいわい）で培った知識を駆使して、夢いっぱいの氷魔法のレシピを喋（しゃべ）りまくった。

「どれもこれも、考えるだけで気が遠くなるような難易度だな……」

アルは俺が伝えた氷魔法がいかに非常識かを説明しようとしたが、俺は『できない言い訳を考える暇があったら、できる手法を考えろ！　これは監督命令だ！』と、最初で最後の監督命令その二を発動してアルをけしかけた。

そして、最も俺を驚かせたのはドルだ。

ゴボウみたいな顔をした、どう見てもモブキャラのドルは、何と火、水、土、光の四重属性（クワッド）を持つ、超凄い男だった。

火は十五人に一人、水は五〇人に一人、土は百人に一人、光属性に至っては四千人に一人もいないと言われている、超貴重な属性だ。

これらを併せ持つ可能性は、多少は遺伝的要素があるとはいえ、基本的には単純な掛け算だから、ドルはその性質変化の才能だけで、おおよそ三億人に一人という、途轍（とてつ）もなく希少な才能を持つ男、という事になる。

だが、そのドルはあろう事か、こんな事を言った。

「まぁ、戦闘への応用力の高い火以外は、ほぼ鍛えてないけどな。便利だから手を洗う水を出したり、外で座る土の小山を作ったり、夜に本を読むための光くらいは出せるようにしたけど。俺は魔力量もアレンと同じぐらいの三千弱だし、色々と手を出しても、典型的な器用貧乏になるのは目に見えてるからな」

い、一体全体、何を言っているんだ、このゴボウは……。

俺は意味が分からなすぎて、フラフラとよろめいた。

もし俺に、その内どれか一つでも才能があれば、たとえどんなに使いづらい属性でも、どうにか応用して世界一の魔法士を目指すのに。

「ドル……魔法士たるもの、常に無限の可能性を追求する姿勢が大事だと、あの臨床魔法士中興の祖、スピール・ジャネイロも言っている……。俺もそうあるべきだと思う。鬼の副長、ルドルフ・オースティンが小さく纏まろうとするな！　体外魔法研究部の鉄の掟第一条は、（魔法）士道不覚悟、即退部だ！　少なくともこの部活動では、自分の持つ無限の可能性を追求しろ！　これは最後の監督命令だ」

俺は最初で最後の監督命令その三を発動して、鉄の掟の第一条を強引に決めた。

「……最後の監督命令は、あと何個あるんだ……？」

ゴドルフェンの課題を無事にクリアした俺は、指示に従い木刀だけを持ってユグリア王国王都中央駐屯所に来ていた。

ゴドルフェンによると、この王都を含む広大なルーン平野の治安を担う、王国騎士団第三軍団が主に詰めている施設だ。

この広大なルーン平野を全て見回るには、一軍団百二十名の組織では全く手が足りない。

なので、下部組織として警察隊や自警団がおり、その取り纏めもしている第三軍団の軍団長、デュー・オーヴェルさんは、尋常じゃないほど忙しいらしい。

まぁ前世で言えば、他国と戦争が起きそうな時に、自衛隊の偉い人が警察の取り纏めも兼務しているようなものだろう。

忙しくたって当然だ。

ちなみに王国騎士団には第一軍団から第七軍団まであって、これに近衛軍団を加えた九百名ほどで騎士団は組織されている。

うち魔法士は、魔法技師や魔道具士も含めて二百名弱のようだ。

こんな人数で他国と戦争などできるのかと思うだろうが、上級貴族の私設騎士団の他に、貴族や庶民の身分の別なく騎士コース卒業生などで構成される方面軍が別におり、平時から軍として動けるよう、定期的に訓練している。

通常の手強(てごわ)い魔物の討伐や魔物のスタンピードであれば、その規模で十分対応可能だが、他国に侵略された場合はさらにその下に、探索者や一般人からなる義勇兵が募られる事になる。

何せ十二歳以上のほぼ全員が魔法を使える世界だ。

一般人でも十分に防衛戦力になる。

そして、その編成される万軍の指揮権を掌握するのが王国騎士団だ。

その軍団長と言えば、めちゃくちゃに偉い人で間違いないだろう。

約束の時刻のピッタリ五分前。

僅（わず）かな緊張と大きな期待を胸に、駐屯所の前に着いた俺は、気を引き締めてその門をくぐった。

◆

「失礼します！　王立学園から参りました、アレン・ロヴェーヌと申します！　本日はデュー・オーヴェル第三軍団長に御用があって参りました！」

俺は門横の守衛所のような所の入り口で叫んだ。

ドアがついていなかったから、ノックのしようがなかったからだ。

「やぁ、そろそろ来る頃だと思っていたよ。僕はダンテ。よろしくね！」

俺の声に反応して、中から出てきたのは、はち切れんばかりの筋肉を携えた、身長２ｍ体重１２０kgはありそうな巨漢だった。

短く刈られた銀髪はキラキラ輝き、その優しげな眼差しも相まって、爽（さわ）やかなことこの上ない。

顎（あご）が二つに割れていなければ、日本でもモテモテだっただろう。

ダンテさんは、黒を基調とした生地に、家紋だろうか、一人一人異なる刺繍（ししゅう）の入った、王都でたまに見る王国騎士団第三軍団のマントを付けていた。

手を差し出されたので握手をして、俺は驚いた。

別にそれほど強く握られたわけではないが、その巌のような感触から、よほど練り込まれた身体強化魔法の練度を感じたからだ。

……強いな。

正面から戦闘になったら、仮にライオと二人がかりでかかったとしてもお話にならないだろう。それぐらい力量差を感じた。

「大体の事情は聞いているよ。デューさんの所へ案内するからついてきてね。っと、その前に」

ダンテさんは、咳払いを一つして、一枚の紙を読み上げた。

「辞令！　王立学園一年Aクラス、アレン・ロヴェーヌを、ユグリア王国騎士団の仮団員に任ずる！　以後、第三軍団長、デュー・オーヴェルの指揮下に入り、学業に支障なき範囲で任務に従事せよ！　ユグリア王国騎士団長オリーナ・ザイツィンガー。代読、ダンテ・セグラン」

ダンテさんは俺を騎士団の仮団員に任命する辞令を、朗々とした張りのある声で読み上げた。

これは予めゴドルフェンから聞いていた話だ。

デュー軍団長は忙しく、教えを乞う時間を確保するには、こちらから出向き騎士団の訓練に参加する、遠征に従軍するなどの形が最も無理がない。

だが、このセキュリティの厳しい駐屯所への入所手続きや、学生を遠征に従軍させる手続きなどは煩雑で、とても毎回調整して申請など出せるものではない。

そこで、王立学園生が三年の夏に体験入団する仕組みを流用し、仮団員の身分を貰う事で、その辺りの手続きをクリアしたらしい。

『ふぉっふぉっふぉっ。お主は将来王国騎士団員を目指している訳ではないかもしれんが、騎士団をその目で見ることは、いい勉強になるじゃろう』

とはゴドルフェンの言だが、確かにミスマッチを防ぐという意味で、この職場体験(インターン)はいい経験になるだろう。

ブラックな体質を保持してそうなイメージの騎士団に、現在のところあまり興味はないが、これが払拭(ふっしょく)されれば、騎士団への就職を目指すのもこの世界を楽しむための一つの手だ。

「はい、これは団員の証(あかし)だよ。仮団員だから刺繍は入れられないけど、これを着ている間、君は王国騎士団員として扱われる。相応の責任を伴うから言動には注意してね。微々たるものだけど、お給料も出るしね」

ダンテさんは、そう言って、漆黒のマントを渡してくれた。

中々カッコいいし、しっかりとした生地のわりに、めちゃくちゃ軽い。

売り物ではないのだろうが、もし同じ物を仕立てようとしたら、かなりの金額になるだろう。

流石(さすが)は王国騎士団、給料は一時間で千リアルも貰えるらしい。

この頭のおかしな時給を微々たるものと捉(とら)える金銭感覚は俺にはないが、貰えるものはありがたく貰っておく。

特にココと練り上げている地理研究部の活動が、資金難でやりたい事が全く実現できていないからだ。

訓練に来て給料を貰うというのは感覚には合わないが、ダンテさん曰(いわ)く、『仮とはいえ騎士団員なのだから、トレーニングも仕事のうちだよ。裏を返せば君は、命を落とす危険がある任務に参加する可能性がある、という事だからね』との事だ。

早速マントを羽織った俺は、ダンテさんについて駐屯所の中に入った。

外観から何となく想像がついていたが、駐屯所の中は、その小さな門にそぐわず広かった。

元々は丘陵地だった場所を造成して作られたのだろう。

守衛所の脇を抜けるとすぐ、扇状に広がっている五十段程の階段があった。

階段を登るとそこには石畳の広場があり、正面の建物に向かって真っ直ぐにレッドカーペットが延びている。

視察に来たお偉いさんが栄誉礼を受ける際などに、儀仗を捧げる場所になるのだろう。

レッドカーペットを踏まないように建物に入り、内部を真っ直ぐ突っ切ってだだっ広い中庭に出た。

そこでは騎士団員が、そこかしこに散らばって模擬戦や素振りなどの訓練をしていた。

ダンテさんと俺が中庭に歩み入ると、皆が手を止め、好奇な視線を向けてきた。

……まぁゴドルフェンのゴリ押しで、一年生ながら飛び入りで体験入団をしている形だからな。

多少は好奇な目で見られるくらいは仕方がない。

と、そこで見たことのある顔がニヤニヤと笑いながら近づいてきた。

背には漆黒のマントを羽織っている。

「やぁ来たね、アレン・ロヴェーヌ君。僕はジャスティン・ロック。って流石に覚えてないかな?」

「いえ、覚えています。王立学園入試の実技試験で、受付をされていたお兄さんですよね？　王国騎士団員だったのですね」

　この俺の返事を聞いて、お兄さんは笑った。

「あははは。そりゃそうさ、王立学園の入学試験だよ？　逆に何だと思っていたの？」

「……すみません、お手伝いの三年生か何かかと思っていました」

「あっはっは！　あ、笑ってごめんね？　あの入学試験中は、不正防止のために、在学生はもちろん、たとえ職員であっても試験に携わらない人間は校内には入れないよ。逆に、よくそこまで予備知識もなく試験に臨んで、Ａクラスに合格できたね」

………まぁあの呑気な親父のことだからな。

　得意そうに、実技試験は試験官ごとの裁量が大きい、なんて極秘情報でも話すように言っていたが、常識すら押さえてなかった、という事だろう。

　俺が苦笑いしていると、ジャスティンさんは続けた。

「という事は、あの人が騎士団の人間だという事も、まだ知らなかったりするのかな？」

　ジャスティンさんがニヤニヤと目をやった方を見ると、そこには、どう見ても二日酔いで機嫌が悪そうな、警備員のおじさんが立っていた。

　木刀を肩に担いでいるあの無精髭の試験官が、ギロリ、と睨んでくる。

　本日も絶好調に不機嫌そうだ。

　警備担当、なんていうから警備員のおじさんだとばかり思っていたが、どうやら王国騎士団員だったようだな。

　この広場にいる人間で、唯一マントを羽織っていないが、ジャスティンさんの言い方からして間違いないだろう。

そういえばゴドルフェンが、血の海(レッドカーペット)事件を契機に騎士団員が警備として投入されるようになったとか何とか……。

……いや、その話は忘れよう……。

だが今日の俺は、あの試験の日と違いこの二日酔いの課長には何の用もない（あの日も俺としては用はなかったが）。

できればあまり関わり合いになりたくはないが……。

と、そこで、ジャスティンさんが耳元でニヤニヤとした悪い顔でヒソヒソとこんな事を言ってきた。

「今日は二日酔いで機嫌が悪いから注意してね？」

その瞬間、無精髭がジャスティンさんに思いっきり木刀で切り掛かった。

まだ10m以上離れているのに、どんな聴力してるんだ⁉

その斬撃は試験の時に俺へ振るった横薙(よこな)ぎよりも数段鋭い。

それをジャスティンさんが楽しそうにスウェーで躱(かわ)すと、流れた木刀が俺に向かってきた。

この無精髭、初めから俺を狙ってやがったな？

その可能性は頭に入れていたものの、予想以上の鋭さに辛(かろ)うじて木刀の腹で受けて、その力を利用してフワリと後ろに飛び、着地と同時に左手を地面についた。

ジャスティンさんを見ると、ニヤリと笑って反時計回りに摺(す)り足(あし)で回り始めた。

俺は即座に呼応して、ジャスティンさんと間合いをずらして同じ速度で摺り足を始めた。

と、そこでダンテさんが止めに入った。

「はいそこまで。君たちじゃ二人がかりでもデューさんには勝てないよ。怪我をしたくはないだろう」

「てめぇジャスティン。誰が二日酔いだコラ？　昨夜はお前も一緒に、当直からそのまま、他国の諜報機関が関与してそうな団体に踏み込んで捕物やっただろうが！　いつ俺が酒なんぞ呑む時間があったってんだ？　おぉん？」

……聞き間違いか？

ダンテさんが、性格の悪い課長の事をデューさん、なんて呼んだ気がしたが……。

ジャスティンさんは、間合いを解いて長剣型の木刀を肩に担いだ。

「ちぇ。いいとこだったのに……。どちらにしろ、彼は皆に自己紹介が必要じゃないですか？　ねぇデューさん」

ジャスティンさんまで……。

もしかして、デューサンさんか？　きっとそうだ、そうに違いない！

俺が脳内で悪あがきしていると、ダンテさんがハキハキとした明瞭な声で、こう無精髭の事を紹介した。

「覚えているとは思うけど、君の試験を担当したあの人が、僕ら王国騎士団第三軍団の軍団長、『一瀉千里』、デュー・オーヴェル軍団長だよ！」

マジかよ……。

だが、もはやどう脳内変換しても聞き間違える事は不可能だ。

……仕方がないな。

性格が悪くても能力があればいいのだ。

俺は顔に営業スマイルを貼り付けて、腰を四十五度折り曲げた。

「試験の時はお世話になりました！　改めまして、王立学園から参りました、アレン・ロヴェーヌと申します！　憧れのデュー軍団長に、またお目にかかれて光栄です！」

俺の爽やかな挨拶を聞いて、デューさんは額に青筋を立てた。

「ほ～ぅ？　憧れ、ねぇ？　その左手に握っているのは何だ？」

バレてる⁉

後ろに目でも付いているのかこのおっさん……。

「……先程拾った綺麗な模様の石です。綺麗でしょ？」

俺は営業スマイルを引き攣らせながら、先程左手をついた時にコッソリ拾って、隙あらば目潰しに使おうと考えていた何の変哲もない小石たちを、そっと地面へと戻した。

◆

「ふん。俺がデュー・オーヴェルだ。翁に叩かれて多少はマシになってくるかと思いきや、相変わらず行儀が悪いな、クソガキ。いかにも田舎臭くて固そうだった剣筋が、多少は柔らかい構えになってんじゃねぇか……。それよりも、その指だこ……試験の時はなかったが、弓か？」

たった一合剣を合わせただけで、そこまで分かるのか……。

俺は朝の実技授業で、剣術などの武術の鍛錬があるたびに、しつこくライオに絡まれて、奴が修めている王都でも主流の流派の剣技が何となくうつってきている自覚はある。

大体二対八くらいの割り合いで負けて悔しい思いをするから、他の奴らとやって気持ちよくなりたいのに、『俺らじゃライオの相手にならないから』、なんて俺の知ったこっちゃない理由でクラスメイトたちに遠慮されて、ライオと組まされることが多い。

ちなみに、見たところダンは俺といい勝負、ステラならやや俺に分があるだろうが、そこまで差はないのに、二人はなぜかライオには全く歯が立たないらしい。

おそらくは、小さな頃から母上や姉上といった化け物の相手をしてきたから、格上のパワーやスピードを持つ相手には引き出しの数が違うのだろうと予想している。

「……ええ。アルバイトも兼ねて探索者をしている関係で、最近短弓(ショートボウ)を少し齧(かじ)っています」

「へぇ～、少し齧っている、ね。その手でかい？」

ジャスティンさんは、ニヤニヤと笑いながら、俺のボロボロになった手をマジマジと見ながら言った。

「はい。理想通りに引けるようになったら、多分この手は綺麗になります。これは未熟さの証明だと思っています」

俺は謙遜(けんそん)ではなく、本当に常々思っている事を正直に言った。

と、そこで、周りで様子を見ていた団員たちから、四十代半ばぐらいの恐そうなおばさんが出てきた。

「小僧。手を見せてみろ」

俺がその仏頂面おばさんの、唐突な申し出に戸惑っていると、ダンテさんがフォローしてくれた。

「この人は、キアナさん。『神射手キアナ』と言えば、他国にもその名の聞こえる、この国でも五指に入る弓使いだよ。元Aランクの探索者だから、そういう意味でも君の先輩だね」

ほぇ～。そんな化け物が、その辺に突っ立っているのか、この駐屯所には……。

俺は素直に手を差し出した。

その手をじっくりと見て、キアナさんは性格の悪い課長………デューさんに言った。

「軍団長。弓を引かしてみたい。いいか？」

「別に構わんよ。珍しいな、キアナさんが興味を持つなんて」

キアナさんは仏頂面のままこちらを向いた。

「小僧、普段は何の弓を引いている？」

「え？　ライゴの五番です……。貧乏なもので」

俺がそう言うと、キアナさんはそこで初めてニヤリと笑った。

「悪くない趣味だ。確か素引き訓練用のライゴが倉庫にあった。ちょっと待っとれ」

ふっふっふ。

流石（さすが）はあの歳（とし）で支店長を張るルージュさんのお勧めだ。

サービスしてもらったし、早く稼いでまた買い物に行かねば。

◆

ほんの二、三分ほどして、キアナさんはライゴの五番と木の矢の入った矢筒、それに変な鳥型の魔道具を持って戻ってきた。

キアナさんが、その魔道具に魔力を込めて投げると、その魔道具は不規則に羽ばたいて、燕（つばめ）のように辺りを飛び始めた。

「引いてみろ、小僧」

魔道具は縦横無尽にその辺りを飛び回っている。

「え、でも、危なくないですか？」

「流石に、今から引くと分かっておるライゴの矢に当たる間抜けはここにはおらん。あの擬鳥具に当てる事だけを考えて引いてみろ」

俺は無造作に矢をつがえてよく狙って撃ってみた。

すると、鳥型魔道具は寸前でひらりと高度を下げて矢を躱し、矢は中庭を囲んでいる建物の窓に当たり、弾き返された。

どうやら強化ガラスらしい。

「もう一度」

キアナさんに促されて、俺は改めて鳥型魔道具の動きをよく見た。

そして、あのルーンシープの魔物に躱されて以来、練習を続けてきた、弓に強弱をつけて着弾時間をできるだけ近づける訓練を思い出しながら、限界まで速射速度を上げて弓を三射した。

「うぉ‼」

俺が放った一の矢は先程と同様にひらりと躱されたが、二発目の矢は見事魔道具を撃ち抜き、さらに下に躱された時のために放った矢は、鼻くそをほじっていたデュー軍団長の顔の横を掠めた。

「てめぇ！　三射目いらねぇだろ！　俺になんか恨みでもあんのかクソガキ！」

俺は慌てて手を振った。

「いえいえ、誤解です。こういった魔道具を使った訓練は初めてで、さらに下に躱された時のための保険でした。恨みなど滅相もない！　しかし、瞬時に躱すまでもないと見切って微動だにしないとは、流石デュー軍団長です！」

恨みがあるのは前世の課長にだけです。

………しかし……見切ってたんだよね？

キアナさんが自信満々に誰にも当たらない、なんて言うから、不要だろうとは思いつつ、念のため逸らしておいたが、もし当たってたら大事件だぞ？

爆笑しているジャスティンさんを除いて、皆の顔が引き攣っているのが、俺を少し不安にさせた。

◆

「こほん。見たところ、完全な我流か。だが体の芯で弓を引けている。何歳から弓を引いている？」

「えーと、一月と少し前からです」

「……大したものだ……。後は細かな技術論を押さえて、感覚を磨き上げていけば、もう一段上の世界が見える。具体的には『手の内』と『引き分け』、そして『張り合い』を工夫すれば、さらに精度と速度は上がるだろう」

そう言って、キアナさんは細かな技術を教えてくれた。

これは思いがけない特典だ。

あれほどの訓練施設がありながら、短弓に特化した専門家というのは、実は王立学園教師陣にはいなかった。

魔法のあるこの世界、特に優秀な騎士の輩出を目的としている学園では、遠距離武器である弓、とくに短弓というのは傍流だからだろう。

やむなく我流で鍛えていたのだが、限界を感じていた。

俺は丁寧にキアナさんに礼を言って、また機会があったら教えてほしいと頼んだ。

キアナさんは、楽しそうに了承してくれた。

慣れれば案外気さくな人なのかも？

耳で聞いて頭で理解するのはすぐだが、それをまた習得して『型』にまで落とし込んでいくには、反復訓練あるのみだ。

「ところで、アレン君はデューさんに弟子入りに来たんでしょ？　何か目的があって来たの？」

あれ？　ゴドルフェンから聞いてないのか？

すっかり横道に逸れてしまったが、俺の今日の目的は、覚醒後からずっと人生のメインテーマに据えている、体外魔法の習得だ。

ゴドルフェンの口ぶりからして、ずばり明確な答えまでは期待していないが、少しでもヒントが欲しい。

俺は先程までの営業スマイルは消して、真っ直ぐにデューさんを見た。

そして、気合のこもった最敬礼とともに、弟子入りを申し込んだ。

「デュー・オーヴェル軍団長！　私には、性質変化の才能が全くありません。ですが、何としても体外魔法を習得したいと考えています。理由はかっこいいからです。そこに合理的な理屈は一切ありません。ですが、何を犠牲にしてでも体外魔法を会得したいと考えています。その鍵はデュー軍団長が握っていると、ゴドルフェン先生から聞きました。どうか私を弟子にしてください！」

デューさんは、眉間に皺を寄せている。

しばしの沈黙の後、デューさんは答えた。

「う～ん……無理」

………まぁ、このパターンは想定の範囲内だ。

ゴドルフェンも、あくまで紹介するだけで、弟子入りを確約するわけではないと言っていたしな。

だが、一度断られたくらいで諦(あきら)める俺ではない。

俺は今自分の手元にあるカードを心の中で確認し、交渉に乗り出した。

「デュー軍団長がお忙しい事は存じています！　可能な限り私の訓練は、お仕事に負担をかけない形式を取らせていただきます。加えて！　デュー軍団長にもメリットがあるよう、私にできる範囲で事務仕事をお手伝いさせていただきます！　俺は、家庭教師の教育方針の関係で、『バインフォース流事務ワーク術』を徹底的に鍛えられており、必ずやお役に立てる自信があります！　ですのでどうか、お願いします！」

俺はまた都合よくゾルドの名前を使いながら、再度深々と頭を下げた。

俺は前世、散々面倒くさい事務ワークを同僚に押し付けられてきた経験を活かす事をもって、この交渉における第一のカードとした。

前世で俺は、嘲笑(ちょうしょう)と侮蔑(ぶべつ)を込められて、『AI君』なんて呼ばれていたんだぞ？

創造力を全く問われない、やろうと思えば誰にでもできるが、誰もが嫌厭(けんえん)する面倒くさい仕事をやらせたら俺の右に出る奴はいない。

するとデューさんは、楽し気にニヤリと笑った。

これは好感触か？

「それは確かにありがてぇな！　いや～、今の今まで俺の心境は、『あのじーさん、何考えてやがんだ？』だったが……。流石は翁だ！　今日からたっぷりと仕事（雑用）を任せてやるからな！　何ならここに住むか？」

機嫌の悪い課長は、面倒な仕事を部下に押し付ける時にだけ見せる、とても上機嫌な顔で言ってきた。

おぉ！

予想以上の好感触に俺が手応えを感じていると、デューさんは、さらに続けた。

「ただちょっと問題なのは、俺にも性質変化の才能は全くねぇし、それを後天的に獲得する手法を聞いたことも、研究したことも、心当たりも興味もな～んにも、ねぇ！　って事だ。まぁ何とかなるだろ！」

…………。

まぁこのパターンも、全く想定していなかったというわけではない。想定の範囲内だ。

今の俺の心境は、『あんのくそじじぃ！　適当ぶっこきやがって、いつか絶対泣かす！』、ではあるが、この場でゴドルフェンに悪態をついていても始まらない。

とりあえず俺は、このパターンだった時のために用意していた二枚目のカードを切った。

「お腹（なか）が痛いので帰ってもいいですか？」

◆

「あー、アレン君が言う体外魔法は、いわゆる性質変化を伴う、敵を攻撃するような魔法、と理解してもいいかな？」

ダンテさんの問いに俺は力強く頷(うなず)いた。

「うーん……ゴドルフェン翁の考える事だからね。狙いが三つ四つあってもおかしくないから、僕にもその意図を正確には測りかねるけど。わざわざデューさんを紹介している、という事は……」

そう言って、ダンテさんは腕を組んだ。

何だ？

この無精髭(ぶしょうひげ)のおっさんには、やはり何か秘密があるのか？

俺が僅(わず)かな期待を込めて続きを待っていると、ジャスティンさんがその先を引き取った。

「体外魔力循環による索敵魔法、ですか？　首尾よく性質変化を得られたとして、いずれにしろ魔力循環を鍛えておかなければお話にならない。加えて、騎士団を早い段階から見せて、仕事を手伝わせるこの展開も、狙いに入っていそうですね」

その言葉を聞いて、俺は再び落胆した。

そっちかぁ……。

まぁ確かに体外魔力循環の必要性は感じているし、この紹介でも目処(めど)が立たなければ、今度こそ鍛錬をしようとは考えていた。

だが、貴重な自分の時間を使って、やりたくもない事務作業の手伝いをしてまで、この性格の悪い課長(デューさん)に教えを乞(こ)う必要などあるか？

そういう作業型の労働をしたくなくて、今世では自由に生きると決めているのに、本末転倒な気がする。

ゴドルフェン始め、王立学園教師陣からでも教われそうだし、何なら弓と同じく独学でも形にする自信はあるが……。

「デュー軍団長の索敵魔法はそんなに凄いんですか？」

　俺は念のため、確認してみる事にした。

「あぁ、その点はこのユグリア王国でも随一と言えるほど凄いと断言できるよ。本気を出せば、この広い駐屯所内の会話や中庭にいる各人の動きなんかは、この場から全て把握できるんじゃないかな」

　ダンテさんのこの回答に、俺は思わずツッコミを入れた。

「…………覗きは犯罪ですよ？」

　デューさんの額に再び青筋が立つ。

「誰が覗き魔だクソガキ！　普通は必要な区画ごとに索敵防止魔道具が設置されてるに決まってんだろーが！　よほどの田舎じゃなければ、屋内に対しては使えねぇよ！　外用だ外用！　今すぐ叩き出すぞクソガキ！」

　俺のツッコミに笑いながら、ジャスティンさんがフォローした。

「まぁまぁ、デューさんにも仮団員である彼の育成に関する正式な辞令が下りている以上、追い返すわけにもいかないでしょ？　それに……翁が、アレン君ならデューさん並みに索敵魔法を使えるようになる、そう見込んで彼を寄越し実際そうなったら、この先の有事の際にどれほどこの国の助けになるか分からない。唯一無二のデューさんの索敵魔法の使い手が二人になる。この戦略的な価値は計り知れない。これは、そちら方面の仕事を一手に引き受けている、デューさんの負担が半分になるってことでもありますよ？」

とてもそうは見えないが、この人化け物揃いの騎士団で唯一無二と言われるほど凄い人なのか……。

だがそこまで凄いなら、教えを乞う価値がもしかしたらあるのか？

何だか断りにくい空気になってきているが、強引に脱出するべきか、もう少し様子を見るか悩むな。

俺が判断しかねていると、ダンテさんが付け加えた。

「まずは見てもらえればいいんじゃないかな？　アレン君も、いきなり唯一無二の索敵魔法と言われてもイメージが湧かないだろう」

デューさんは、腕を組んだまままため息をついた。

「はぁ。おいガキ。今から基本的な索敵魔法を見せるが、興味がないなら遠慮なく断れ。今ジャスティンが言ったような、大人の都合は考えなくてもいい。やりたい事があんだろ？　お前みたいな奴は特に、やりたい事を好きにやらしておいた方が伸びる。辞令は、俺の方で撤回するよう掛け合ってやる」

そのセリフを聞いて、俺は深く反省した。

この人は、きちんと俺の事を見て、俺の将来を考えてくれている。

ゴドルフェンもそうだったが、前世の下らない上司のイメージを、安易に重ね合わせるべきではなかった。

俺は再度、今度は心を込めて深々と頭を下げた。

「ありがとうございます。よろしくお願いします」

◆

「お前、これまで索敵魔法を使ってる様子がないが、何か理由でもあるのか？　お前の魔力操作のセンスなら、全く使ってないのは逆に不自然だが……」

「何となく気が乗らなくて。特に理由はありません」

この索敵魔法の大家と言われる人に、まさか『俺が求めているのはもっとカッコいい魔法だ』とは言えない。

なのでそうはぐらかしたのだが、デューさんには俺の心情はお見通しだったようで、あっさりとした様子で続けた。

「……ガキの頃は、派手な魔法を使いたいと思うもんだ。俺だってそう思ってた。ま、学園に上がる頃には諦めていたが、な」

そう言って、デューさんはどこか気だるげだった目を見開き、組んでいた両手を自然に下ろした。集中しているのが雰囲気から伝わる。

「……今やっているのは聴力強化だ。遠くの様子を把握するにはこれが一番効率がいい。耳に魔力を集めると同時に、体内の魔力を体外に出して、鼓膜とのリンクを保ったまま薄く広がっていくっていうイメージだな。……今、巡回に出ていた団員が二人、門のところへと帰ってきた。パッチの野郎はお前と話したがっていたから、うるさくなりそうだ」

ダンテさんは補足した。

「デューさんは簡単そうにやっているけど、こうした索敵防止措置を施された建物に囲まれている中庭で、その外側まで索敵魔法を使うのは尋常な技術じゃないんだよ？　建物の上を迂回していく、ごく僅かな自分の魔力と繋がってなきゃいけないからね」

はぁ～なるほど。

………どうしよう、思った以上に地味だった。

全く魅力を感じない……。

俺は何とか自分のやる気を引き出すため、索敵魔法の魅力を探すべく質問してみた。

「先程、私がデューさんの死角で石を拾ったのを把握したのも、同じ技術でしょうか？」

「ん？　あぁ、耳でも握った石が擦れる音は捉えていた。だが、あれは耳だけじゃなく、別の感覚でもっと明瞭に捉えていたな。自分の魔力を能動的に付近を循環させて、その流れを主に目で感じる事で、物の動きや形状がかなりの精度で分かる。感覚としては、光の反射を目で見ているのに近い。ま、色は分からねぇし、能動的に魔力を循環させる分、俺でもそれほど広い範囲は把握できねぇけどな」

なるほど、前世風に言うと、耳がパッシブソナー、目がアクティブソナーになるイメージか。

そこで、こっそりデューさんの後ろに回っていたジャスティンさんが、音もなく木剣を振り下ろした。

デューさんは、それを自分の木剣であっさりと受け、同時に後ろ蹴りを繰り出してジャスティンさんを吹き飛ばした。

「ま、普段は聴力を少しだけ上げておいて、こういうバカが近づいてきたら段階的に索敵範囲や精度を上げていけばいい。それならそれほど魔力を消費しない」

辛うじて受け身を取ったジャスティンさんが、モロに蹴りを食らったお腹をさすりながら起き上がりながら言った。

「いつつ。ほんと何回この目で見ても信じられないな……。アレン君、視力を強化したら後ろが見える、なんていうのは、ごく一部の変態だけで、普通は夜目が利きやすくなるとか、そのレベルだからね……。練習すれば誰でもできるようになる類の技術じゃないよ？」

「誰が変態だコラ」

ほぉ〜！

選ばれし者だけが使える、肉眼では見えないものを捉える心眼使いか……。

俺の厨二心をくすぐるじゃないか。

少し興味が出てきたぞ？

「凄いですね！　他にも何か索敵魔法での応用はありますか？」

「何だ、急に食いつきがよくなったな？　後はそうだな……。人間相手にはあまり効果はないが
——」

そう言って、デューさんは俺に、殺気を込めた魔力の塊を風のような形で叩き込んだ。

その魔力濃度と威力に、俺のマントはパタパタとはためいた。

「とまぁこうやって、野生動物や魔物への威嚇にも使える。獲物を追い込む時なんかに便利だぞ」

俺はすぐさまその場で膝を折った。

そして、この世界では罪人が裁判で取らされる土下座スタイルで、デューさんに向かって声を張り上げた。

「お見それしました！　どうか私を、弟子にしてください！」

◆

デューさんの魔法による威嚇を受けた時、俺の全身に電流が駆け抜けた。

なんて事だ、思えば違和感は覚えていたのに。

そう、この世界には『風』属性がない。

ラノべではメジャーな『風』属性を見ないとは思っていたが、この世界では無属性の体外魔法、それが風属性に当たる……なんて都合のいい話があるのか？

だが、マントがはためく、という事は、その魔力の動きが物理的な力を持っている証拠だ。

そして、性質変化を伴わない体外魔力循環で風を起こす事が可能ならば、俺にも間違いなく可能だ。

完全に盲点だった。

だが一方で疑問もある。

……なぜ誰もやろうとしないんだ？

俺が土下座の姿勢のままで、必死に頭を働かせていると、中庭に二人の騎士がやってきた。

「あー！　もう面白いところ終わっちゃいました？　彼は何で土下座になってるの？」

そのうちの一人、ヒョロリと背の高いその男には見覚えがあった。

実技試験会場で受験生に人気があった、優しそうな試験官だ。

ジャスティンさんがニヤニヤと言う。

「今からが一番面白そうなところですよ、パッチさん。さっきまで全然乗り気に見えなかったけど、どういう風の吹き回しかな？」

俺は一旦考えるのをやめた。

とりあえず、俺が魔法で風を起こせる事は間違いない。その点を徹底的に追求する事は、もはや確定事項だ。

俺はゆっくりと立ち上がり、騎士団員を見回してから、高らかに宣言した。

「俺はデュー師匠のもとで素敵魔法を修め、風の力で全ての敵を、困難を打ち倒す魔法士を！　常に風と共にあり、風のように生きたと言われる、風の大魔法士を目指します！」

◆

俺が鼻息荒くそのように宣言したところ、皆が沈黙した。

その顔には、『え？　どういう意味？』と書いてある。

「あっはっはっ！　いいじゃない、風の魔法士！　風ってあれだよね？　ピューピュー吹くあの風だよね？　いやー最高！」

一人パッチさんだけは、楽しそうに手を叩いて笑っている。

デュー師匠は頭を掻いて、俺に質問をしてきた。

「まぁ何を目指しても構わんが……。風でどうやって敵を打ち倒すんだ？」

デュー師匠に聞かれて、俺は風魔法の基本を答えた。

「え、それはやっぱり、基本はウインドカッターからですね。風の刃を飛ばして相手を切り裂きます」

「風の刃って何だ？　何で風に切れ味があるんだ？」

……確かに。

確かラノベの説明によると――

「その鍵はずばり真空にあります。真空とは、空気がない状態です。真空の刃を飛ばして、相手を切り裂くわけです、はい」

「空気がないのに風なのか？　そもそも空気がない状態を体外魔力循環でそう簡単に作り出せるとは思えんが……仮にできたとして、何で、空気がないと切れ味が出るんだ？」

……確かに。

だが確か、人間が与圧されてない宇宙空間にいきなり放り出されると、一瞬で体が膨張して破壊されるというのを聞いたことがある。

人間の体は、大体一気圧くらいの力で常に空気に潰されていて、それを押し返すように外側に広がろうとする力と均衡を保っている。

スナック菓子の袋を富士山の頂上に持っていくと、パンパンに膨らむのと同じ原理だ。

「この世界にある物は常に空気に潰されています。慣れてしまって何も感じないでしょうが、その力は非常に大きな力だと思われます。いきなりその空気がなくなると、外側に押し返そうとする力が空回りして爆散する、または体内の水分が蒸発する事で膨張し、結果的に切断または機能破壊される……はずです」

全員が痛い子供を見る目で俺を見た。真空の概念すらないこの世界で、今の説明を理解できる人間は誰もいないだろう。

だが流石に、宇宙空間に与圧部を作るのに、どれほどの頑丈な構造が必要か、なんて話をここでするわけにはいかない。

俺は慌ててもう少しイメージの湧きそうな、レベル三の風魔法を紹介した。

「その他にも、シンプルなハリケーンという魔法も考えられます！　大嵐の強風を再現する魔法です！　威力を高めれば人間はもちろん、魔導車をひっくり返したり、建物を破壊したりする事すら可能でしょう！」

このハリケーンには、ダンテさんが鋭いツッコミを入れてきた。

「う～ん……建物が壊れるほどの風かい？　ちょっと容易には想像がつかないけれど……確かに極めていけば原理的には可能かもしれないね。それだけの魔力を操作可能なら、普通に身体強化してハンマーで殴った方が遥かに効率がいい気もするけど」

……確かに。

ちなみに、この国には台風は来ない。だから余計に風の力にイメージが湧かないのだろう。

そして俺は、効率の話をしている訳じゃない！

魔法の力でロマン溢れる現象を引き起こしたいという話をしているんだ！

「あっはっは！　いいじゃない、いい、子供らしく夢いっぱいで！　風の力で自由自在に空でも飛べるようになったら、僕にも教えてね？　あっはっは！」

「ぎゃっはっは！　そりゃいいな、そしたら俺がお前を師匠と呼んでやんよ！　空飛ぶついでに女子のスカートでも捲ったらどうだ？　このむっつり野郎が！　ぎゃっはっはっ！」

「「ぷっ－！」」

こいつらぁ！

いつか俺の風魔法で『ざまぁ』を食らわせる！

俺はヤケクソになって、魔力を放出して体の周りを回転させ始めた。

イメージは風魔法のレベル四、トルネードだ。

「うぉぉぉぉ！」

風が逆巻いた。

皆がピタリと笑いを止めた。

「……信じられないね……一度見ただけで、風を感じるほどの魔力を体外で循環させている」

「いや……放出するだけで、全然取り込めてない。おいガキ！　その辺でやめておけ、魔力枯渇でぶっ倒れるぞ！」

……なるほど、放出した魔力を体内に一度取り込んで、循環させないといけないのか……。

確かにゴリゴリ魔力が削られているな。

俺は魔力圧縮のイメージで、一度右手から放出した魔力を左手から体内へと循環してみた。

だが難しい。

一度体外を介する事で、身体強化中の魔力圧縮とは違い、放出と取り込みを同時に実現できるが、放出した魔力のほとんどは霧散している。

だが……。

何としてもこいつらに風の恐ろしさを分からせる！

俺は最後の力を振り絞り、魔力を一気に放出したところで意識が途切れた。

その逆巻く風は、居並ぶ騎士団員の漆黒のマントをバタバタとなびかせ、デューの前髪をパラリ

と崩して、霧散した。

　アレンはその場に倒れた。

　それを見た一同は、今その目で見たものが信じられないといった様子で瞠目した。ダンテがごくりと息を呑む。

「……見よう見真似で体外魔力循環で風を起こして、この短時間で意識を失うほど魔力を放出したのか……。やはり魔力操作のセンスは群を抜いていますね」

　デューはその顔に、獰猛な笑みを浮かべた。

「そんな可愛らしいもんじゃねぇぞ。このガキ、最後は俺の言葉を聞いて、魔力を少しばかり循環させてやがった。しかも右手から放出しながら左手で吸収、なんて非常識な形でだ。はっきり言って、俺とも比較にならないほどの魔力操作のセンスだ。索敵魔法を仕込んだら、どこまで伸びるのか見当もつかん」

　そのデューの言葉を聞いて、立ち会った騎士団員たちは唖然とした。

　ここにいる人間の誰もが、このデュー・オーヴェル軍団長の、桁違いの索敵魔法の才能を理解している。

「……いやぁ～面白いものを見させてもらいました。『風の力で全ての困難を打ち倒す魔法士』、ですか。……笑っていられるのは今だけ、かもしれませんねぇ」

　そう言ったパッチの顔は、どこまでも楽しそうだった。

ゴドルフェンの課題をクリアしてから、数週間が経過したとある放課後。

「よぉアレン！　珍しいな、こっちに顔を出すなんて」

体外魔法研究部部長のアルがいい笑顔で近づいてきた。

俺は、思いつきで立ち上げた体外魔法研究部にほぼ顔を出していなかった。天に選ばれし彼らが使う、体外魔法というものが眩しすぎて、とても見ていられなかったからだ。

しかし久しぶりに顔を出したら、選ばれし才能を持つ方々は、結構な人数に増えているな……。

「よ、アレン。生活費を稼ぐために探索者活動に注力するって話だったけど、もういいのか？」

アルに続いて鬼の副長、ドルも近づいてきた。

珍しく俺が顔を出した事で、他の部員たちがザワザワとこちらを見ている。

「はい！　ドル副長にはご迷惑をおかけしました。当面の生活に目処も立ちましたし、これから本格的にこっちにも顔を出すつもりです！　よろしくお願いします！」

俺のドルへの態度に部員たちがざわめく。

「頼むから教室みたいに、普通に喋れよ……」

「それはダメです。体外魔法研究部では、俺よりも遥か高みにいるドル副長に敬意を払うのは当然の事です。見たところ、部員たちのドル副長への畏怖の気持ちが足りていないように思いますが……？」

俺がそう言って、アウトローな探索者活動で培った輩臭漂う視線で舐めるように部員たちを見回すと、皆がごくりと唾を飲んだ。

「チンピラみたいだな……。俺には人に厳しくするのは無理だって……」

かぁ～！　俺はドルを物陰に呼んだ。

「人に厳しくする必要はないと言っただろう。組織を厳しく鍛えろ。難しく考える事はない。ドルが普段やっている水準を、部に求めるだけでいい」

「俺が普段……？」

ドルはそつなく何でもこなすが、その水準は尋常ではない。

小器用、なんて言葉で片付けていいレベルを遥かに超えている事は、朝の坂道部の訓練進捗データを見ていても明らかだ。

こいつもまた、粒揃いと言われる今年の一年Ａクラスにあって、突出した才能を持つ紛う事なき天才だ。

見た目はゴボウだけど。

「もっと自分に自信を持て！　目に見える数字だけが能力じゃない。お前はある意味では、ライオ以上の天才だ！」

創部の時は悪ノリしただけだったが、それから一ヶ月以上ドルと付き合ってきて、俺は本気のドルを見たくなっていた。

もっと自信を持つと、こいつは間違いなく化ける。それがありありと目に見えるだけに、勿体なくて仕方がない。

部活動を通して自信をつけたら、ドルなら間違いなく俺が見たい夢いっぱいの美しい魔法を実現してくれるだろう。

「はぁ……何で俺に自信がないのに、アレンがそんなに自信満々なんだ？　……まぁやれるだけやってみるさ」

そう言ったドルは、ほんの少しだけ決意を目に宿していた。

俺とドルが皆のところに戻ると、アルが声をかけてきた。

「……大丈夫か、ドル？　アレンの思いつきに全部付き合ってたら身が持たないぞ……。ところでアレン、騎士団の方は大丈夫なのか？」

アルが緩いことを言っているが、これはこれで重要だ。

厳しい人間ばかりだと、組織に魅力がなくなる。

あの日——。

王都中央駐屯所でぶっ倒れた後、しばらくして目を覚ました俺は、デュー軍団長に改めて弟子入りを申し込み、了承された。

本来は三年の夏以降に、実習生として仮団員になる仕組みを前倒ししている形だ。

流石は『王の懐刀』、ゴドルフェンだ。

仮団員とはいえそんな特別扱いを押し通すと、軋轢も多いだろうに……。持つべき者は、権力者の担任に限る。

「あぁ。騎士団には、学業に支障ない範囲で顔を出す事になっているからな。これまでサボってきたが、俺にとってはこの週に一度の、部の開催日は重要な学校生活の一部だ」

アルは嬉しそうに頷いた。

「それはよかった。アレンが顔を出すなら部員たちも喜ぶよ。アレンと活動したいって入ってきた奴(やつ)らも多いからな。ほら、あそこの三つ編みの女の子は、アレンの大ファンなんだってよ」

そう言ってアルが指差した方を見ると、可愛らしい三つ編みの清楚(せいそ)そうな女の子は、顔を赤らめて恥ずかしそうに俯(うつむ)いた。

か、かわゆい。

だが、ファンとか言われると、夢を壊しそうで話しかけにくいな。

「……それで、アレンは具体的に、何の研究をするんだ？」

アルが心配そうに聞いてきた。

俺が体外魔法を使えないと思っているから、心配しているのだろう。

くっくっく。

「俺の魔法士としての方向性は見えた。皆よりも遥か後方にいるが、これから俺も、魔法士を目指してここで研鑽(けんさん)を積ませてもらおう」

その俺の自信に満ち溢れた言葉を聞いて、アルとドル、そして周りで聞いていた部員たちは、ごくりと息を呑み静まり返った。

俺に性質変化の才能がない事は、部員たちも把握しているのだろう。

師匠に弟子入りを果たしてからというもの、俺は約束通り騎士団の仕事を手伝いながら、体外魔力循環の応用である索敵魔法を教えてもらっている。

望むところではあるが、その鍛錬は過酷だった。

先週末など、俺が何度言われても聴力強化には目もくれず、ぶっ倒れるまで魔力循環の練習ばかりしてたら、師匠がキレた。

その結果、調査と称して吸血蝙蝠の魔物がアホほど出る光源の全くない洞窟に、木刀一本持たされて変な縦穴から飛び降りさせられて、出口を探して十二時間彷徨った。

下手したら死んでたぞ？

だが、無理矢理に死の危険のある修業を積まされて、俺は聴力を強化する索敵魔法の大切さを学んだ。

魔法自体の有用性もそうだが、その体から離れた魔力を自分自身にリンクさせる感覚は、俺がやりたい風魔法にダイレクトに活きる事が分かった。

温故知新――。俺が取り組んでいる風魔法は、この世界では新たな魔法概念と言えるだろうが、やはり先人の教えは重要だな。

「本当か⁉　流石はアレンだな！　で、どんな魔法なんだ？」

ふっふっふ。

よくぞ聞いてくれた。

「俺の魔法、それは体外魔力循環を応用した、風属性魔法だ！　俺は風と共に生きる！　それが俺の魔法士道だ！」

「………また意味不明な事を……つまり魔力循環で風を起こすって事だろうが、それって何が目的なんだ？」

「ふっふ。まぁ見てくれ。この俺の、血の滲むような修練の成果をな」

そう言って俺は、その場で自然体に立った。

皆が固唾（かたず）を呑んで見守っている。

「はぁぁぁ‼」

俺が意気揚々と放出した魔力が渦巻く。

俺はこの数週間で、風速８ｍほどの風を巻き起こしながら、半径５ｍほどの円内をほぼ魔力をロスする事なく循環させる事ができるようになっていた。

「「きゃぁぁぁ！」」

ところが俺が巻き起こした風は、固唾を呑んで見守っていた幾人かの女子生徒の制服のスカートを捲（めく）り上（あ）げた。

先程、アルが俺のファンと言っていた三つ編みの清楚そうな女の子は、いや別にどうだっていいんだが、紫のど派手な——

俺が視線を感じ、はっと顔を上げると、その女の子は目に涙を浮かべて俺を睨（にら）んでいた。

「ご、ごめん、わざとじゃ——」

「最低です！」

そう言い残して、女の子は走り去っていった。

◆

アレンは魔法士の卵として歩み始めた。

従来の索敵魔法の概念を拡張し、『風属性』という誰もが使用可能な新たな（無）属性魔法を研究し始めた、という驚嘆すべきトピックは、しかしながら全然注目されなかった。

スケベ心を働かせた一部の男子学生が、面白がって大挙して体外魔法研究部に加入したばかりか、その『風でスカートを捲る』という技術の難易度の高さから、アレンの事を『まくり職人』などと陰で崇め始めたからだ。

さらに、無駄に優秀なエロ男子学生たちは、風でスカートを捲るのに必要な魔力変換数理学上の条件を整理して、『アレンの公式』などと命名した。

アレンの研究は完全に色もの認定された。

その噂（うわさ）を聞きつけたフェイとジュエだけは爆笑し、逆にやたらと短いスカートを穿（は）いてアレンの周りをウロチョロし始めたが、このところ人気が急上昇し、ファンクラブ設立の動きまであった、アレンに対する女子生徒からの株価は暴落した。

それどころか、普通に風が吹いてスカートが捲れるだけでアレンの株が下がる、という昔のことわざのような不思議現象が出現したのであった。

幕間　授業風景

王立学園には各学年に百名、計三百の生徒が所属する。

内訳は年によって若干ばらつきがあるが、おおよそで騎士コース生が半数ほどを占める。魔法士コース生は、魔道具士専攻を含めて三割。官吏コース生が残りの二割となる。

ちなみに、これらのコース毎にクラスが分けられている訳ではなく、各クラスには成績に応じて全てのコース生が混在し、一緒に授業を受けている。

この学園が、あらゆる分野に精通したゼネラリストの育成を標榜している事が理由の一つ。もう一つは、将来この国を背負って立つ人材の交流に重きを置いているからだ。

千年を超える歴史を持つこの学園では、時代に応じてその運用形態を変更してきたが、コース毎に人材を分けたことで、いわゆる派閥が形成され分断を生んだ過去がある。王立学園生の分断は、その卒業生が握る権力を思うと、社会の分断に直結する。そうした事態を避けるために、あえてクラスをコース毎に分けていない。

もっとも、二学年以降はコース毎に分けられた専門的な授業も取り入れられるので、コース毎の専門教育が皆無という訳ではない。

「さて、諸君らの魔力ガードの精度も随分安定してきた。そこで本日は体外魔法を魔力ガードで防ぎながら間合いを詰める訓練を実施する。魔法士側から見たら、間合いを詰められないための訓練じゃな」

おおっ！　ついに憧れの体外魔法を使った実技授業が始まるのか！

「見本を見せつつ説明するので、誰か協力を――」

俺はすぐさま手を上げた。

「ふぉっふぉっ！　やる気に満ち満ちた目じゃの、アレン・ロヴェーヌ。では前へ」

ゴドルフェンに指名された俺が皆の前に出る。

場所は学園内の体外魔法訓練施設の一つだ。王立学園にはサッカーコートよりも広いこうした訓練施設が屋内、屋外問わず目的毎にいくつもある。

「さて、今更諸君らに説明するまでもない事じゃが、体外魔法とは、自身の体内で練り上げられた魔力を体外に放出し、制御する事を言う。広い意味では性質変化を伴わない索敵魔法などもこれに含まれるが、一般には何らかの性質に変化させながら体外に放出した魔法を指すことが多いのう」

そう言ってゴドルフェンは、右手に構えた訓練用の短杖を構えた。

ちなみにこの訓練施設に備え付けられている訓練用タクトは、予め魔石に魔力をチャージしておくことで魔法士の消費魔力量を劇的に下げられる特注品で、目玉が飛び出るほど高いらしい。

「まずはゆっくりで構わん。わしの方へ歩きながら防いでみよ」

そう言って魔力を込めると、見る見るうちにタクトの先に拳ほどの大きさの石礫が構築され、ゴドルフェンが杖を振ると俺に向かって飛んできた。

無造作に右腕を振って、ゴドルフェンが差し向けてきた石礫を弾き飛ばす。俺に弾かれた石礫は宙できらきらと光を放ちながら四散し、土くれとなって地へ帰った。

なんてロマン溢れる現象なんだ……体外魔法……羨ましすぎる……。

「ふむ。もう一度行くぞい」

ゴドルフェンはそう言って同じような土塊を飛ばしてきた。俺は何となく嫌な予感がしたので、右拳の甲に強めに魔力を込めて裏拳で受けた。

ガンッッ‼

拳で弾いた土塊は明らかに先程より硬度が高く、地にゴロゴロと転がった後に光を放って四散した。

「ほう？　あえて構築時間を先程と同じにして純度だけを上げたのじゃが……なぜ身体強化魔法を強めたんじゃ？　こうした訓練を積んだ事があるのかの？」

俺は即座に首を振った。

「ないな。先生の胡散臭い優し気な顔を見てたら、何となく嫌な予感がしただけだ」

俺が口元に皮肉を込めた笑みを浮かべてそのように答えると、ゴドルフェンはぴくりと眉を上げて、再度タクトの先に土塊を構築し始めた。

「ふむ。初めてにしては絶妙な身体強化魔法の出力調整だったようじゃが……。まぁ何が言いたいかというとじゃな。体外魔法の攻撃にさらされた時、常に全力でガードしておると、受ける側としては魔力の消費量が必要以上に激しくなるし、反撃に転じる機会も得づらい。じゃから放たれた魔法に込められた魔力の純度を即座に見極めて、適切な出力で魔力ガードをする必要がある。じゃが、体外魔法の威力を正確に見極めるには、決して一朝一夕では身につかん経験が必要――と、いう事じゃ！」

そう言ってゴドルフェンは、見た目は全く同じの、だが魔力純度が異なる石礫を五連射してきた。

俺は何となくの勘……出力比で言うと1、1・3、1・5、1・2、1・6くらいの力の込め具合で石礫を全て弾いた。最後の石礫を弾くと同時に、足元からざわりと何かが蠢くような気配を感じる。

俺がすかさず真後ろに跳びのくと、俺が元々立っていた場所の土が、柱のように突き出した。

……。

………。

ゴドルフェンが『なぜ躱せたのじゃ』とでも言いたげな、怪訝な目で睨んでくる。

自身の土魔法を制御して実在する地面もろとも操作するのは高等テクニックらしいからな。まさか躱されると思っていなかったのだろう。

まぁ俺は図書館で体外魔法について徹底的に調べてあるし、前世のゲームやラノベでは地面を操るのはオーソドックスな土属性魔法だったので、当然イメージはできている。

俺は両の掌を上に向けて『さあな』というジェスチャーをして答えた。

「何となく嫌な予感がしただけだ。先生のその腐った大人特有の、慈悲深そうな目を見てるとな」

「ふぉっふぉっふぉっ！　……喧嘩を売っとるのか、アレン・ロヴェーヌ！！！」

「ムキになるな、くそじじい！」

◆

その後、俺はゴドルフェンに追い掛け回されて、いつも通りボコられた。まったく、魔法士との距離を詰めるための授業でなぜ魔法士に追い掛け回されるんだ……話が違うぞ……。

クラスメイトたちも、俺がこのようにゴドルフェンを煽って、最終的にメられる姿はしょっちゅう目撃しているので、まるで気にしてすらいない。

気がついたら性質変化の才能のあるライオのチーム、アルのチーム、ドルのチームに分かれて勝手に魔力ガードの練習を始めていた。

どうやら魔法士にタッチするか、弾き飛ばされたりすると交代というルールで回しているらしい。

誰の所に並ぼうかとしばらく様子を見ていたが、三者三様で面白い。

分かっていた事ではあるが、ライオは威力の上限値が桁違いに高い。

まだ距離が離れているうちは怪我をしないように威力をセーブしている様子だが、あの負けず嫌いは距離が詰められ始めると徐々に威力を上げて、最終的にはとても防具なしでは受けられるようなレベルではない、バカでかい火球を飛ばしたりしている。

頭はいいはずなので、授業の趣旨を理解していない訳はないのだが、突破させる気は微塵もないな……。

仮に俺があそこに並んだら、バカでかい火球をガードではなく躱して距離を詰めようとし、最終的には何でもありのチャンバラになるだろう。ライオは迷わずパスだ。

次に隣のアルに目をやると、威力はそれほど高くはないが、ぴったり同じ魔力密度にコントロールされた氷弾を凄い回転率で連射している。

距離が縮まれば縮まるほど弾幕の密度が上がり、最後は受ける側の魔力ガードに粗が出て押し返される形になる事が多い。

これはこれでいいトレーニングになりそうではあるが……。

俺は迷わずドルの所に並んだ。

「ようアレン。なんで俺なんだ？　てっきりライオを突破しに行くのかと思ったんだけどな」

「ふん。あの魔力バカ相手にガードの練習なんてやってられるか。理由は簡単だ、ドル。お前の所が一番楽しそう――それだけの事だ。足を使って本気で逃げてみてくれ！」

俺がそのように頼むとドルは、意外そうな顔をしつつも頷いた。

◆

俺は何度も何度もドルの列に並び本気で逃げるドルを追い掛け続けた。だが未だに突破できずにいる。

「ちっくしょ～！　鬼のように難しいぞドル！　もう一度頼む！」

ドルがコントロールする魔力密度のグラデーションは、はっきり言って細やかさも振れ幅もまるで違う。全く同じように見えて、威力が倍になったり半分になったり、またはほんの僅かに威力が上げられていたりするのだ。

その目測を誤ると、簡単に弾き飛ばされる。これが実戦なら、多少のロスを覚悟の上で、マージンを取って魔力ガードするという解決策もあるが、あくまでこれは魔法の威力を見抜きギリギリの力で受ける訓練だ。

そのような方法で突破しても意味はない。

一度惜しいところまで行ったのだが、それまで火球だけを用いていたドルは、水弾と石礫を織り交ぜて飛ばし始めた。

魔法研を立ち上げた当初は、せっかく四つも性質変化の才能を持っているのに、色々手を出しても器用貧乏になるなどと夢のない事を言って、火属性以外は碌に鍛えてなかったようだが、近頃で

は他の属性も修練しているらしい。

とにかくドルが持つ四つの性質変化のうち、火、水、土の三種類の属性魔法が魔力密度を縦横無尽に変えながら飛んでくるので、それを足を動かしながら全て見極めギリギリの強度で弾いていくのは困難を極める。

俺はまたまたドルが飛ばしてきた水弾の魔力密度を読み間違えて、弾き飛ばされた。

「きーっ！　どんな難易度だよ！　鬼畜にもほどがあるぞ、ドル！」

俺がそのように叫ぶと、いつの間にかライオが背後に立っていた。

「俺もアレンと同じルールでやらせてくれ、ドル」

ライオが不敵に笑ってそう言うと、すぐさまアルも追随した。

「おっ面白そうだな！　その次は俺にもやらせてくれ！」

「ふぉっふぉっふぉっ、面白い才能じゃのう、ルドルフ・オースティンよ。どれ、わしも一度挑戦させてもらおうかの」

やりたがりのじじいが列に並ぶ。

その後、皆が俺のルールでドルに挑んだが、ゴドルフェンを含めたクラスの皆は一人残らず『きーっ』となった。ドルの魔法は振れ幅が大きく出力調整が細かいというだけで、威力そのものは低く抑えてあるので、威力がよく分からない時はついマージンを確保して魔力ガードしてしまうのだ。

必要以上に魔力を込めてガードをすると、受けた魔法がすぐにキラキラと光りながら四散するのですぐに分かる。

そもそも『ギリギリの強さ』のメモリがざるなライオなど、全くゲームにならなかった。

ここまで繊細な魔力ガードの調整は、実戦では何の役にも立たないだろうし、遊びのつもりでやっていたが、ゴドルフェンは何か狙いでもあるのか、定期的にこのドルに挑戦するゲームを実技授業に取り入れた。

負けず嫌いのじじいがムキになっているだけのような気もするが……。

五章　猛犬

おじき

「おう、リンドはいるか？」

俺が資金調達と肉の差し入れ目的でロウヴァルチャー（ハゲタカ）を二体狩って、所属する互助会『りんごの家』に来たところ、おやっさんに訪問客が来た。

俺は最近、騎士団の仕事がない時は、東ルーン平原に出て狩りを、特にハゲタカ狩りをする事に凝っていた。

ちなみに、探索者としてはEランクのままだ。

うまく時間が合わせられたら、アムールとロイの兄貴や、アルとココと臨時パーティを組んで仕事を受注するが、Dランクへの昇格条件を満たさないように、必ずパーティで受注してリーダーを外れる事にしている。

単独またはパーティのリーダーとして、Dランク相当の実績を示す、という昇格条件を逆利用している形だ。

グリテススネーク級の魔物が出たら……という懸念はあるが、一人なら何とか逃げ切れる自信があるし、念のため鉄のシャフトにマラト山脈産のマックアゲートという鉱物の鏃（やじり）が付いた、非常に高価な矢を二本矢筒に挿している。

一本二千リアルもする超高級品だが、武具屋のルージュさんに相談したところ、これなら俺のライゴでもグリテススネークも貫けるとの事なので、万一の時の保険だ。

高級すぎてとても試し撃ちする気にはならないが……。

あれほど嫌厭していた聴力強化による索敵魔法は、狩りで大層役に立った。

索敵魔法の鍛錬が風魔法の鍛錬に直結すると理解してから、俺は索敵魔法の訓練にも力を入れている。

ただ、街中や寮でやると、騒がしすぎたり、聞いてはいけない会話を拾ったりと不都合が多いので、こうして広い平原での狩りは絶好の訓練になる。

適当な所で小道を外れ、平原を歩いて索敵しながら、そこら辺に潜んでいる野生動物や魔物を弓で狩る。

その獲物を放置したまま、視線は送らず別の獲物の狩りをしてると、すぐにハゲタカが降りてくる。

俺の聴力強化では降りてくる音はまだ明確には捉えられないが、獲物を掴んで浮上しようと羽ばたいたら明確に分かるので、その瞬間を狙い打つ。

これを二回繰り返すと、三十分掛からずにハゲタカ二体が狩れる。

それ以上は持って帰れないから、大体二体狩ったら打ち止めだ。

「レン君、お疲れ様です！　今日もハゲタカっすか？　俺らリアカー余裕あるんで、よければ運びます！」

最近は、こうして他の互助会の、知らない若手探索者に声をかけられることも多い。

何度か魔物に襲われてるところや、ハゲタカに獲物を奪われそうになっている若手探索者を目撃し、いくら他の互助会でも無視するのは何だし、一応助けていたら、なんか知らないがどんどん懐かれた。

中には結構年上の人間もいるのでちょっと気まずいが、まぁ獲物を運んでくれたりと便利な事も多い。

「ありがとうございます、助かります。お礼と言っちゃ何だけど、そことあっちに転がってるメドウマーラとジャンプルガーは、もしよければ持ってってちゃってください」

「いいんすか⁉　ありがとうございます！　おうおめぇら、積み込むぞ！」

まぁ元々一人じゃ運べないから、サークルオブライフに返す予定だったからな。

どちらも素材としての価値は低いし。

仮に放置したとしても、ハゲタカを始め、あっという間に野生の餌になるだけだ。

「あ、俺らラウンドピースのもんです。俺がセスっつーもんでEランク、こいつら二人はFランクです！」

「あ、りんごの家のレンです。まだまだひよっこですが、よろしくお願いします」

俺が丁寧に挨拶を返すと、後ろで見ていた二人がヒソヒソとこんな事を言った。

「……セスさん、ホントにこいつが『猛犬』ですか？　俺でも余裕で勝てそうですけど……」

「ばっ！　お前らシューーさんや、ラットのベンザがボコボコにされた話知ってんだろうが！　俺らでどうにかなるとでも思ってやがんのか？　レン君すみません！　こいつらには後でよっく言い聞かせときますので！」

シュー？

あぁ、俺が狩ったハゲタカを、自分が狙ってた獲物だとか言って、四人がかりで奪い取ろうとしてきたアホが確かそう名乗っていたな。

俺が、素直に謝って、どうぞって言ったら、もう一羽も寄越せ、なんて理屈も何もなく奪おうとしたから、物の道理を丁寧に教えた事があった。

「あはは。よく弱そうって言われますし、そんな事くらいで怒ったりしないから大丈夫ですよ。あの赤髪のお兄さんは元気ですか？　加減を間違えて、肋骨を折っちゃったので気になってたんですよ」

骨折を傷薬で治すのは推奨されない。

変な風にくっつくと、治すのが逆に大変だからだ。

「はい！　シューさんももう復帰してます！　うちの幹部も、こちらが迷惑かけたのに、レン君は通す必要のない筋を通して、最大限譲歩してくれたって、まだ子供なのに大したもんだって言ってます！」

俺は絡んできた四人中、年長と思しき者三人をボコボコにしたのだが、残した一人が思ったより も非力で、リアカーに乗せたのびた先輩たちを暗くなる前に街まで運べそうになかった。

仕方がないのでラウンドピースの集会所まで案内させて、俺がリアカーを引いた。

集会所からワラワラ出てきた中堅っぽい探索者のお兄さんお姉さんに囲まれたが、理由を淡々と説明したら、奥から偉そうな人がわざわざ出てきて、きちんと謝罪されて帰してくれた。

道理の分かる人たちだったので、ラウンドピースに対しては特に悪い印象はない。

そんな事もあってか、俺は最近ずいぶんと顔見知りが増えていた。

セスさんたちとは、リンゴまでハゲタカを運んでもらって別れた。

いつも通り狩った獲物はリンゴの子供たちに解体と換金を頼む。

羽の売り上げは俺が取って、肉の分は駄賃として子供たちに支払う。

おやっさんは、駄賃にしては高すぎると良い顔をしなかったが、俺が換金に行って、また勝手にランクを上げられたら困るので、俺にとっては重要な仕事の依頼だと言って押し通した。

俺が自分で納入所に行くのは、常設依頼に入っておらず、かつ素材としての価値の高い魔物を運良く狩った時だけだ。

子供たちは、「いつか俺も、レン兄みたいな弓使いになるんだ～」とか喋(しゃべ)りながら、だが少しでも肉を高く売るために、真剣に丁寧に解体作業をしていく。

その様子を庭で微笑(ほほえ)ましく見ていると、スキンヘッドで頬に傷のある強面(こわもて)のおじさんが、おやっさんを訪ねてきた。

「おう、リンドはいるか？」

生憎(あいにく)おやっさんは留守だ。

「おやっさんは今日教会から孤児の引き取りがあるとかで、留守にしてます。……どちら様でしょうか？」

「何だ、この家には似合わねぇ、こぎれぇなガキだな……。俺ぁシェルってもんだ。リンドとはこの家の前身の孤児院で一緒に育った、まぁ兄弟みてぇなもんだな」

あぁ、おやっさんの言ってた、俺の噂話をしてた飲み仲間か。いかにもバリバリのアウトロー探索者って感じだな。

おやっさんの兄弟って事は、俺から見たらおじみたいなものか。

「あぁ、おやっさんからシェルのおじきの事は少し聞いてます。俺はこの春からリンゴで世話になってる『レン』ってもんです。納入所のサキの姐さんにも世話になってまして。何か伝言でもあれば伝えときますが？」

「おじき？　……まぁ別にいいけどよ。いや、大した用じゃねぇんだ。ちと一人だと、追い込むのが面倒くせぇ魔物が発生してるみてぇでな。それほど急ぎって訳でもねぇが……早いに越した事はねぇからリンドが暇なら手を借りて、ついでに呑みにでも行こうかと思ったんだが……。あの『ハゲタカ』、オメェが狩ったのか？」

「また酒かよ、ツルッパゲのおっさん！　レン兄の弓はすげーんだぞ！　ロウヴァルチャーなんて百発百中なんだからな！」

俺はなぜか自慢げなポーに雷を落とした。

「こら！　おやっさんの客にツルッパゲはねぇだろ！　よその人にはちゃんとした言葉を使え！」

「わ、分かったよレン兄……」

ポーは唇を尖らして解体作業に戻った。

と、そこでシェルのおじきが殺気を漏らしながらポーに一歩詰め寄った。

俺でも背中に嫌な汗が流れるほどの、尋常じゃない迫力だ。

俺から見ても明らかに格上で、まだ何の力もない子供に向けていいものじゃない。

ポーはその場でへたり込んだ。

俺は咄嗟にポーとおじきの間に入った。

「こちらに失礼があった事は承知してますが、まだ子供です。そりゃあねぇでしょう、おじき」

「何、殺す気はねぇが、こういう子供は痛い目見ないと覚えねぇもんさ。そこをどけ、ガキ」

俺はため息をついて、一歩横へずれた。

フリをして、足元に転がっていた、ネジが飛び出た鉄のパイプを一瞬で拾い、思いっきりハゲの腹に向かって振り抜いた。

ハゲはそのパイプを腕でガードした。

ガイン！　と、まるで金属同士ががぶつかるような音が響く。

硬い！　サイボーグかよ、このハゲ！

すかさずハゲがパイプを掴んで俺を引き寄せる。

咄嗟にパイプを握っていた手を放したが、体が伸びたところに完璧なタイミングで拳が来た。

避けられない、ガードも間に合わない打撃が来た時は、踏ん張ってはいけない。

俺は身体強化で顔を守りながら脱力し、派手に吹っ飛ばされた。

吹っ飛ばされた俺は、身体強化で受け身の場所をカバーしながら、廃材の山に突っ込んだ。

「レン兄！」

ポーたちの悲鳴が上がる。

俺はポーたちを安心させるためにすぐさま立ち上がって、淡々とした口調で言った。

「俺はこのツルッパゲと話し合いをするから、お前ら一旦中に入ってろ」

俺は廃材の山からバールを握って肩に担いだ。もちろん手の中に釘を隠す事も忘れない。

と、そこでハゲは殺気を収めて笑い始めた。

「くっくっく。今ので鼻血だけとはな。おう、レンっつったか？　中々喧嘩慣れしてやがんじゃねぇか。腹もふてぇし、こりゃサキが世話してる、てのも嘘じゃなさそうだ。おめぇ、この後暇か？」

……………このハゲ、俺を試しやがったな？

「……めちゃくちゃ忙しいです」

ハニーアント

「んな睨むなよ！　挨拶みてぇなもんだろ？」

「挨拶？　最後の拳は、身体強化が間に合ってなけりゃ骨折じゃすみませんよ、おじき」

「だっはっは！　余裕で見えてるみたいだったから、つい力込めちまった！　まぁ間に合ったんだからいいじゃねぇか！」

「はぁ……まぁいいですよ……でもこんな事はこれっきりにしてくださいね！」

ガイン！

俺は不意打ちで腹にワンパン入れたが、その腹筋は鋼鉄のように硬かった。

俺が拳を押さえて涙目になっていると、シェルのおじきはニヤリと笑った。

「ふっふっふ。生意気な野郎だ。だがガキとはいえ探索者張るなら、それぐれぇじゃねぇとな。リンドのやろう、こんな面白そうな野郎を拾っておいて、俺に報告なしたぁ、何考えてやがんだ？おうレン。今から王都の北にある森に行くぞ。そこにハニーアントって蟻がどうも巣を作ってるみてぇでな」

「いや、俺今忙しい――」

「さっきまでぼけっと座ってたじゃねぇか。ごちゃごちゃ言わずに来い。ぶっ飛ばされて、気がついたら森の中なのと、自分で走っていくのはどっちがいいんだ？」

「んな無茶苦茶な！　ハニーアントの巣の駆除っつったらBランクの依頼でしょ⁉　俺まだEランクですよ？　おじきの臨時パーティに入れてもらうにしたって、受注資格がありません！」

「ほー王都近郊じゃ滅多にねぇケースなのに、詳しいな？　中々勉強熱心じゃねぇか。知ってやがんならちょうどいい！　なに、これは依頼じゃねぇから心配すんな。ほっときゃ、この辺の魔草の生態系が狂っちまうってんで、ボランティアで先に潰しとこうってだけのこった。今は特に植物系の素材が不足してるからな」

「何がちょうどいいんです？　俺は行きませんよ！」

「片道60㎞くれぇだから、走っていくぞ！　付いてこれなかったらぶっ飛ばして担いでいくからな！」

さっぱり話が通じない……。

「いや、もう暗くなりますよ？　準備どうするんです？　俺は行かないんですけど」

「この辺の探索に準備もクソもねぇよ。庭の散歩みてぇなもんだ。さっさと片付けて呑みに行くぞ！　運がいいな、レン。このシェルブル・モンステルのハントを、生で見られんだからな」

おじきはそう言って、ゴキリ、と指を鳴らした。

シェルブル・モンステルだと!?

「誰だよ!?」

俺たちは走って王都の郊外へと出た。

辺りはすでに薄暗い。

『王都の探索者で俺の名前を知らねぇたぁ、どこからのお上りだ、おめぇ？』

道すがらシェルのおじきにこんな事を聞かれ、この春ドラグーン地方から王都にきたばかりのお上りだと説明した。

俺は魔物には興味があるが、偉い人間には別に興味はない。

だが、おじきは何と、この国において片手で数えられる程しかいない、Sランク探索者らしい。

そりゃ知らないってだけで怪訝な顔で見られる訳だ。

60㎞の距離は別に大した距離じゃないが、おじきの走るペースは速かった。

ただでさえ碌に整備されてない、街灯もない道で、視力を強化しながら走るのにも難儀するのに、おじきは俺がギリギリついていけるぐらいのペースで、一度も休憩なく走った。

到着する頃にはヘトヘトだ。

「さ、さすがに速すぎです、おじき。ちょっと休まないと、とても狩りになりません」

「だっはっは！　ぶっ倒れるまで走らせて、そこからは担いで走ろうと思ってたのに、まさか走り切っちまうとはな……。体力あんじゃねぇか！」

おじきは何がそんなに楽しいんだというくらい、上機嫌だ。

そして、当然のように俺の休憩の打診を無視して、そのまま森へと分け入った。

「さて、喉が渇いたしパッパと終わらせるぞ！　ハニーアントの巣の駆除のやり方は知ってるか？」

「………巣穴の出口を二つだけ残して塞いで、片方から追い込んでいくんですよね。逃げ道を残しておかないと、横穴を掘って逃げられます」

「ほぉ～？　ホントに博識だな。流石は天下の王立学園でAクラスに所属しているだけはあんじゃねぇか……。いや、あの学園の一年で、そんだけ魔物に詳しいのは逆に珍しいか？」

おじきはそう言ってニヤリと笑った。

「………気がついてたんですか？」

「そりゃ嫌でも気がつくさ。こんなペースで夜の道走ってケロリとしてる一二歳くれえのEランク探索者なんぞ、王都広しとはいえ、そうそういる訳がねぇだろうよ」

「いや、全然ケロリじゃないです……ちょっと休憩を――」

「細けぇ話は後だ！　さっさと片付けて、今日は蜂蜜焼きとビールだぞ！」

話聞けよこのハゲ！

だが……特段俺を特別扱いする気はなさそうだな。

俺はこのいかにも探索者らしい、豪快で大胆なおじきの事が、何だかんだ結構気に入っていた。

やっぱり探索者たるもの、自由じゃなきゃね。

◆

「この築山がハニーアントの巣だ。高さ30m、直径150mってところか。まだ構築の途上だな」

シェルのおじきはそう言って、外側に不規則に開いた穴を崩して塞ぎながら、巣穴から飛び出してくる50cmほどもあるハニーアントの兵隊アリを、素手で次々に潰していく。

昆虫型の魔物というのは硬い。

それをこうも無造作に潰すとは……パワーだけで言うと騎士団でもトップクラスと言われるダンテさんよりも上なんじゃ……この人もまたとんでもない化け物だな……。

「よし、準備OKだ。俺が反対側から魔物を掃除しながら追い込んでくるから、レンはこの出入り口の外で見張ってろ。羽が生えてる大きいのが女王だ。他は気にしなくていいから、女王だけは逃すなよ？　多分最初の方に出てくる」

「分かりました」

ほどなくして、築山の反対側から戦闘音が聞こえ始めた。

俺は耳に魔力を集中する索敵魔法を発動した。

こういう洞穴は音や魔力が反響しやすい分、遠くまで聞こえやすいが、その分場所や動きを正確に聞き分けるのは難しい。

群がる兵隊アリと、それを無造作に潰していくおじき。

蟻酸による攻撃だろう、シューシューと地面が焦げるような音がする。

そして兵隊アリがおじき相手に時間を稼いでるうちに、一直線にこちらに向かってきている別団体のがさがさという足音。

これが女王で間違いないだろう。

女王蟻の一団が巣の最後の角を曲がったところに合わせて、俺は鉄の矢を一本放った。

矢は先頭を進んでいた兵隊蟻の目を貫き、その蟻は『ギー』と鳴いてその場で動かなくなった。

すかさず三匹の兵隊アリがこちらに向かってきた。

女王蟻は一目散に巣の中へと戻っていく。

俺は鉄矢を蟻の目に向かって放ったが、一匹硬い甲殻に弾かれて仕損じた。

蟻が蟻酸を飛ばしてくる。

俺は何とかその酸を躱して間合いを詰め、蟻を蹴り上げて、腹が見えたところにバンリー社製のナイフを突き刺した。

間合いを取って、蟻の様子を眺めながら再び索敵魔法で巣穴の中の様子を窺った。

……不味いな。

シェルのおじきが兵隊アリでも蹴り出したんだろう。

巣穴にこれまでなかった穴が新たに開いている。

女王蟻の一団は、真っ直ぐにその穴を目指している。

おじきは気がついていない様子で、真っ直ぐこちらに向かってきていて、このままだと女王蟻とニアミスしてこちらまで辿り着いてしまうだろう。

俺は身体強化を全開にして巣穴から飛び出して、巣の外側を迂回するようにその新たな穴に向かって走り出した。

間に合うかどうかギリギリのタイミングだ。

一瞬逡巡したが、マックアゲートの鏃のついた矢を握る。

女王蟻はすでに穴から飛び立っている。暗闇で視力は全く利かないが、闇夜に向かって飛んでいく羽音に向かって矢を射ると、その矢は女王蟻を易々と貫いて地面に叩き落とした。

流石は一本二千リアルもする矢だけはある。

その場に確認に向かうと、女王蟻は地面ですでにこときれていた。

「どうやら俺の不始末をフォローさせたみたいだな……。ところでおめぇ……その歳で一体どんな索敵範囲してんだ？　ゴドルフェンのじーさんの口利きで、第三軍団に顔を出してるとは聞いてたが、デューの小僧に仕込まれてんのか？」

後ろからシェルのおじきが近づいてきた。

「はい。デューさんに師匠になってもらって、色々と教えてもらってます」

「かぁ～！　オメェにやり込められたって噂で聞いて笑ってたが、相変わらず食えねえ爺さんだな……どこまであの爺さんの計算ずくなんだ？」

俺は肩をすくめた。

「いいように踊らされちゃって、何が狙いかもサッパリです。あの人は煮ても焼いても食えやしませんよ」

「だっはっは！　違いねぇ。さ、その辺の素材の回収は明日にでも人をやる。さっさと女王蟻が腹に抱えてる蟻蜜だけ回収して帰ってビールにするぞ！」

酒か……。

この世界は魔力によるアルコールの分解があるので、魔力器官が完成する概ね十二を過ぎた頃から酒は飲める。だが、この見た目で酒を飲むのは少々抵抗があるな。

まぁアウトロー路線を標榜する俺としては、頑なに拒否するつもりもないが……。

「なんだそのツラは？　お前も探索者として活動していくつもりなら、酒は避けては通れねぇぞ？仲間との交流という意味でも、毒への耐性という意味でもな」

「え？　お酒飲むと毒への耐性がつくんですか？」

「んな事も知らねぇのか？　何だかバランスの悪い野郎だな……。魔力による異物の排除はどんだけ数をこなしたかだ。だから偉い貴族ほど酒を飲む訓練はするし、一流の探索者も同様だ。飲みすぎると毒だが、好き嫌いは一旦置いといて、鍛錬の一環としてたまには飲むようにしろ。さ、帰るぞ」

知らなかったが、であればたまには飲む必要があるか……。

「あ、その前に、ナイフを回収していいですか？　さっき裏の出口付近で兵隊蟻にブッ刺したまま走っちゃって」

俺がそう言ってあの兵隊アリがいた所に帰ると、あのナイフをブッ刺したアリはどこにもいなくなっていた。

毎日手入れして、ようやく手に馴染(なじ)んできたところなのに……。

探索者の酒場

王都にある探索者御用達の店、『リザードファング』は、大通りから一本路地を入った煉瓦造りの店だった。

時刻は二十二時をすでに回っており、酔客の喧騒が表通りまで聞こえてくる。

俺はシェルのおじきについて店に入った。

中は十卓ほどある丸い木製のテーブル席と、バーカウンターの前にカウンター席が八席ほど並んでいる、ダイニングバー形式の店だった。

バーカウンターの奥の壁には、店名の由来だろう、全長が1mもありそうな、馬鹿でかい牙がクロスする形で飾られている。

シェルのおじきが、マスターだろうか、カウンターの中にいる初老のバーテンに手を挙げる。

バーテンは調理の手を休めずに、顎で店の奥を指した。

指された方に目をやると、リンドと納入所のサキさんが、一番奥のテーブルで先に呑んでいた。

ついでにざっと店内の客層を見渡したところ、それなりの装備をつけた、中級以上と思われる探索者でテーブルは埋まっている。

有名人だからだろう。シェルのおじきを見て、一瞬騒がしかった店内が静まり、ついでその後ろに付き従う、どう見ても初級探索者用の安物装備を身につけた俺を見て、好奇に満ちた、どこか馬鹿にしたような視線が送られる。

耳を澄ますと、こんな会話が聞こえてくる。

『おい、シェルの後ろに付き従ってる、弓下げた小僧は誰だ？　見ねぇガキだな』

『奥にリンドもいるし、多分最近互助会のガキどもが騒いでる「猛犬」だろ？　確かショートボウ使いだったはずだ』

『ぷっ！　あれがかよ？　きょろきょろしやがって、どこのお上りだ？　なよっちい上にヘロヘロじゃねぇか……。いっちょう酒場の流儀ってやつを教えてやるか、先輩探索者としてよ』

『ぷっ。あんまいじめんなよ？　シェルやリンドが絡んできたらめんどくせぇからよ』

『なに、探索者が酒場の喧嘩でちょっと怪我したくれぇで、あいつらが出張ってくるこたぁねぇよ。すぐに保護者が出たんじゃ、笑われんのはあいつらの方さ』

……普段ならば、こうした荒くれ者の探索者らしい出迎えも、楽しいと思えるんだけどな……。

俺は今、正直膝が笑うほどにへとへとに疲れていた。

喉が渇いてビールの事で頭がいっぱいになったおじきが、帰りは輪をかけてペースを上げて走ったからだ。

シェルのおじきは周りの噂話など我関せず、といった感じだ。

……やはりビールの事しか考えてないな。

「よくここだと分かったな？」

「そりゃあな。ハニーアントの巣の駆除に行ったたって聞きゃ、打ち上げはここに来てロックリザードの蟻蜜焼きと、ビールだろうよ」

おやっさんはニヤリと笑った。

俺が、なるべく労力をかけずこの場を切り抜ける方法を脳内で検討しているうちに、おじきはおやっさんたちが座っているテーブルへどんどん近づいていく。

俺は仕方なくおじきの後について、先程俺に喧嘩を売る算段をつけていた、斥候職っぽい男の隣を通過しようとした。

そこへ、実に古典的ながら、俺を転ばせようと足が出てきた。視線はやっていないが、その顔がにやけているのは気配で分かる。

はぁ……。

実に捻りのない喧嘩の売り方に、俺は心の中でため息をついた。

A：この足を蹴り上げて、ひと暴れして速やかに白黒をはっきりつける。

B：軽やかに躱してさわやかな挨拶をしてみる。

………どっちもめんどくさい展開に発展する危険が高いな……。

俺は考えるのも面倒になって、その足に勢いよく引っかかった。

そして思いっきり前に転び、受け身を取り損なって涙目で鼻をさすった。

「あ、すみません」

俺は、嘲笑しながら反撃に備えて身構えている先輩探索者に謝り、鼻を押さえながらおやっさんたちが待っている席へと着いた。

『ぷっ！　どこが「猛犬」だよ？』

『弱い者いじめしてただけなんじゃねぇか？　だせぇ！』

後ろからこんな声が聞こえてきたが、気にしない。

「……なにやってんだ、おめぇ？」

俺がわざと転んだくらいのことは、おやっさんにはお見通しだろう。

怪訝な顔で俺に聞いてきた。

「……疲れてるんですよ。シェルのおじきが馬鹿みたいなペースで走らせるから……」

「……だからって、俺が魔力込めてぶん殴ってもピンピンしてたおめぇが、転んで涙目はねぇだろうがよ……ぶん殴っちまった方が早いと思うけどなぁ」

「きっひっひっ！　相変わらず変わった子供だね」

おじきは呆れて、サキ姐さんは笑った。

◆

「困るじゃないか、シェル。いくらあんたらの連れだって、うちはオムツが取れてないガキはお断りだよ！　坊や、探索者ランクがDまで上がったら出直してきな！」

おかみさんだろうか、何人かいる年若いウエイトレスではなく、非常に恰幅のいいおばちゃんが注文を取りに来て、開口一番に俺を睨みながらそう言った。

この店はDランク以上の探索者専門なのか？

「久しぶりだな、パン。こいつはちと訳ありでな。それに、別にD以上って決まりがある訳じゃねえだろうよ？　探索者以外だって来んだから」

「そりゃそうだけど、この時間に実力のない坊やが店に交じってたら、すぐさっきみたいに揉め事になるよ？　結局嫌な思いするのは、その坊やだろうさ」

「あー、めんどくせぇ！　だからぶん殴っちまった方がはえぇっつってんだ！　レン！　おめぇ喧喧嘩慣れしてんだから、ちっと行ってぶん殴ってこい！　そこらの連中に後れを取るおめぇじゃねえだろうが！」

「んな無茶な……。そんなことより、『ロックリザードの蟻蜜焼きと、ビール』、でしょ？」

俺がそう言ってなだめると、おじきは途端に上機嫌になった。

「おうそうだ、パン！　このハニーアントの蟻蜜、土産だ。ロックリザードをありったけ焼いて持ってきてくれ！　あと俺とこいつにビールを中樽で一個ずつ、急ぎだ！」

「はぁ～分かったよ。どうなっても知らないよ？」

パンさんはしぶしぶ諦めて、奥へと下がった。

と、何とか丸く収まったと思っていたら、先程喧嘩を売ってきた斥候野郎とその仲間三人が聞こえよがしにこんな事を、店中に聞こえるどでかい声で呟いた。

「ちっ！　あんなガキがロックリザードの蟻蜜焼きだと？」

「『りんご』は落ちぶれたとは聞いてたが、ついにシェルに寄生して贅沢三昧かよ？」

「落ちるところまで落ちやがったな！」

そのセリフを聞いて、おやっさんとおじきは額に青筋を立てて俺を睨みつけた。

顎をしゃくって『早く行ってこい』と無言のサインを送ってくる。

も～疲れてるのに！

俺は仕方なく、『あ？』と言って立ち上がった。

◆

俺が立ち上がって振り返ると、斥候野郎とその隣の前衛職っぽい男も即座に立ち上がった。

「んだぁその面は？　クソガキが……」

「なんか文句でもあんのか、寄生野郎！」

俺はつかつかと、そいつらがいるテーブルに向って歩き、

「ガキが調子に乗っ――」

さらに何事かを言おうとしている斥候野郎の顔面に真っ直ぐ、こぶしを叩き込んだ。

斥候野郎はテーブルに乗り上げて反対側に転がった。

口ほどにもなく、どうやら一撃で伸びたらしい。

「てめぇら……『リンゴ・ファミリー』を舐めてやがんのか？　あぁん？」

俺は近頃の探索者活動で培っているアウトロー路線用の輩口調で詰問した。

俺だって疲れてる上に喉がカラカラに渇いてるのに、手間を取らせやがって。

前衛職野郎は顔を真っ赤にして怒った。

「やりやがったな、このクソガキが！　おうお前ら、囲んでやっちまうぞ！」

左手からタンクっぽい前衛職、右手は魔法士、テーブルの向こうに装備からして剣士っぽい奴か……。

俺はとりあえず、いきり立っている前衛職に腹パンを入れて、体が『く』の字になったところで顎に膝蹴りを入れた。

近頃では、喧嘩を売ってくるアホを返り討ちにしているうちに、何となく相手の動きを見ると、どれぐらいの加減でやれば骨折手前の怪我で済むかが分かるようになっている。

実はこいつは魔法士だったのか？　ってオチを心配するほど柔なタンクは、あっけなく崩れ落ち

た。

強さ以前に、殴られ慣れてなさすぎる……。

その瞬間、テーブルの向こうの剣士っぽい奴が、テーブルを踏み越えて飛び蹴りをしてきた。

だが余りにものろい。

酔っぱらっているにしても、身体強化の練度が低すぎて、ほとんど一般人に毛が生えたようなものだ。

これならまだあのラットのベンザとかいう、品のないデブの方がはるかにましなレベルだぞ？

俺は、ノロノロと蹴りだされたズボンの裾を無造作に掴んで、吊るしあげた。

剣士野郎は空中で掴まれて、受け身を取れず後頭部から落下した。

強さ以前に、運動神経の時点で体を使う仕事に向いていない……。

そのまま俺は片足首を掴んだ変則ジャイアントスイングの要領で、魔法士とぶつけた後、隣のテーブルに向って剣士野郎を投げつけた。

実に面倒だったが、もうこうなったら、舐めてる奴とはサッサと白黒つけた方が落ち着いて飯を食えると判断したからだ。

ガシャーン！

「何すんだクソガキ！」

そのテーブルに座ってた別の六人の団体が一斉に立ち上がった。

「……てめぇら、シカトしてんじゃねぇぞ、コラ？　聞こえてねぇとでも思ったのか？　こっちが下手に出てたら、調子に乗りやがって……『あんなヘタレが噂の猛犬なら、また俺らもりんごのガキどもをからかってやるかな』、だと？　こっちは疲れてるのにイライラさせやがって。『リンゴ・ファミリー』を舐めたらどうなるか――」

俺は身体強化を全開にして、そのまた隣のテーブルで、これまた舐めた事を言っていた奴に瞬時に近づいて、テーブルへと叩きつけた。

「俺が教えてやる！」

「他に『りんご』に、ものを言いたい奴はいるか？」

舐めてそうな奴へ順番に物の道理を説明した後、俺はフロアに問いかけた。

返事がない事を確認して、俺が自分のテーブルに戻ろうとしたら、自分たちでけしかけておいて、おやっさんたちはこちらには目もくれず、楽しそうに談笑しながら酒を飲んでいた。

おじきに至っては、一杯目の二リットルは入りそうな中樽のビールをすでに飲み干して、ついでに俺の分も飲み干して、さらにおかわりが運ばれてくるところだった。

「そりゃないっすよ、おじき！　俺だって喉渇いてるのに！　乾杯ぐらい待ってくれてもいいじゃないですか⁉」

「ふん。おめぇがトロトロしてるからだ。だからさっさと、ぶん殴っちまえって言っただろーが」

新たに二つの中樽を持ってきたパンさんが言った。

「呆れた坊やだね……。だが、あんたはこの店の客だね。これからは好きな時に来な」

喧嘩した事を注意されるかと思いきや、客認定された……。

大丈夫か、この店？

「ふん。俺らがオムツの取れてないガキを、探索者がたむろする酒場に連れてくるわきゃねぇだろうが」

「そうは言っても、マスターの方針で、客かどうかを決めるのは、この店では客だからね。で、あの粉々になった食器は誰が弁償するんだい？」

そのセリフを聞いて、シェルのおじきはダンディーな感じでニヤリと笑い、親指を立てた。

「そりゃ勿論、ぶっ壊したレンだ」

…………。

「ふざけんなハゲ！　自分で散々けしかけといて、そりゃねえだろ！　ここは、『それは大人の仕事だ……』とかカッコつけて払うところだろうが！」

「うるせぇ！　俺はぶん殴ってこいって言ったんだ！　皿割ってこいとは言ってねぇ！　自分で割った皿は、自分で弁償する！　それが一人前の探索者の、酒場での嗜みだ！」

「俺は貧乏なんだよ！　あんたはSランクなんだから、金なんて腐るほど持ってんだろ⁉」

「俺は宵越しの金は持たねぇ主義だ」

ハゲは堂々と胸を張った。

Sランク探索者が、文無しだと？　豪快というよりも、ただのダメなおっさんじゃねぇか……。

俺はちらりとおやっさんを見た。

目は合っているように感じるが、別の宇宙を旅しているような、虚無の顔をしている。

支払いを申し出るような気配は一ミリもない。

「ま、マジかよ……。ただでさえ、おじきが巣に穴空けちまうから、ナイフなくした上に、くそ高い矢まで使ったんだぞ？」

　俺はがっくりと項垂れた。

　そこで、おじきは思い出したように手を打った。

「そういや今日は狩りに行った帰りだった！　おうサキ。今日のは高さは30m、直径150mくれぇの巣でまだ構築中のやつだった。夜だったから兵隊はわんさかいて、大体潰してある。明日回収に行かせるつもりだが、いくらぐらいになる？」

　おじきに問われたサキさんは淀みなく答えた。

「さっきの女王の蜜袋からしても、巣の規模としては中規模だろうね。兵隊蟻の甲殻に、蟻酸袋、後は、孵化する前の繭がどれだけあるかだけど、大体素材回収の手間賃を差し引いて十万リアルってところじゃないかね？」

　あの数時間の稼ぎが十万リアル！　日本円にして軽く一千万円以上だと⁉

　本来は、Bランク探索者パーティが、きちんと準備をして臨む依頼だけはあるな……。

　何とか、経費と皿代くらいは分け前が欲しいところだが……。

　俺がその額に唖然としていると、シェルのおじきはダンディーな感じでニヤリと笑い、親指を立てた。

「俺は金は持たねぇ主義だから、全部お前が取っていいぞ。その代わり今日はおめぇの奢りだ！」

「ええ⁉　十万リアルですよ！　いいんですか⁉」

「あぁ、どうせ俺が持っててもギャンブルでスって終わりだ。それに、お前が狩った女王の蜜袋は、俺が勝手にパンへの土産にしちまったしな」

まじかよ！

「ありがとうございますおじき！　一生ついていきます！」

俺が機嫌を直すと、おじきは頷き、声を張り上げた！

「おう！　今日はレンの奢りだとよ！　お前ら気合い入れて呑め！」

……奢りって、この店全部かよ！

だが、つい先程、俺が大暴れしたばかりで店内の空気は重い。

流石にこの流れで無遠慮に呑む奴はいないだろう――。

「ひょ～!!　流石猛犬だ！　おねぇちゃん、こっちにとりあえず中樽生五つだ！」

「金の使い方もいかれてやがるぜ！　こっちはドリィーラのボトルと氷、グラスは人数分頼む！」

そう思っていたが、俺にぶっ飛ばされた連中も含めて、嬉々として注文を始めた。

何て単純な奴らだ……。

俺が一体いくらの支払いになるのかと頭を抱えていると、おやっさんはそんな俺の心配を見透かしたように言った。

「……まぁ、この店はそれほど高え酒がある訳じゃねぇし、せいぜい五万リアルってところだろ。先行投資として諦めるんだな。なくした装備も、おめぇの腕を考えると替え時はとうに過ぎてるだろうよ。一つの装備に熟達するのも大事だが、それはもう少し長く使える、それなりの物を買ってからの方がいい。お前みたいに成長が早い奴は、替え時を間違えやすいから気をつけろ」

大金がいきなり半分消えた……。

だが、おやっさんの言う事はもっともだ。

これで俺が……ひいては『りんごの家』が舐められる事は、さらに少なくなるだろう。

そうなれば少しは仕事がしやすくなるはずだ。

あのナイフ自体は気に入っていたが、やはり本来の目的が植物採集用だけあって、解体に不便だったし、剣としても使える、もう少しリーチのある物が欲しいとは思っていた。

「……分かりました、贔屓にしてる武具屋さんに相談してみます」

◆

「ところで、お前何でランク上げねぇんだ？　金がねぇなら高ランクの依頼を受けた方が稼げるだろう？」

「え？　よく俺がランク上げたくないって分かりましたね……。理由は二つあって、低ランクの依頼も色々経験したかったのが一つ。もう一つは、俺に関する大袈裟な噂が街に広がってるみたいで、慣例を破るようなランクの上げ方をして、妙な噂に拍車を掛けたくないってのが理由です」

「そりゃ分かるさ。サトワの話を聞いて、俺はおめぇに目をつけてたからな。指名依頼を出してこの目で確かめるために、薬草一本引っこ抜いてくるだけでランクを上げろって指示したのに、ちっともランクが上がらねぇ。騎士団に仮入団したって聞いたから、そっちに取られちまったかと思ってたんだが……。庭でロウヴァルチャーの解体をガキどもにやらせてたし、あえて依頼にかからないようにしてるんだろ？」

あれ？

この口ぶりからして、おじきは協会職員で、しかもそれなりに偉い人なのか？

しかし……また出どころはサトワか……。

どれだけ口が軽いんだ……。

「おじき、協会の偉いさんもやってるんですか？　あのサトワって人が、どうも大袈裟に噂を広めてるみたいで、参ってるんですよ。会長以外には喋らない、なんて言ってたくせに」

俺が困り果てた顔でそう苦情を言うと、おやっさんが平然とした顔で衝撃的な事を言った。

「何だ、まだ聞いてなかったのか。こいつが探索者協会の会長だぞ？」

「えぇ⁉　こう言っちゃ何ですが、そんな偉い人にはとても見えないんですけど！　自分のお金の管理もできない人が、会長なんてやってて大丈夫なんですか⁉」

「だっはっは！　ダメに決まってんだろ？　めんどくせぇ仕事は、全部優秀な副会長に丸投げだから、俺は荒事専門だ！　……まぁそんな訳で、サトワからは詳細な報告を受けている。その上で、ランクを上げろって指示したのも俺だ。ついでに、面白い話があるって酒場で喋りまくったから、サトワのところに上級貴族が情報収集に押しかけてきて、断りきれなかった、なんて言ってやがったな！　だっはっはっ！　いてっ」

俺は思わずおじきのハゲ頭を叩いた。

「おじきが全ての元凶じゃないですか！　ホント勘弁してくださいよ！」

と、そこに途轍もなく食欲をそそる香りを放つ肉が、馬鹿でかい台車に載せられて運ばれてきた。

米俵の様にデカい肉は、どう見ても60kgはある。

この人たちはこれを四人で食うつもりなのか⁉

「焼けたよ！　リザードファング特製のロックリザードの蟻蜜焼きだ！　楕円のは背中の肉、丸いのが尻尾、骨つきがお腹の肉だよ。頬の肉は生憎少ししかなくてね。誰が食べるんだい？」

「そりゃ今日はレンの奢りだし、そもそも女王を仕留めたのもレンだ。俺らは何度も食ってるからレンに取ってやってくれ」

くそう。

こう言われると、文句が言い難くなるな……。

「あいよ。坊やは初めてだろう？　全種類取ってあげようかね」

「ありがとうございます」

パンさんが切り分けてくれている間に、おじきがギロリと睨んで続けた。

「でだ。まぁもう大体の器は見れたから、無理に上げるつもりもねぇけどよ。『りんご』にいるなら、リンドに言えば連絡もつくしな。だがお前の戦闘技能は、すでにBランクパーティに入っても全く遜色ないレベルにある。索敵を担う斥候担当なら、Aランクパーティでも引く手数多だろう。強さだけが全てじゃねぇが、最低でもCランクくらいを付けとかねぇと、さっきの喧嘩じゃねぇが、色々無理が出るぞ？　協会としても、上のランクに行くほど人手が足りねぇから、お前を遊ばせとくのは勿体ねぇ」

おじきは早くランクを上げろと言いたいのだろう。

……これは悩みどころだな。俺はこの二ヶ月の間に、低難易度の依頼は結構こなしていた。

アムールとロイの兄貴、アルとココと臨時パーティを組んで、皆を隠れ蓑にして昇格しないようにコントロールしている。

今俺はEランクなのだが、Dランクへの昇格条件に、Dランク相当の依頼の単独達成、またはパーティのリーダーとして達成というのがある事を逆に利用している形だ。

あの東支所のおばちゃんに、『ルールだから』の一点張りで一気にEランクまで引き上げられたので、昇格条件をきちんと確認して、たとえサトワが手を回していても、昇格条件を満たさない様に調整していたのだ。

だがもうある程度は経験できたし、金がネックでやりたい事を我慢しているデメリットの方が大きくなってきた。

「うーん、そろそろCランクぐらいまでなら上げてもいいんですが、また変な噂が立つと困るんですよね……。何かいい方法はないですか？」

「あるぞ？　あまり知られてないやり方だが、相応の理由があれば通り名で探索者登録ができる。許可を出すのは俺だから、『レン』で登録すればそう騒ぎになる事もないだろう。一応、『レン』と、おめぇの本名が繋がらないように口止めもしといてやろう。完璧じゃねぇだろうがな」

なんと！　それは助かるな。

サキさん以外には極力ライセンスを出さないで済むよう配慮していたが、それも面倒なことこの上ないし。

「……分かりました。じゃあCランクまで上げようと思います。どうすればいいですか？」

おじきはニヤリと笑った。

「俺の方から話を通しておいてやるから、本部にライセンスを持ってこい。今日のハニーアントの巣の駆除を依頼扱いにしておいてやるから、それで昇格条件は達成だ。さ、小難しい話は終わりだ！　食って呑むぞ！　おう、おめーら！　レンが弓で仕留めたハニーアントの女王の蟻蜜で焼いたロックリザードのステーキだ！　欲しい奴は取りに来い！」

このおじきのセリフに、物欲しげに見ていた他の客は歓声を上げた。

◆

「ほら、熱いうちに食べな！」

パンさんが取り分けてくれた四種類のステーキは、いわゆる照り焼きの様な艶を放っていた。

俺はまず、リブロースをナイフで切り分けて、口に放り込んだ。

その美味さは衝撃的だった。

俺は初めて、この世界の料理に感動した。

蟻蜜焼きは、名前から想像していた、甘ったるい味付けではなかった。

地球のものよりもスパイシーな胡椒、唐辛子系の強い辛味、そして香草などが練り込まれた赤茶色の、パンさん曰く『秘伝のタレ』の強烈なパンチを、蟻蜜の濃厚な甘みがマイルドに纏めている。

ロックリザードは本来、筋張った肉質らしいのだが、ハニーアントの蜜を擦り込んで焼くと、劇的に柔らかくなるらしい。

リブロースの細やかな肉質、蟻蜜の上品な風味と複雑なタレの旨味、これら全てが渾然一体となって口の中で蕩けていく。おやっさんはこればかり食べている。

テールには脂身がほとんどなく肉々しいが、とろけるほどに柔らかい不思議な食感。サキさんはこちらが好みのようだ。

友ばら、いわゆるカルビの部分の肉はやや硬いが、脂が多く、肉としての旨味はこれが一番強い。おじきはこれを５kgは皿に取っている。

蟻蜜によって旨味がギュッと閉じ込められたこれらの肉に、スパイシーなタレ、濃厚だが後を引かない蟻蜜の甘み。

酒精は強いが、どちらかと言うとサッパリした味わいのビールがいくらでも進む……。

ちなみにちょっとしかない頬肉の蟻蜜焼きは最後に取ってある。

サキさん曰く、王都の一流レストランで食うと、一皿で三千リアルはくだらない一品だからだ。

熱々が美味いのは分かっているが、美味しいものはついつい最後に食べる庶民派なのだ。

俺が肉とビールの無限コンボに舌鼓を打っていると、さっき俺がぶっ飛ばした探索者の一人が話しかけてきた。

「よぉ。俺はC級探索者のベルトだ。ガキなのに中々やるじゃねぇか。ところで……あれ止めなくていいのか？」

あれというのは、おやっさんとおじきの喧嘩だ。

どうやらおやっさんは、俺がりんごに加入した事をおじきには黙っていたらしく、その事で胸ぐらを掴み合って揉めている。

「だからてめぇが、自分の目で確かめてぇっつってたから、先入観持たねぇように黙ってたんだろうが！」

「だったらさっさと引き合わせろ！　何ヶ月も無駄にしちまったじゃねぇか！」

「おれぁ暇じゃねーんだよ！　用があんならオメーが来い！」

「やんのかコラ？」

「上等だ！」

俺は即座に首を振った。

疲れてるのに、こんな化け物共の喧嘩に首を突っ込むなんて冗談じゃない。

「おやっさんとおじきの喧嘩なんて、俺に止められる訳ないでしょう。サキさんも無視して呑んでますし、放っておきましょう。う～ん美味い！　全然飽きが来ない！　たまらん！」

「……ぷっ！　大物になるよ、お前」

ベルトさんは俺の肩を叩いて自分の席に戻っていった。

と、そこへおじきに投げ飛ばされたおやっさんが降ってきて、俺の虎の子の頬肉のステーキが載った皿をひっくり返した。

肉は無常にも床に落ちた。

「あぁぁあぁー！！！」

俺の絶叫を聞いて、おじきはちらりとこちらを見て言った。

「んだぁ？　ちっと落ちたくらいで。ふーふーして食え！」

⁉

グルメ超大国で、かつ国民全員が衛生観念の固まりような日本で慣らした俺に、泥だらけの靴で皆が歩き回るフロアに落ちた肉を、ふーふーして食えだと⁉

俺は切れた。

「ふ、ふ、ふざけんじゃねぇぞ、ツルッパゲがぁ！　おやっさん、やっちまいましょう！」

その後は悲惨だった。

おじきは喧嘩がクソ強くて、おやっさんと連携して当初は善戦したが、最終的にはボコボコにされた。

しかも手札が足りないと思った俺が、何人かわざと喧嘩に巻き込んでたら、最終的には店中を巻き込んだ大喧嘩（おおげんか）になった。

そのうちに、マスターが切れて、最後は飲み比べになってそこでも負けて、喧嘩で壊れた食器やテーブルの弁償まで全部俺持ち、なんて事になり、稼いだ十万リアルはキッチリ右から左へと消えた。

ちなみに俺は、Bランク探索者に昇格した。

おじきがきちんと説明していなかったらしく、翌日本部でライセンスを出すと、Bランクにまで一気に昇格してしまったのだ。

受付の制服を着たお姉さんに抗議したが、またまた『ルールだから』の一点張りで、受け入れてもらえなかった。

後日おじきに抗議したが、二日酔いで忘れてた、こまけぇ事は気にすんなと、まるで相手にしてくれなかった。

一見考えなしに見えて、意外と食わせ者のような気もするし、わざとかこのハゲ……。

閑話　鍛冶屋探し

とある放課後。

ルーデリオ・フォン・ダイヤルマックという名の、横柄で感じの悪い先輩が教室にやってきて、坂道部と自分が立ち上げた部活動を統合して、監督を自分に任せろと非常に高圧的な態度で提案してきた。

別に俺は監督の座にこだわりもないのだが、ゴドルフェンの課題をクリアするまでは、いかにも調和を乱しそうなルード先輩を加入させるのはリスクが高いと考え、嫌も応も答えずさっさとその場を離れた。話し合いをする時間が無駄だと思ったからだ。

まぁ同じ家格である侯爵家のフェイとジュエが楽しそうに応対していたし、そうひどい事にはならないだろう。

面倒なことはあいつらに丸投げだ！

俺はそんな出来事などあっという間に忘れて、一度寮に戻って着替えてから、かねてから興味があった王都南部にある工業が盛んな地区にやってきた。

数ある異世界転生テンプレの中でも屈指の人気テンプレ、鍛冶屋探訪イベントを踏んでみたかったからだ。

さて親方の頑固な性格が災いして、腕は確かなのに寂れている鍛冶屋はどこにあるかな。

先代が急死して、物凄い才能を秘めた若い後継ぎは、舐められないために実は女であることを隠している、なんてのも王道と言えるだろう。……この世界は女性でも、身体強化魔法の練度次第ではかなりの腕力を発揮できるので、隠す意味は全くないが。

などと考えながらぶらぶらと工業地区を歩く。

なぜ様々な工業が王都南部に集められているのか。一つは王都の南を流れる大河ルーンが、重要な輸送手段を担っているからだろう。魔導列車や魔導車が徐々に普及してきているとはいえ、その輸送能力の高さから、水上輸送の有用度は現在でも高い。

魔導動力機関を持つ船もあるにはあるようだが、民間の輸送船には主としてコストの低い風帆船が用いられている。

そして鉱物の精錬や木材加工など、目方があり輸送コストが高い素材を扱う産業が河川沿いに発展すれば、鍛冶屋に代表される金物工業や貨幣鋳造、造船業、製紙業などがその周辺で発達する。

さらにそれらを原料とした、印刷物、陶磁器類、楽器、塗り物、扇子などの日用雑貨に近い工芸品の製造拠点が、さらにその外側、すなわち町の中心部に近い場所にできていく。

あくまで俺の想像でしかないが、おそらくはそうした輸送上の理由でこの王都南部の工業地区は発展していったのだと思われる。

俺は鍛冶屋通りと呼ばれる、金物工業店が軒を連ねる通りへと足を踏み入れた。

通りには、近代的な造りの綺麗(きれい)なビルが立ち並んでいる。

まぁこの世界は異世界転生にありがちな中世ヨーロッパ風の世界ではないので仕方がないのだが

……さてどうしたものか。

いくら何でもこのビルの中に一軒ずつ飛び込み訪問して、頑固一徹で割を食っているけど腕は確かな職人はいますか、などと聞いて回る訳にはいかない。

「あれ、レン兄(にい)じゃん！　こんなところで何してんの？」

と、そんなことを考えながら、所在なげに通りを行ったり来たりしながらきょろきょろと歩いていると、後ろから声を掛けられた。

振り返るとそこに立っていたのは、顔を煤(すす)で真っ黒にしたポーとリーナ他りんごの家にいるちび四人だ。小さな体で所々が欠けた甕(かめ)を満載したリアカーを引いている。

多少は身体強化魔法を使える年齢とはいえ、こんな遠くにまで仕事に来るのか……。

「ようポー。清掃の仕事帰りか？　こんな遠くまで来て偉いな。俺はとある鍛冶師を探して足を延ばしたんだが、目的の職人がいそうな鍛冶屋が見つからなくてな。……お前らこの辺よく来るのか？」

「うん、清掃の仕事帰りだよ、レン！　この辺は南支所の縄張りだから、よく来るってほどじゃないんだけど、月に一度、リンド(父さん)が仲いい工場の煙突清掃を手伝ってるの。遠いから朝早くて大変だけど、給料も割高だし、廃油もついでに貰(もら)えるからお得なんだよ～！」

リーナは真っ黒に汚れた顔に無邪気な笑顔を浮かべた。

「へぇ～廃油なんて何に使うんだ？　売れるのか？」

俺が頭に浮かんだ疑問を口にすると、四人は目を見合わせてから笑った。

「これは売りもんじゃねぇよ、レン兄！　廃油ストーブの燃料を今から集めとかねぇと、来年の冬にさみぃ思いをするからな。レン兄はまだ冬のりんごの家を知らないから分からないだろうけど、あの家ぼろいから中でも風がピューピュー吹いて、めちゃくちゃ寒いんだぞ！」

ポーの説明に、俺はなるほどと得心した。

王都では庶民の家でも魔石を使ったストーブが主流だと思うが、りんごの家にとっては贅沢品なのだろう。

「なるほどなぁ。魔石ストーブは燃料、高いもんな」

「うん。ストーブに魔石なんて、もったいなくて使えねぇよ。そんなら売っぱらって、あったけぇもん食った方が腹も膨れるしな。ここの廃油はちょー臭いけど長持ちするしあったけぇから貴重なんだ」

俺はリアカーの後ろに立ち、手を添えて力強く押した。

「……多分俺が探している鍛冶屋はこの辺にはないから、手伝うよ。俺も冬に寒い思いしたくないしな。ちょー臭くても、寒いよりはマシだ」

この子たちにこの辺の鍛冶屋の事を聞いても、期待薄だろう。この身なりでこの辺にある店に出入りできるとは思えない。

「おわぁ！　流石レン兄、力つぇえ！」

「こぼれるよ、レン～！」

犬小屋、何て揶揄されているけど……やはり俺が住んでいるあの学園の一般寮は、十分恵まれている。

◆

「ところで、レンはどんな鍛冶屋を探してたの？」

リアカーを押して帰る道すがら、リーナが俺に質問してきた。

「そうだなぁ……。腕はいいけど偏屈で、皆に嫌われている鍛冶屋さんだ」

俺がそのように返答すると、ポーが話に割り込んだ。

「ふーん。そんだけでいいなら、わざわざこんなところに来なくてもベムのおっさんのところにでも行きゃいいんじゃねえの？」

「……誰だ、そのベムのおっさんってのは」

聞いたことのない名前に俺が首を傾げると、ポーは嫌な顔を浮かべつつ説明してくれた。

「レン兄知らねぇの？　東スラムに住んでる、ひねくれ者の野鍛冶のおっさんでさ。俺に打てねぇ物はねぇとか、腕は王都一だとか大口叩いてんだけど、飲んだくれだし、気は短いし、ちょっと隙を見せるとすぐに子供相手に釣り銭ごまかそうとしてくるしで、スラムでも嫌われ者のおっさんさ。俺も一回騙されて、後で文句言いに行ったら、『後から釣りが違うなんて、このスラムで通るわきゃねえだろ、坊主。俺みたいな奴に騙されたくなかったら、ちゃんと勉強しろよ？』なんて酒臭い息で居直られてさ。オヤジには大目玉食うし、さんざんだよ。あ、思い出したらまた腹が立ってきた」

飲んだくれで、短気で、悪徳事業者だと……。なんなんだその走・攻・守三拍子揃った完璧なおっさんは……。

俺はすでに運命を感じ始めていたが、念のために確認した。

「へー、面白そうな人だな。で、腕は確かなのか？」

「話聞いてたか、レン兄！　全然面白くなんてねぇよ。……まぁ腕の方は悪くはないとは思うよ。ケチだから素材をぎりぎりまで削ってるはずなのに、あのおっさんの作ったもんは不思議と壊れねえんだよなって、オヤジが言ってるの聞いたことあるから」

あのおやっさんが、腕を認めているだと⁉　これは楽しくなってきた！

「ありがとうポー！　今度遊びに行ってみる！」

俺がこのように満面の笑みで宣言すると、ポーは顔を青くした。

「や、やめとけってレン兄！　レン兄みたいに如何にもお上り臭い、身なりの綺麗な奴があそこに行ったら、ケツの毛まで毟られるだけだって！」

「……あと少しだから、お前ら全員リアカー乗っていいぞ！　振り落とされるなよ？」

俺がポーの警告を無視してリアカーの前へと回ると、ポーたちは『やりぃ！』とかはしゃいでリアカーの側壁に腰かけた。

「ひょ～速ぇぇ！」

「レン～もっとスピード出して～！」

翌日。

件の鍛冶屋は、りんごの家の目と鼻の先にあった。俺が『りんご』から走ったら五分かからないほどの近くに、こんな素敵な鍛冶屋があるとは……完全に盲点だった。

本日の俺は、当然ながら王立学園生ではなく、探索者レンとして来ている。

塀の外から中を覗くと、ぼろ臭い木造の掘っ立て小屋が三棟。

つぎはぎで増築されたと思しきそれらの建物はどう見ても傾いており、地震の多い日本だったら到底怖くて住めないだろう。

一番手前が売り場、真ん中のでかくて煙突から煙の上がっているのが倉庫兼工房、一番奥が居住スペース、といったところか。

表の庭には鍬やスコップ、鎌などの農耕器具が所狭しと並べられている。

……こんなスラムの真ん中で、防犯意識の欠片もないようだが、大丈夫なのだろうか。

俺は門を潜って三つある掘っ立て小屋の一番手前、どうやら売り場らしい建物に入った。

だが中には誰もいなかった。外に並べられているよりは多少値が張りそうな品が置かれているが、それも斧や鋸、鉈などの木こり道具か、鉋や鑿、錐などの大工道具だ。

刀剣や槍などの武器は、少なくとも見えるところにはなさそうだ。

俺は適当に店内を物色し、鈍く銀色に光る包丁を握りしめ意味ありげにほくそ笑んだ。

もちろん刃物の出来のよさなど、試し切りもせずに分かるはずもないのだが、玄人ムーブに陶酔したい心境だったのだ。

「見ねぇ面だな……んな小ぎれいなかっこした野郎が、俺の店に何の用だ？」

するとそこへ、耐火エプロンを付け、背が低くて体のごつい、いかにも頑固そうな、毛むくらじゃらのおっさんが、店の奥から出てきた。

そのあまりにも『モロ』な出で立ちに、俺は思わず心の中で快哉の声を上げ、手に包丁を握ったまま口元を歪めた。俺が探し求めていた逸材の匂いがプンプンする。

「やぁこんにちは。おたくがベムさんかい？　俺は新米探索者のレンだ。どうも、初めまして」

俺がこのように探索者として、極めてまっとうな挨拶をしたら、そのベムさんは裏で火でも扱っていたのか、ダラダラと玉のような汗を流しながらこんな事を言ってきた。

「お前が噂の猛犬か……なにがそんなに楽しいんだてめぇ？　まずはその手に握っている包丁を、

元の場所へ戻しやがれ」

……なるほど、そのパターンか。

「失礼。素晴らしい包丁だったのでつい見惚れていてな。よく切れそうだ……実に、な」

俺は素直に包丁を元あった台の上へと戻した。

だがベムは、腰が引けた様子で、俺に近づこうとはしなかった。

「で、何の用だ？」

？？

「俺は勝手に商品に触ったんだぞ？　魔銀製の包丁に傷がついたとか歪みが出たとか言って、修理代を請求しなくてもいいのか？」

　これだけ雰囲気のあるおっさんだ。一見をあっさり客として認めるはずがない。事前の金に困ってそうなケチな人物という情報からして、おそらくは何らかの因縁をつけて、小銭をせしめてから追い返そうとしてくると思ったが……。

「俺が打った包丁が、ちょっと触ったぐれぇで歪むわけがねぇだろうが！　そもそもスラムでミスリル包丁なんて扱う訳がねえだろう！　んなことより、何が目的だと聞いているんだ！」

……どうやら仕事に自信を持っているというのは本当らしいな。これは本当にこれから長く世話になる人かもしれない。

　正直言って、そう都合よく伝説の鍛冶屋がそこいらで燻っているはずはないと頭では思っていた。だからこの言わばテンプレムーブは俺の趣味、遊びのつもりだった。だが——。

　俺はとりあえず、予め用意していた次なるカードを切った。

「あぁすまん。べムさんの仕事にケチをつけるつもりはない。腕のいい鍛冶師を探していてな。あんたは王都一の腕前だと聞いたぞ？　あぁこれは土産(みやげ)だ。今晩にでも、一人で存分にやってくれ」

　そう言って俺はドンッ！　と酒瓶をカウンターに置いた。下町の酒屋で売っていた、一瓶二十五リアルの蒸留酒だ。俺の趣味に付き合ってもらうのだから、その腕の如何(いかん)にかかわらず手土産くらいは持参すべきだろう。

　この酒は、土産用に一番どぎついやつを頼むと酒屋の店長に頼んだら出てきたものだ。その店長は、本当にこれで大丈夫か？　とか言って、親切にも味見をさせてくれたのだが、ぺろりと舐めただけで喉(のど)が焼け、はっきり言って飲み物とは思えない酒精の強さだった。

　店長曰(いわ)く、二日酔いの酷さも尋常ではないらしい。

「そ、そりゃ黒玉じゃねえか！　そんなもんを俺に飲ませて、どうしようってんだ！　今晩に一人で呑めだと⁉　一体今晩、何が起こるってんだ！」

　……う～ん、意外に反応が悪いな……。

　鍛冶屋の頑固おやじといえば、無類の酒好きで、酒精が強ければ強いほど喜ぶというのは、もはや常識を通り越して暗黙のルールなのだが。

「別に何も起こらんさ。『腕前王都一』で、『俺に打てねぇものはねぇ』べムさんは酒好きだとうちの互助会のポーから聞いていてな。腕のいい鍛冶師を探している俺は、こうして土産を持って訪ねてきたって訳だ」

「あんのガキぃ！　まだ釣り銭の事、根に持ってやがったのか！　確かに俺は鍛冶仕事が終わったら酒を飲むから、たまに釣り銭を間違えることもあるが、後で十リアル違ったなんて言われても分かるか！　言っておくが、この店には鉱山送りのリスクを負ってまで強盗に入る価値があるような、高価な品は一つもねぇぞ！　なんなら裏の倉庫を今見ていけ！　その代わり変な気を起こすなよ？　倉庫にある品は、ここらでその日暮らしの生活している奴らからの預かりもんも多い。貧乏人の恨みは怖えぞ！　手ぇ出したら二度とスラムは歩けねぇと思え！」

ベムさんはそう言ってぷりぷりと怒りながら倉庫へと続くドアを開け放ち、その先の工房へと消えていった。

おおっ！

初日に倉庫を自由に見せてもらえるところまでこぎつけられるとは、これは中々の成果じゃないか？

口では文句を言いながら、この『黒玉』のチョイスが実は気に入ったのかもしれない……。次からも遊びに来る際は、こいつを手土産にしよう。

そんな事を考えながら、俺は遠慮なく倉庫へと入った。

中は倉庫と言うにはあまりに雑然としており、端的に言えばどう見てもガラクタの山となっている。

だが……もしベムが大物で、これが俺を試すための一手だとすると、この中に『当たり』があるはずだ。

そう、一見ガラクタのようで、実は鍛冶師ベムが精魂込めて打ち上げた業物が交ざっている可能性がある。

王都一、と言うのは自称だからまぁ話半分にせよ、あのおやっさんが認める腕前の鍛冶師が、こんなスラムで隠遁生活をして世を儚んでいるからには、何か理由があるはずだ。

例えば、名工ベムの名を聞いてやってくる金持ち連中は、物の良し悪しが分からないくせに大金を惜しげもなく払う客ばかりで、嫌気がさしてスラムに引っ越した、などのバックボーンがな。

その場合、ここで確かな目利きを発揮すれば、ベムに認められる可能性が高い。まさに王道中の王道のテンプレート展開と言えるだろう。

倉庫のガラス窓から工房をちらりと覗くと、やはり火を使う仕事の途中だった様子だ。

真剣な顔で炉に斧のようなものを突っ込み、踏みふいごで風を送っている。そしてその真剣な眼差しは、どう見ても好きな事に夢中になっている人間のそれだ。

くっくっく。『久しぶりに鍛冶師ベムが、本気で槌を振るう客が来たようだ』ぞ、ベム！

俺はまず目についた、どう見ても使い古しの中古品とガラクタの山とは明らかに違う、端正な造りの山刀を手に取り、意味ありげにほくそ笑んだ。

◆

「おわぁ！　おめぇ、まだ居やがったのか！　見て面白いもんなんてねぇだろ！　一体何のつもりだ⁉」

俺が倉庫であーでもないこーでもないとガラクタを物色していると、ベムがやってきて、腰を抜かしそうなほど驚いた。

物凄く集中していたので気がつかなかったが、辺りはすでに薄暗くなっている。

……倉庫を見せてもらう許可を得たまではよかったのだが、そこで俺はある問題点に気がついた。

俺には道具を目利きする能力などこれっぽちもないという事だ。

……初日からまさかここまでうまく事が運ぶとは思わなかったので、何も対策を練っていない。奇跡を信じて『鑑定！』などと小声で呪文を唱えたが、もちろん道具の性能が数値化されて浮かび上がる、などという事はなかった。

俺は一か八か勝負に出ることにした。

初めに目についた山刀を手に取る。これだけ明らかに使い古されておらず、新品の輝きを放っている。

ではなぜこんなにチョイスに時間がかかったかというと、こんな分かりやすくていいのだろうか、などと迷いが生じたからだ。一度迷いが生じると、その山刀からは、いかにも罠の匂いが漂っている気がした。

それからは迷いを払しょくするべく、片っ端から物を確認していたのだが、何の知識もない俺は見れば見るほど迷いが増すばかりだった。

一度折れた小さな草刈り鎌を鍛接技術で接合したと思しきものや、妙な形で明らかに他の金属とは異なる素材でできたはさみ、果ては何の変哲もないつるはしすらも怪しく感じ、全く収拾がつかなくなった。

「……何のつもりも何もない。ベム、これはなんだ……」

俺は初志貫徹で勝負する事に決め、新品に思える山刀を手に取り、ベムへと差し出し首を傾げた。

もちろんこの曖昧な問いかけは、俺の自信のなさを如実に表している。

「そ、その山刀がどうかしたか？　それぁ確か三世代型落ちの量産品で、いくら値引きしてもまったく買い手がつかねぇってんで、知り合いがやってる刃物屋から素材価格で買い取ったやつだが……」

俺はゆっくりと首を振った。

「そんな答えが聞きたい訳じゃない」

ベムが鍛えたものですらない、量産品の型落ち不人気製品だと……？　目利き勝負で最も選んではいけない類いの、大外れ中の大外れじゃないか。

そんな答え聞きたくなかった……。

「な、何かと便利なんだ。魔鉄は溶かせば鑞接（ろうせつ）にも使えるし……」

俺はため息をついた。

……やはり現実はそう甘くないな。

とりあえず今日のところは、このまま如何にも何か思うところでもありそうな、重苦しい雰囲気を身に纏（まと）いながら退散して、また後日手土産に黒玉を持って仕切り直そう。

「遅くまで邪魔をして悪かったな……」

俺はそう言って、しょんぼりと踵（きびす）を返した。するとそこへ、ベムが消え入るような声で後ろから声をかけてきた。

「………悪いか……」

その狂おしいほどに切なげな声に俺がゆっくりと振り返ると、そこには悔しさを滲（にじ）ませて立ち尽くすベムがいた。

「鍛冶専門学校も卒業していていない野鍛冶風情が、武器を打っちゃいけねぇのか……！」

その後、ベムが話した内容を要約するとこんな感じだ。

ベムは、王国北部にある貧乏男爵領の寒村で、農家の五男として生まれたそうだ。

小さな頃から農家の働き手として働かされたベムは、幼年学校すらまともに通う事を許されない少年期を過ごす。

だがそれまで家のために一生懸命働いてきたにもかかわらず、ベムは十五になると同時に隣山の野鍛冶のもとに修業に出された。

長男が結婚し子を産み、次代の十分な働き手が確保されたので、体よく口減らしされたとのことだ。

もっとも、その付近の寒村では、その程度の生い立ちは、それほど珍しい事ではないようだ。周辺の魔物が手強く、生産力が乏しいその村では、維持できる人口に限りがある事は、子供ながらに何となく察していたとのことだ。

むしろ水の性質変化の才能があるベムは、鍛冶師に拾ってもらえてラッキーな部類だと、自嘲していた。

修業先のその野鍛冶は、如何にも昔ながらの徒弟制度を踏襲してきた人間で、ベムは随分と理不尽な扱いを受けたらしい。

だがよかったこともあった。その野鍛冶は、今思えばかなり疑わしいが、若い頃は王都で武器鍛冶職人として鳴らしたというのが口癖で、その数々のホラ話は、ベムの好奇心を大いに刺激した。

寒村育ちのベムは、初めて自分の人生に『夢』を持った。

そして二十五歳の時。十年かけてコツコツと貯めた金を握りしめ、ベムは一流の武器鍛冶職人になりたいという大志を胸に、王都へと上った。

だが待っていた現実は甘くはなかった。

王都で武具を生産する会社への就職を目指したが、幼年学校すらまともに出ておらず、読み書き計算すら覚束ないベムは、多少の鍛冶技能があるとはいえ、就職試験を受けることすら叶(かな)わず門前払いされた。

生きるために何とか潜り込んだ金物全般を扱う小規模な商会では、幸いな事に鍛冶の仕事にある程度従事できた。ここでも水の性質変化の才能を持っていた事が功を奏したようだ。

だが、彼の夢を阻んだのはまたしても学歴だった。

いわゆる武具関連の製品を扱える鍛冶師は、少なくとも鍛冶専門の上級学校を卒業している事という暗黙のルールが社内にあり、ベムはいつまでたっても武具の類いには触らせてもらえず、主に農耕・林業用具部門の生産や修理を担っていたそうだ。

そしてその出世にも歴然とした差があり、明らかに鍛冶の腕では自分より下で、だが学歴が上の人間が次々に昇進していく。

ひたすら現場に張り付き、誰もが認めるほど際立った技術を身につけても、便利屋使いされるだけの会社員生活に嫌気がさしていたところへ、引退を考えていたスラムの野鍛冶から、スラムで暮らす人間のために工房を引き継いでほしいと打診があり今に至る。

俺がたまたま手に取った山刀は、ベムがこっそりと高価な魔鉄製の山刀を買い求め、いつか自分で武具を打つために、独学で何度も鍛え直した物とのことだ。

◆

「……頭では分かっちゃいるんだ。武具の世界は独学で何とかなるほど甘くねぇ。何より、魔物を相手にする武具に最低限必要な魔鉄製の刃金を十分に焼ける窯がねぇと、どうにもならねぇ。おめぇが今手に持っているそれも、見た目は綺麗だが碌に切れねぇ鈍らだ。ま、お前にはお見通しなんだろうがな」

……鍛冶師という職人業界にまで学歴社会が蔓延っているとは、相変わらずこの世界はロマンの欠片もないな……。

だが――。

「ふんっ。生憎、過去の話には興味がない質でな。俺が聞きたいのは、今ベムがどうありたいかという事だ」

俺は少々不機嫌になった。そのベムの表情に見覚えがあったからだ。

前世で毎日鏡で見ていた自分の顔と重なるその暗い目には、自分の力では如何ともし難い社会への諦めと自嘲が宿っていた。

「……どうするも何もねぇだろうが。俺はもうすぐ五十になる。今更俺を雇ってくれる武具屋なんてある訳ねぇし、俺が店を畳むと、このスラムの人間が困る。もちろんりんごの家もな」

ベムがこんな事を言ったので、俺はつい言葉に怒気を込めた。

「……後悔しないのか？　自分がやりたい事から目を逸らして生きて……後悔しないのか」

年齢だの、環境だの、実に馬鹿らしい。やりたい事ができない理由など、大して考えなくてもいくらでも思いつく。だが、そうして自分の心に目を背けて生きたら、いざ人生の最後になった時にどれだけ後悔するか……。俺はそのやるせなさを知っている。嫌と言う程な。

伊能忠敬先生が、日本地図の製作に情熱を傾け歩き始めたのは、家業から隠居した後だぞ。確か五十歳など余裕で超えていたはずだ。

怒りと悲しみを交えた気持ちで真っ直ぐに目で見据えると、ベムは怯んだ。

俺は先程から目に入っていた、工房の隅に積み上げられ、擦り切れている本を一冊手に取った。

そのタイトルは『武具鍛冶師入門』だ。

「できない理由なんざ聞いてない。そんな事を考えるのに脳みそを使う時間があるなら、どうすればできるか……たとえそれがどんなに夢物語でも、どうすればありたい自分に近づけるのかを考えた方が、はるかに有意義だ。諦めきれないほどの夢があるのに、目を逸らして生きるなんて馬鹿げてる。俺は夢を語る奴が好きだ。情熱がある奴が好きだ。先程そこの小窓から見た、真剣な顔で斧を鍛えていたベムは、間違いなくそれを持っているだろう？」

俺はパラパラと『武具鍛冶師入門』を捲った。そこにはベムが『どうすればできるか』に悪戦苦闘していた形跡が随所にあった。

ベムはしばらくの間絶句して俺の目を見ていたが、俺が目を逸らさずにいると、そのうち深々とため息をついた。

そして売り場に置きっぱなしにしていた蒸留酒『黒玉』を取りに行き、吹っ切れたような笑顔でこう言った。

「こんなとうが立ったおっさんに、何を期待してやがんだ……。そこまで言うならたっぷり聞かせてやろうじゃねぇか。この俺の……五十も間近になって、スラムで野鍛冶をしている男の夢をな。付き合わねぇとは言わせねぇぞ？」

「……望むところだ！」

◆

その後俺は、ベムの夢の話に夜更けまで付き合った。

その過程で、俺は一つ疑問を持った。

「ベムの本当の夢は何なんだ？　華やかな武器鍛冶職人の世界に憧れがあることは分かった。だが、本当に武器を打ちたいのか？」

漠然と、自分が培ってきた技術を世間に認められたいと考えているだけで、武具にそれほど拘りがあるようには思えなかったからだ。むしろ、ほぼ独学で自分がどれほどの工夫と努力を積み重ね、現在の境地を開いたのか、軽くて頑丈な道具類を作るのがどれほど奥深く楽しいのか、といった点を話す際、言葉に『本気』が宿っている気がした。

確かに目玉が飛び出るほど高価な値が付くこともある武具は、名声を集めるという意味では最も王道と言える鍛冶仕事だろう。だが、これまで自分が打ってきた鍬が、斧が、つるはしが、どれだけの試行錯誤の上に成り立っているのかを、プライドを持って語るベムの話を聞くと、俺は単純に勿体ないと思った。

「世間をあっと言わせたいだけなら、武具である必要性はないだろう。世界一の鍛冶師――その称号は武器鍛冶職人だけのものではないと思うがな。ベムにしか打てない仕事道具を求めて、国中からこのスラムの鍛冶屋に客が来る。ありふれた、大して高価じゃない物を打つ、だが誰にも真似できないほど素晴らしい仕事をする『野鍛冶』。俺はかっこいいと思うがな」

俺がそのように自分の考えを口にすると、ベムは何かを思い返すようにボロボロになった自分の手を見つめた。

こうして俺は、異世界転生のテンプレイベント『鍛冶屋探訪（1）』を堪能した。

もちろん翌朝は、頭が破裂しそうなほど痛かった。

あとがき

この度は『剣と魔法と学歴社会』第二巻をお読みいただきありがとうございます。

このお話をＷｅｂ上の小説投稿サイトに投稿を始めたのは、２０２２年４月のことでした。

刊行の準備に際し、第二巻に収録されているお話を書いていた頃の、取りとめもなく溢れ出てくるアイディアや、それを思うように形にできないもどかしさ、ほぼ誰も読んでくれない寂しさ（笑）、ですが更新の度、読みに来てくれる読者の方がほんの少しずつですが増えていく喜びなど、当時の心境をつい昨日のことのように思い出しました。

ありがたい事に、実績も伝手も何もない私のような一般人が、身の中に溜めているエネルギーを発露させる場所が、現在は数多くあります。

動画コンテンツやＳＮＳなど、様々な形で世の中と繋がれる現代にあって、受け取り手の負担が比較的大きい小説というジャンルを好む人が、感想などを通じて繋がれるＷｅｂ小説サイトという環境に巡り合えた事は、本当に幸運だったと思います。

その中で読者様に少しずつ支持していただき、編集者様の目に留まり、まろさんに作品に素晴らしい彩りを与えていただき、書籍第二巻を刊行できました。さらにこの第二巻が発売される12月には、電撃コミック　レグルスで田辺狭介先生によるコミカライズがすでに開始されているとのことですので、本当に、どちらに足を向けて寝ればいいのかという心境です（笑）。

皆さまいつも本当にありがとうございます！

この第二巻は、主人公のアレンが王立学園に入学を果たし、探索者としてスタートを切ったところから始まります。

時系列や場所の制約が大きかった第一巻と異なり、比較的自由に加筆できる本巻を制作するのは、ある意味悩ましく、ですが非常に楽しい作業でした。

構想はありながらもWeb版では割愛した、アレンが興味の赴くままに様々なことに手を付ける話や、友人関係に焦点を当てた話を新たに収録しましたが、いかがでしたでしょうか。

自分の置かれた環境に折り合いをつけて、でも自分の「好き」を見定めて、ぶれずに自分の人生を生きるにはどうすればいいのだろう。

テーマというほど大それたものではありませんが、娯楽の溢れる現代だからこそのこうした疑問について、アレンをはじめとする登場人物とともに考え、少しでも描き出せればと思います。

もう一つ、本編の中で明らかになりましたが、「風任せに生きたい」という副題には、文字通り風という不可思議で興味深い現象に焦点を当ててみたいという、筆者の目論見が込められています。

今のところアレンはウインドカッターすら使えない魔法士の卵ですが、持ち前の熱意でいずれは成長していくと思いますので、楽しみに、生温かい目で見守っていただければ幸いです。

かく言う私も作家の卵として修業を始めたばかりの身です。なかなか理想とする絢爛華麗な文章構成という訳にはいきませんが、アレン同様熱意だけはありますので、こちらも温かい目で見守っていただけますと幸いです。引き続き応援よろしくお願いいたします。

２０２３年12月吉日　西浦　真魚

カドカワBOOKS

剣と魔法と学歴社会 2
～前世はガリ勉だった俺が、今世は風任せで自由に生きたい～

2023年12月10日　初版発行

著者／西浦真魚

発行者／山下直久

発行／株式会社KADOKAWA

〒102-8177
東京都千代田区富士見2-13-3
電話／0570-002-301（ナビダイヤル）

編集／カドカワBOOKS編集部

印刷所／大日本印刷

製本所／大日本印刷

●お問い合わせ
https://www.kadokawa.co.jp/（「お問い合わせ」へお進みください）
※内容によっては、お答えできない場合があります。
※サポートは日本国内のみとさせていただきます。
※Japanese text only

Printed in Japan
ISBN 978-4-04-075206-8 C0093